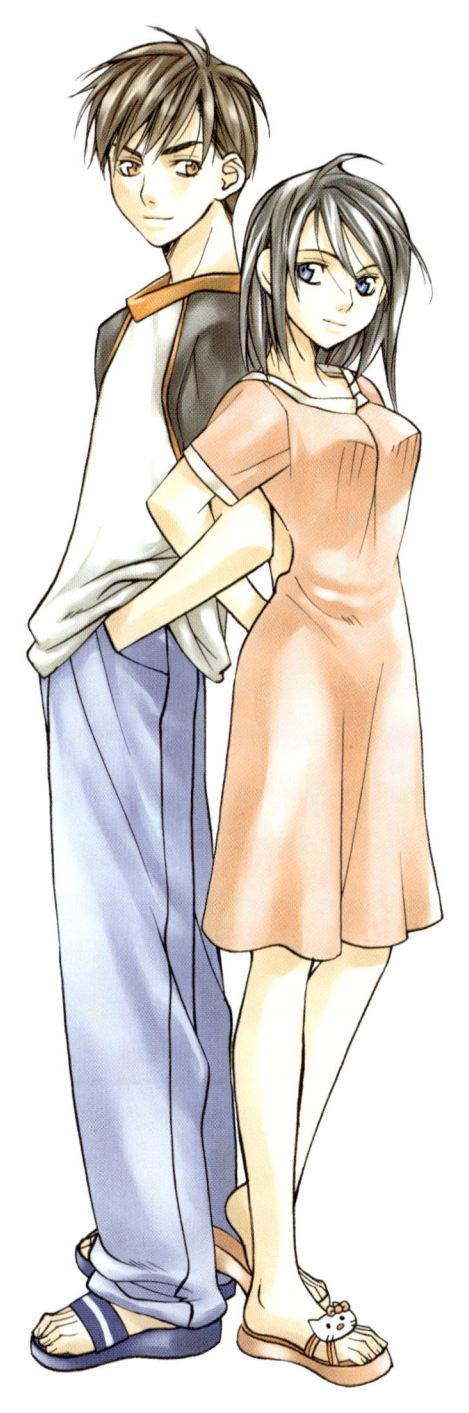

301호그 男종 와
302호그 女종

301호 그 男子와 302호 그 女子 3
렌쥐 N세대 연애 소설

초판 1쇄 찍은 날 § 2003년 8월 13일
초판 1쇄 펴낸 날 § 2003년 8월 23일

지은이 § 렌쥐
펴낸이 § 서경석

편집장 § 문혜영
편집책임 § 이종민
마케팅 § 정필 · 강양원 · 이선구 · 김규진 · 홍현경

펴낸곳 § 도서출판 청어람
등록번호 § 제1081-1-89호
등록일자 § 1999. 5. 31
어람번호 § 제4-0016호

주소 § 경기도 부천시 원미구 심곡1동 350-1 남성B/D 3F (우) 420-011
전화 § 032-656-4452 팩스 § 032-656-4453
http://www.chungeoram.com
E-mail § eoram99@chollian.net

ⓒ 렌쥐, 2003

값 9,000원

ISBN 89-5505-763-6 (SET)
ISBN 89-5505-766-0 04810

※ 파본은 본사나 구입하신 서점에서 교환하여 드립니다.
※ 저자와 협의하여 인지를 붙이지 않습니다.

CONTENTS

제10장 가깝고도 먼 나라 일본에서… / 7

제11장 이 남자가 경찰서로 간 이유는? / 83

제12장 오해는 오해를 낳고… / 121

제13장 흑… 죽지 마!! / 191

번외. 거꾸로 돌아가는 시계 / 251

● 제10장

가깝고도 먼 나라 일본에서…

제10장
가깝고도 먼 나라 일본에서…

그날 새벽 2시. 나의 엄마는 몹쓸 딸에게 하고픈 만담이 너무도 많다고 하셨다.

[부도는 얼어죽을… 이 엄마를 완전 농락했어! 그 망할 집구석!!]

"으… 어, 나도 알고 있어. 엄마, 근데 나 졸려."

엄마의 그 만담을 들어주기에 몹쓸 딸 년은 너무도 졸렸다.

[더 들어봐, 이년아!! 세상에… 지 딸내미한테 부도났다는 거짓말 하고 해외 여행 갔다가 기어들어 왔다더라!! 그 썩어 문드러질 집구석.]

"그게 아니라 정희가 엄마한테 거짓말한 거겠지."

그 무렵 내 머리 속엔 뿔 하나 달린 양 한 마리가 드넓은 에덴 동산

을 아담과 이브가 함께 꺄르륵대며 뛰어다니고 있었다. =__=

[이년아!! 서 서방 꽉 잡아!! 서 서방만이 우릴 이 암흑 속에서 건져 줄 수 있어!! 엄마 소원이 집 마당에서 해피랑 기름 바르고 썬텐 한 번 해보는 거란 거 알지? 어?]

해피가 어련히 제 몸에 개기름 발리는 꼴을 보고 있기도 하겠수다.

"어. 돈 많이 벌어서 정희네 집 허물어 버리라고 말해 볼게."

[딸 년, 기왕이면 그랜드 캐년이 좋겠다고 말해 보지 않으련?]

새벽 3시 30분.

그랜드 캐년이라는 땅덩이가 어디 붙어 있는지도 제대로 모르면서 딸 귀에 딱지 붙이려고 작정한 사람처럼 정신없이 캐년타령을 하는 엄마와의 통화는 내 폰의 배터리가 나가 버림으로써 끝이 날 수 있었다. 불덩이처럼 뜨거워진 핸드폰을 저 멀리 집어 던져 버리고 입가에 미소를 띤 채 두 눈을 감았다.

"꺄아! 에덴 동산에 뿔 달린 양이 백 마리로 불었다."

이브와 악수를 하고 아담과 기념 촬영을 한 뒤 양 새끼들과 꺄르륵 대며 에덴 동산을 구르는 진귀한 꿈을 꾸고 있는데 돌연 쾅쾅 들려오는 잡음.

쾅쾅—!!

잠결에 누군가가 현관문을 발로 차는 소리가 똑똑히 들려왔지만, 난 오기로 눈을 뜨지 않았다. 신경질이 극에 달해 있는 지금, 난 저 몰상식한 인간의 멱을 따버린 뒤 시체를 끌어안고 잠을 잘지도 모른다.

띠— 띠—

"아, 짜증나!! 박지민, 문 못 열어!! 빨랑 데리고 들어가!!"

쾅쾅—!!

"음냐… 지훈이다. 망할 새끼, 내 단잠을 깨웠어."

잠결에 욕이 튀어나왔다는 건, 그만큼 그 사람에게서 혹한 시달림을 많이 받아왔기 때문이라고 한다. 불과 몇 시간 전, 서지훈 잘생겼다를 100번이나 외치게 해서 내 곱디고운 목소리를 박경림 씨 목소리로 돌변하게 해준 총각에게 결코 좋은 감정이 남아 있을 리 없었다.

"아씨!! 미치겠네!! 빨랑 문 못 열어!! 이 기집애가 어디… 아, 씨발!!"

총각의 습관적인 욕지거리를 끝으로 현관문을 발로 차대던 시끄러운 소리와 짜증 섞인 총각의 괴성이 순식간에 조용히 사라졌다. 너무 고요해진 정적에 화들짝 놀라 버린 난 잠이 확 깨버렸다. 두 눈을 부릅뜨고 오뚜기처럼 침대에서 튀어 올라 구르다시피, 아니, 정말 굴러서 침대 밑으로 발을 내디뎠다.

쿠당—!!

콰지직—

몇 발 걷다 바닥에 널브러져 있던 뭔가를 밟아버렸고, 그 뭔가에 의해 중심을 잃고 바닥으로 쓰러졌다.

"아야! 씨."

내 발바닥과 등에 두 번이나 깔린 그 뭔가를 끄집어내 확인하고 난

뒤 잠시 경악했다. 눈물을 흘리다가 허리를 부여잡고 현관으로 기어 갔다. 내가 집어 던져 바닥에 널브러져 있던 핸드폰이 과체중에 의해 액정이 나가 푸르딩딩한 화면만 비추고 있었다. ㅠ_ㅠ 파리채를 집어 던지며 할부금 어쩔 거냐고 쏘아붙일 엄마의 얼굴이 정지 화면으로 내 머리 속에 클로즈업되었다. 애써 고개를 세차게 흔들며 현관문을 열었다.

덜컥—

"울먹. 새벽부터 무슨 추태를… 지, 지영아!!"

"훗! 미친 지민이가 두 명이네. 끅!"

활짝 열려 있는 총각네 집 현관문. 자다 뛰쳐나왔는지 헝클어진 머리에 옅은 청바지와 흰색 반팔 티를 입고 그대로 굳은 채 날 노려보고 있는 총각. 그리고 총각의 팔에 기대어 반쯤 풀린 게슴츠레한 눈으로 날 노려보고 있는 모르는 년. =__=

"지영이 왜 이래? 지영이 몰골이 왜 이래? 어?"

"니 눈엔 니 친구만 보이고 이건 안 보이지?"

총각이 손가락으로 가리킨 곳에는 지영이의 입을 통해 밖으로 쏟아져 나온 듯한 이물질이 총각의 반팔 티를 흉하게 적시고 있었다. 총각이 술이라도 덜 깨 있는 상태였더라면 그건 토사물이 아니라고 세뇌라도 시켜볼 텐데, 한두 시간 자다 일어난 총각의 정신은 너무나도 말짱했다.

"지영이가 속이 좀 울렁거렸나 봐. 근데 어쩌다……. =_="

"술에 쩔어서 니네 집이랑 우리 집을 착각했는지 아예 작정을 하고 벨을 눌러대더라. 씨, 잠 다 깼어!!"

"원래 이런 친구가 아닌데… 하하."

사실 원래 이런 친구다. 생각없이 대차고 지나치게 용감하며 조금은 무서운 친구.

"아씨, 자꾸 집 안으로 끌어들일래!!"

현관 앞에서 어물거리는 날 살짝 밀치더니 인상을 구기고 지영일 질질 끌어다 집 안으로 들어와 침대 위로 내팽개치는 총각. 지쳤는지 고대로 침대 밑에 털푸덕 주저앉아 거친 숨을 몰아쉰다. 간간이 지영이를 노려보던 총각은 토사물이 배어 있는 티셔츠를 짜증스레 바라보다 돌연 가식적인 눈웃음을 치며 내 심장을 팔딱팔딱 뛰게 만들어주었다. 잠시 날 빤히 바라보는가 싶던 총각이 입꼬리를 비틀어 올리며 입을 뗀다.

"나 안아줘."

이 몹쓸 놈, 젖은 옷이라면 몰라도 그건 지영이의 토사물이란 말이다. 몹시 부담스런 억지로 사랑을 확인하려 하는 총각이 이제는 두렵다. =__=

"아, 보름달 떴다. 달이 참 밝아."

"등신, 쫄기는. 추잡스럽게 이거 어떡할 거야!!"

"꿈을 꿨는데 에덴 동산에서 아담과 이브를 만났지 뭐야."

"파자마는 단추 없는 걸로 입으란 말 못 들었어!!"

"아차, 뿔 하나 달린 양 새끼 한 마리도 내 옆에서 꺄르륵 웃었어."

"미친… 염병한다. 끅! 음냐……. -_-"

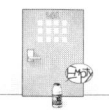

갑자기 침대에서 벌떡 튀어 올라 여전히 반쯤 풀린 눈으로 총각과 나에게 비웃음을 날려준 뒤 저벅저벅 욕실로 들어가 버리는 지영이.

"우왝—!! 우우우왝—!!"

잠시 뒤 욕실에서 들려오는 소리. 침대에 몸을 기대 고대로 눈을 감던 총각이 나지막이 중얼거렸다.

"미란이 사진 찢어버리면 노력한댔지? 근데… 나 못 찢어."

"어?"

"너한텐 석이 새끼 과거 다 지우라고 발광하던 놈이… 진짜 웃긴다. 안 그냐? 나 잔인한 새끼다, 그치?"

"미련 남아서?"

"니 눈!! 니 눈은 석이 새끼 얘기만 나오면 무지하게 흔들리더라. 너 방금 또 흔들렸어. 눈 감고 있어도 다 보여."

지가 무슨 초능력자라도 되는 줄 아나 보다. 눈을 감고 있는데 어떻게 다 보인다는 거야? 사진을 못 찢는단다. 미란 언니를 완전히 잊었다고 생각했는데, 나 또 착각한 건가 보다. 한 걸음 다가섰다고 생각하면 두 걸음 멀어져 버리고, 두 걸음 다가섰다고 생각하면 네 걸음 멀어져 버리고, 이러다 재수없으면 영영 멀어져 버릴지도 모르는데. 감고 있던 두 눈을 슬며시 뜨던 총각이 쪼그리고 앉아 있던 내 머리통을 손가락으로 툭툭 치며 빈정거렸다.

"인간아, 또 소설 쓰고 앉아 있네!!"

"무, 무슨 소설을 썼다 그래? 아아, 새벽 4시 다 되어간다. 지영아!!"

"소설 쓰지 마. 사진 찢는 거, 기억 도려내는 것 같아서 그냥 싫은 것뿐이니까. 내가 지금 너를 미치도록 좋아하면 된 거 아냐?"

머리 속에서 상상의 날개를 펼쳐 가며 쉴 새 없이 써대던 내 불순한 소설. 결국 총각의 미치도록 좋아한다는 한마디에 〈그 남자의 옛사랑〉에서 〈그 남자의 두 번째 사랑〉이라는 제목으로 바뀌어 버렸다. 그리고 해피 엔딩으로 완결났다. =__=

"우우우웩—!!"

그 시각에도 멈출 줄 모르고 들려오는 지영이의 토하는 소리가 총각의 귓전을 기분 나쁘게 자극했나 보다. 귀를 틀어막고 자리에서 일어나는 총각이었다.

"두 밤 자고 일본 갈 거니까 짐 챙겨."

"나 생일 선물 사야 돼?"

"빈손으로 가려고 그랬냐? 빨간 내복이 갔으면 오는 게 있어야 될 거 아냐!"

"어? 그, 그래."

와락—!!

"끅! 미친… 나도 데리고 가. 우우우엑—!!"

"아!! 씨바알!! 미쳐 버리겠네!! 절루 안 가? 껴안지 마!! 아씨!! 어디다가 구역질을 해! 내 몸뚱어리가 니 거야?!"

"미친…나도 데리고 가. 일본… 끅! 우우우웩—!!"

"아!! 짜증나!!"

"……"

　　욕실에서 비틀대며 걸어나와 총각의 목덜미를 뒤에서 끌어당겨 총각의 등에 대고 쉴 새 없이 쏟아내는 지영이. 갖은 짜증을 내며 지영이를 떨궈낸 뒤 티셔츠를 벗어 바닥에 내팽개치고 집으로 돌아가 버린 총각. 우리 집에 지영이가 머물러 있다는 소리를 듣고 집 근처에 얼씬도 안 하고 지영이를 피하던 총각. 영문도 모른 채 일본으로 데리고 가준다는 말에 잔뜩 들떠 있는 지영이었다.

　　그렇게 두 밤이 지났다. 비행기에 몸을 싣고 총각의 엄마가 있는 일본으로 날아가는 총각과 나. 그리고 총각의 노한 시선을 느끼지 못한 건지 쉴 새 없이 미친… 미친… 을 연발하며 종알거리는 지영이. 그날 왜 떡이 되도록 술을 마셨는지 추궁하진 못했지만 대충 짐작 가는 게 있다. 아마 부킹에 실패해 좌절의 쓴 맛을 보고 나머지 술을 병째로 나발불었지 싶다. =＿=

　　"언니!! 이쁜 언니, 나 쥬스 좀 줘요!!"

　　다리를 꼬고 앉아서 보던 잡지로 얼굴로 덮고 지영이의 존재를 잊어버리려는 듯 괴롭게 신음하는 총각. 이게 웬 공짜 해외 여행이냐며 길길이 날뛰던 지영이를 떼어놓고 오기란 쉽지 않았다. =＿=

　　"언니, 이거 공짜 맞죠? 씁, 혹시 뒤에 돈 내라고 그러면……."

　　지영이가 9번째 스튜어디스 언니를 부르며 음료를 주문했다. 총각은 내 어깨에 머리를 기댄 채 애써 잠을 청했다.

　　속닥속닥—

　　"아씨, 둘이서 가려고 그랬는데."

　　"어?"

"니 친구 대차다고."

날이 꾸물꾸물한 것이 재수없게 비가 오려나 보다. 이 와중에도 옆에서 꿀떡꿀떡 음료수를 넘기는 지영이의 모습은 영락없이 목마른 하이에나다.

얼마 안 되어 도착한 일본의 나리타 국제 공항. 내 어깨에 기대어 자다 금방 눈을 뜬 총각은 반쯤 감긴 눈으로 지영이에게서 최대한 멀리 떨어져 짐을 끌었다. 내 옆에 찰싹 들러붙은 지영이는 무슨 음료수가 젤 죽이더라라는 평을 하기에 바빴다. 귀가 따가운 나머지 지영이를 팔에서 떨궈내기 위해 몸부림을 치고 있는데 저 멀리서 거세게 달려오는 아낙 한 분.

"후나! 후나!"

"아, 쪽팔려!! 소리치지 마!!"

"박지민!! 저 여자, 똑같네, 똑같아!"

내 팔을 앞뒤로 세차게 흔들며 경악스런 눈으로 두어 발 물러나는 지영이. 하! 뭐야? 미란 언니랑 너무 닮았잖아.

와락—

"으앙~ 엄마가 우리 큰 후니 얼마나 많이 보고 싶었는데. 훌! 저번에 일주일만 있다가 가버려서 엄마 우울증 걸려 버렸어."

"뻥치지 마."

"훌쩍! 그래, 뻥이야. -_-"

총각이 큰 후니? 그럼 작은 후니는? 조용히 생각을 접기로 했다. 그냥 갑자기 생각하기가 싫어져 버렸다. 들고 있던 몇 안 되는 짐을

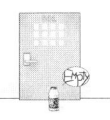

바닥에 내치고 아들내미의 몸에 들러붙어 떨어질 기미를 보이지 않는 어머니. 흘겨보면 마치 총각이 미란 언니를 꼬옥 안고 있는 모습처럼 보였기에 기분이 썩 좋지만은 않았다. 벌어진 입을 다물지 못한 채 뻘쭘하게 그 옆에 서 있던 지영이와 난 몹시 무안했다. 공항 이곳저곳을 부비적대며 바삐 걸어가던 일본 시민들은 철썩 들러붙어 있는 총각과 그 어미를 곱지 않은 시선으로 쓱쓱 훑어보며 지나갔다. 그래, 잘난 남정네랑 잘난 아낙이 비비적대고 있는데 부러울 만도 할 테지. 싱그런 젊음을 유지하고 있는 총각네 엄마의 모습은 꽃무늬 티셔츠를 입고 개 밥그릇을 습관적으로 던지는 우리 엄마와 비교해 내겐 신선한 충격으로 다가왔다.

　속닥속닥—

　"묘령의 여인이군. 음, 멀리서 볼 땐 그 싸가지 상실한 언니랑 얼굴이 아주 닮았다 싶더니, 가까이서 보니 얼굴보다는 분위기가 무서 우리만치 닮아 있어."

　"오, 스탑! 플리즈."

　"갈아마실 년, 콩클리쉬도 제대로 모르는 년이 잘난 척은."

　지영아, 차라리 날 믹서로 윙윙 갈아버려. 머리 속이 복잡하구나. 예전에 총각이 술과 여자, 엄마에게 약하단 말을 한 적이 있었다. 그런 총각의 첫사랑이 엄마와 너무도 닮아 있었다. 하아, 왜 나한테는 남들이 평생 겪을까 말까 한 괴기스런 일들이 쉬지 않고 반복되는 걸까? 지치지도 않나? 무쇠 같은 나도 이제 조금씩 지쳐 버리는데.

　5분이 지났지만 모자는 떨어지지 않았다. =__= 그 둘을 보다 보다 진이 다 빠졌다. 걸레질을 했는지 지나치게 번뜩대는 공항 바닥에 주저앉아 짤짤이를 하면서 잠시나마 모든 걸 잊고 지영이와 신나는 한때를 보내고 있었다.

"오~ 노노! 디스, 디스. 원. 투. 쓰리. 에라, 크레이지 걸."

"오, 지져스! 유 베리베리 베드 걸. 디스 코인, 쓰리? 오, 노노! 원. 투."

신성한 도박 놀음을 하면서 한국어로 재잘거리는 건 국제적 망신이라는 이유로 한사코 영어로 대화하길 원하던 지영의 간곡한 부탁에 내키진 않았지만 짧은 영어를 믹스해 둘만의 은밀한 대화를 나눴다. =__=

또각— 또각—

그때 예사롭지 않은 발소리가 들려왔다. 작은 의견 차이로 내 멱살을 잡고 크레이지 걸을 외치던 지영이와 내 앞으로 어둠의 그림자가 드리워졌다. 그 어둠의 그림자는 지영이와 내가 퍼질러 앉아 있던 광활한 일본의 국제 공항 정 중앙에 같이 쪼그리고 앉아 고개를 갸웃거린다. 그리고 나에게 삿대질을 하더니 고래고래 고함을 질러댔다.

"니가 미란이야? -0-"

"아닙니다. =__="

분노로 딱딱하게 굳어버린 내 단호함에 다시 한 번 고개를 갸웃거리더니 그때까지 내 멱살을 잡고 있던 지영이를 가리키며 외쳤다.

"옳지! 그럼 니가 미란이구나!"

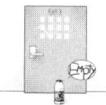

"아닌데요. -_-"

혀를 끌끌 차며 캉코쿠, 캉코쿠징을 외치며 지나가던 일본 시민들. 그려, 나 한국 사람이었어. 되지도 않는 영어 쓰면서 국적 팔아먹어서 몹시 미안했수. 얼굴을 일그러뜨리며 경악하던 총각은 내 앞에 쪼그리고 앉아 연신 고개를 까딱대는 자신의 어미를 말리려고 뒤늦게 튀어왔다. 애석하게도 내 귀는 무던히도 정상인지라 365일 24시간 항시 오픈되어 있다. 날 보고 미란이라고 그러던걸? 총각, 어찌 된 일이야?

"하! 엄마, 박지민이라고 내가 몇 번 얘기했잖아! 미란이 아니라고!!"

"아, 엄마 정신 좀 봐. 지란아, 미안해. -0-"

"……"

조금 씁쓸한 마음으로 어머님의 차에 올라타 시내 주택가에 자리 잡고 있는 2층 목조 건물에 도착했다. 차에서 내린 그들의 얼굴은 더 이상 주물럭댈 수 없는 오래된 지점토마냥 허옇고 딱딱하게 굳어 있었다. 물론 단 한 분만 빼고.

"지란아, 너무 귀엽다. 참, 친구 자영이랬지? 맛난 거 해주께."

이제는 포기해 버린 듯 체념한 총각은 작은 한숨을 내쉰 뒤 트렁크를 열고 짐을 하나씩 끄집어내 던지듯 바닥에 내치기에 바빴다.

"왜 내 몸뚱어리 치고 지나가냐고, 엉? 한국 말 몰라? 어!! 아따, 뭐라는 겨?"

"@#$%^&*!@#$%^&*!@#$%^&*!!"

"미친… 한국 말로 지껄이라고!! 니네 어느 헥교 다녀? 교복 꼴은 이게 또 뭐여!! -0-"

자영이라는 이름에 몹시 흥분한 지영이는 괜히 지나가던 죄없는 일본 남학생들 앞을 떡하니 가로막고 시비 걸기에 바빴다. 국제적 망신을 염려하던 인간이 되려 나라 망신을 시키고 있구나. 나 지란이도 꼭 지렁이를 연상케 하는 미끄덩한 이름을 자꾸만 불러대는 어머님이 매우 원망스럽다. =__=

투둑투둑—

"앗, 차거라. 어? 비 내린다."

비행기 타고 올 때부터 구름이 꾸물꾸물한 것이 재수없게 비가 내릴 것 같더니 결국 일본 땅을 밟은 지 한 시간을 조금 넘긴 시간, 벚꽃 구경도 제대로 못했건만 후두둑 장대비가 쏟아져 내렸다. 꺅꺅대며 집으로 뛰어들어 가버린 어머님과 일본 남학생들의 가슴팍을 힘껏 밀치고 나 몰라라 뒤따라 뛰어가 버리는 지영이. 바닥에 떨어진 가방을 주워 들고 투덜거리며 휑 하니 그 자리를 떠버리는 일본 남학생들의 중얼거림. 알아들을 순 없었지만 무서운 욕을 하는 것 같았다.

"야!! 뭐 해!! 또 감기 걸리려고 작정했어? 먼저 들어가!!"

알아듣지 못할 험한 욕지거리를 내뱉으며 트렁크에서 끄집어내 바닥에 내쳐 버린 짐을 다시 트렁크 안으로 집어넣느라 분주한 총각.

쾅—!!

총각은 차 트렁크를 세게 닫아버리고 멍하니 서 있는 내 앞으로 뛰

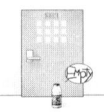

어왔다. 영화를 너무 많이 본 건지, 지나치게 매너가 좋은 건지, 몸에 밴 습관인지 남방 위에 걸쳐 입고 있던 검정 니트를 벗어 내 머리에 푹 눌러 씌워줬다. 다 젖어서 빗물이 쭐쭐 흘러내리는 니트였다.

"엄마가 누구랑 많이 닮았더라."

"닮긴 누굴 닮어."

"아니야, 그 누군가를 많이 닮았었어."

"아, 그 전지현?"

"됐어."

내 대답을 회피하는 거야? 그런 거야? 화초가 우거져 있는 아담한 정원을 지나 현관문을 열고 집 안으로 발을 디뎠다. 아기자기하고 이쁜 집 안. 집 안에는 느긋하게 커피를 마시며 창문에 들러붙어 바깥 경치를 구경하는 지영이와 어머니가 있었다. =___=

뚝뚝—

시궁창에서 허우적거리다 기어나온 생쥐 꼴로 들어오는 총각과 내 모습을 보고 뜨거운 김이 폴폴 피어나는 커피를 꿀떡 눌러 삼킨 뒤 폴짝대며 현관으로 튀어오는 총각네 어머니. 소파에 기대앉아 총각과 날 흐뭇하게 바라보고 있는 넉살 좋은 지영이.

"지란아!! 다 젖었네, 다 젖었어!! 일본 날씨가 원래 지랄 같아서 비가 자주 내려!!"

"엄마, 지민이. 지민이. 지민이. 지민이. 박지민!"

이를 갈며 지민이를 반복하는 아들내미의 모습에 알았다고 힘차게 고개를 끄덕이는 씩씩한 어머니셨다.

"우리 후니 애인도 온다길래 생일 기념으로 한 턱 쏘려고 했는데 비가 와서 영… 아참, 둘이 사귀니까 같은 방을 써야겠네? 지훈아, 네 방에서 같이 자렴."

"푸핫—!!"

소파에 기대앉아 있던 지영이가 어머니의 말에 마시고 있던 커피를 추잡스럽게 그대로 뿜어내 버렸다. 너무 개방적인 총각네 엄마의 발언에 나 역시 몸을 사리며 슬금슬금 뒷걸음질을 쳐야 했다. 그에 반해 너무 무덤덤한 총각이 젖은 옷을 쥐어짜며 입을 열었다.

"일본이랑 한국이랑 달라."

"뭐가 다르다는 건데? 사귀는 거 아니었어?"

"엄마가 이해 못하는 뭔가가 있어."

"엄마가 이해 못하는 뭔가는 이 세상에 존재하지 않아."

"아, 그러니까 사귄다고 다 그런 거 아니라고!!"

"이 자식이!! 왜 엄마한테 고함을 질러?!"

"아줌마!! 아들이 사고쳤으면 좋겠어?!"

"우리 아들 변했어. -_-"

아들의 입에선 아줌마라는 소리까지 나왔다. 엄마의 입에선 아들이 전 같지 않다는 소리까지 나왔다. 나와 지영이가 아들과 엄마를 어렵사리 떼어놓은 덕에 모자의 말다툼도 별 탈 없이 고대로 사그라들었다. 대신 훌쩍이며 안방으로 들어가 버리는 어머니. =_=

"아, TV나 보자."

지잉—

"#%ㅛ%&%^*%@%&$^#!!"

"미친. -_-"

틱—

어색함을 무마시켜 보려 TV를 켜는가 싶더니 알아듣지 못할 말이 마구 쏟아져 나오자 바로 TV를 꺼버리고 귀를 후벼 파는 지영이.

"분위기 가라앉았어."

"속옷 비쳐."

"어?"

"너 이러려고 일부러 비 맞았지!!"

총각은 짜증스레 바닥으로 시선을 내리깔더니 젖은 운동화만 요리조리 살피며 나와 시선이 마주치는 걸 꺼려했다. 총각이 소리를 지르는 바람에 귀를 후벼 파던 지영이가 화들짝 놀라 내 얼굴을 바라보았다. 내 가슴을 뚫어져라 쳐다보다가 거세게 튀어와 무자비한 손길로 날 이층으로 끌었다.

"이런 쯧쯧, 둔해 빠진 년. -_-"

더 이상 뒷걸음질칠 수 없는 막다른 곳에 날 몰아붙이고 거만하게 팔짱을 낀 채 말을 이어가는 지영이의 모습이 너무 괴기스러웠다.

"비가 와서 오늘은 구경도 못하겠어. 우리 내일 시내 나가자."

"쓰읍!! 말 돌리지 말고!! 내 연애학으로 봤을 때 확실히 너한테 문제가 있어."

"너마저 날 문제아 취급하는 거야?"

"그래, 어차피 잘된 건지도 몰라."

"지영아, 그런 표정 짓지 마. 무서워."

"방금 너의 속옷이 비친 모습에 매우 당황해하는 표정을 난 보고 말았어."

속옷이 비친다는 말에 고개를 수그려 내 몸뚱어리를 내려다본 뒤 경악하는 날 뒤로하고 게슴츠레한 실눈으로 날 훑던 지영이가 입꼬리를 비틀어 올리며 입을 열었다.

"이 답답한 것, 화도 안 나냐!! 싸가지를 상실한 그 잡것이 서지훈의 옛날 애인이었다며!! 엄마랑 닮아서 좋아한 거라면, 그게 이유라면 언제고 다시 흔들릴 수 있단 말이지. 게다가 너는 그들과 이미지가 너무 달라."

"놀라운 상상력과 추리력을 가졌어, 지영아."

"오늘 밤, 섹시 컨셉으로 서지훈을 불살라 네 것으로 만들어 버리는 거야. 훗!"

"돼, 됐어, 지영아. 사양할래."

"오늘 밤 너도 섹시하다는 걸 보여주는 거야. 자자, 어서 방으로 들어가 계략을 꾸미자. 투나잇 그대와 함께. 꺄르르륵. >_<"

"지영아, 사양한다니까!!"

다락방으로 추정되는 웬 골방에 감금당한 채 지영이의 말도 안 되는 계략을 30여 분간 듣고 있던 난 귀를 틀어막으며 그곳을 뛰쳐나와 버렸다.

"박지민, 거기 안 서!! -0- 유혹을 하란 말이야!!"

"죽어도 안 할 거야!! 넌 친구도 아니야!!"

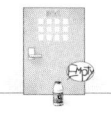

"누굴 유혹해?"

우뚝―!!

방금 목욕을 마치고 나왔는지 젖은 머리를 매만지며 이층으로 올라오던 총각이 지영이와 내 목소리를 들었나 보다.

"아, 아니, 럭키가 발정기가 됐는지 밤마다 외롭다고 운다고……."

고개를 삐딱하게 기울이고 눈썹을 찌푸리기 시작하는 총각을 보고 있자니 내가 무슨 실수를 한 듯한 찜찜한 기분이 든다.

"아니, 정훈이는 엄마 생일인데 안 와?"

별로 내키지 않은 질문이었지만 애써 무안한 분위기를 떨쳐 보려 내뱉은 말이었는데,

"이따 저녁에 도착한다더라."

가라앉아 있던 내 기분은 밑도 끝도 없이 더 더욱 가라앉아 버렸다.

"그래, 대놓고 물어보는 게 낫겠네!!"

잊고 있었다. 아니, 어쩌면 부인하고 있었는지도 모르겠다. 내 뒤에 부담스레 척 들러붙어서 총각의 얼굴을 뚫어져라 훑고 있던 지영이를.

"그래, 지영아. 대놓고 내 팔뚝 물어. 사정없이 물어버려!!"

"쓥, 이런 무식한 년!! 아이고, 절루 좀 비켜봐!!"

지영이는 내 머리통을 옆으로 거세게 밀치더니 총각을 뚫어져라 훑어대기에 여념이 없었다. 그리고 난 지영이의 거친 손길에 바닥으로 의해 널브러지자 총각의 미간이 꿈틀거리는 걸 보고 말았다.

바닥에 내쳐진 충격에 관절뼈가 골절되는 소리를 동반한 고통이 밀려왔지만 입에서는 웃음이 나오는 괴기스런 현상을 체험해 버린 나. =＿=・

"애 잡을래?"

"아이고, 웃겨라. 아가란다. 아가를 잡았대! -O-"

저 마빡에 개 밥그릇을 던져도 시원찮을 여자. 그 여자는 아가를 잡았다는 말을 연발하며 자지러지게 웃어댔다. 하지만 그 앞에서 굳은 표정으로 그 여자를 쳐다보는 한 남자는 저 여자의 추태를 너그러이 이해해 줄 만큼 참된 인간성을 지닌 인간이 아니다.

"꺄르르륵! 근데 우리 정말 어디서 만난 적 없나요?"

바닥만 구르지 않았지, 정말 실성한 사람처럼 웃던 지영이가 웃음을 뚝 멈춘 후 총각의 코앞에 얼굴을 갖다 대고 심각하게 물었다.

"애인 친구랑 대놓고 바람피울 만큼 죽일 놈 아니거든? 나 꼬시지 마."

"솔직히 내 타입이긴 하다만, 나도 임자 있는 놈은 건드리지 않쏘이다!!"

"임자 있는 놈 몸뚱어리에 구역질하는 건 괜찮고?"

"……."

너무 허무하게 참패한 지영이. 길 잃은 강아지들 머리를 후려치며 동네를 주름잡던 지영이의 패기는 그 어느 곳에서도 찾아볼 수 없었다.

"너 말야, 나 말고 내 친구를 소개시켜 줄 테니까 사귈래?"

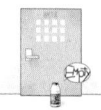

"진짜, 진짜, 진짜, 진짜로 우리 어디서 만난 적 없어요?"

총각과 지영이의 입에서 동시에 튀어나온 저 두 마디에 나는 귀를 틀어막아 버렸다. 듣지 않아도 뻔해. 총각은 분명 정만이를 들먹거릴 테고 지영이는 조용한 데서 차나 한잔하자고 빈정거릴 테지. =__=

"야, 그 딴 거 안 먹혀!! 구정만이라고 내 친구 있는데 저번에 봤지, 어?"

"너무 낯이 익어. 근데 정만이라? 잘생기었소?"

"아씨!! 얼굴 좀 딸리면 어때서! 얼굴이 밥 먹여준다든? 까드깡 땜에 시달리거나 꿔준 돈 못 받은 거, 그런 건 그 새끼가 알아서 처리해 주거든? 사귈래, 말래!!"

지영이는 얼굴 생김새가 궁금한 나머지 넌지시 한마디 건넨 것뿐인데, 정만이의 외모 얘기에 지나치게 흥분하며 과민 반응을 하는 총각이었다. 우리 정만이는 카드깡도 잘 해결해 주고 그러나 보다. 착하기도 해라. =__=

"후나!! 엄마가 잘못했어!! 엄마 생일 선물은 줄 거지? -0-"

입에 거품을 물고 부르르 떨어대는 지영이에게 정만이의 직업과 외적 생김새를 설명하며 건실한 친구이니 소개받으라고 반 협박을 하던 총각은 아래층에서 들려오는 엄마의 부름에 내 손을 낚아채 빠르게 그 자리를 떠버렸다.

"으악!! 시멘트 벽에 내 면상이 갈리는 한이 있더래도!! 내 눈을 칼자루로 후벼 파버린다고 해도……"

잠시 뒤 이층에서 들려오는 지영이의 괴성과 성스럽지 못한 욕지거리들.

"아씨, 귀 따거! 니 친구 왜 저렇게 드세냐!!"

"그래도 카드깡 얘기는 조금 심했어. 궁시렁궁시렁."

"넌 카드 만들지도 말고 쓰지도 마!! 만들다가 걸리면 돼져."

불현듯 정시시킨 카드를 풀어달라며 아빠에게 고함을 질러대던 총각의 모습이 떠오르는 건 왜일까? 자기는 쓰면서 나는 안 될 게 뭐가 있겠니.

"가난한 내 팔자. 엄마 몰래 카드나 한 개 만들어먹어야지."

후에 가해질 엄마의 이년 세레모니와 구타 퍼레이드를 생각할 때, 나란 인간에게는 카드를 만들 용기와 배짱 따윈 절대 없었다. =__=
내 중얼거림에 계단을 내려가던 발걸음을 멈추고 두 계단 위에 서 있는 날 삐딱하게 올려다보는 총각.

"내가 노가다를 뛰어서라도 밥 벌어먹일 테니까 만들지 마!"

"딸꾹! 울먹. 만드는 법도 몰라. 왜 화를 내!"

"등신 같은 게 씀씀이도 헤프면 너 데리고 안 살아!! 확 갖다버릴 거야!!"

데리고 안 살아! 총각의 그 말은 헤프지만 않으면 데리고 살 마음이 있다는 뜻으로 들린다.

"아싸! =__="

"뭐?"

나도 모르게 튀어나온 말에 난 내 입을 틀어막으며 당황해야 했다.

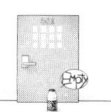

언제부터였는지 총각과 내 대화를 엿듣고 있던 지영이는 미친… 이라고 외치며 후다닥 계단을 내려가 버렸다.

쏴아아—

한국 땅이 아닌 일본 땅에서의 첫날밤은 야속하게 째깍째깍 흘러만 갔다. 구멍 뚫린 듯한 하늘은 좀처럼 빗물을 거두어들일 맘이 전혀 없는 듯했다.

우르르— 쾅—!!

식탁에 쪼르륵 둘러앉아 시뻘건 고깔 모자를 머리에 쓰고 어머님이 억척스레 쥐어준 폭죽을 손에 쥔 무리들. 어머니는 온몸에 닭살이 돋아 오를 만치 음산한 천둥소리에도 개의치 않으시고 고깔 모자를 매만지며 그저 행복하게 웃고 계셨다. =＿＿=

"저 봐라. 정만이 새끼가 노해서 눈물 짜내는 거라니까!!"

"얼굴 우대. 미남 환영. 내 이상형. 그 어디에도 정만 군은 합당치 않더이다. -_-"

"지나치게 솔직해서 짜증나그든?"

자기 자신도 조금 지나치게 솔직하다는 사실, 알기는 아는 걸까? 총각과 지영이는 서로가 서로에게 가까이 가는 걸 극도로 꺼려했다. 둘은 날 사이에 두고 양 옆으로 자리를 잡고 앉아 벽을 보며 얘기를 나눴다.

"지란아!! 모처럼 일본까지 왔는데 비가 와서 구경도 못하고 어떡하니?"

"놀러온 것도 아니고, 생일 축하하러 온 건데요. 전 정말 괜찮아요. =＿＿= 씨.익."

전혀 괜찮지가 않다. 이 기세로 가다간 내일도 집 안에 콕 처박혀 마당에 핀 시퍼런 이끼 옆에 들러붙어 기념 사진을 찍으며 보내야 할지도 모를 판이었다. 그리고 지영이와 난 아마도 친구들에게 사진을 들이밀며 거짓말을 해야겠지? 일본에서 천 년에 한 번 필까 말까 한 이끼와 즐거운 한때를 보내며 찍은 사진이라고. =＿＿=

"소박해. 키는 180㎝만 훌쩍 넘기면 되고 얼굴은 조성모를 조금 믹스……."

"거기까지! 정만이한테 말해 줄 테니까 깨지 말고 오래 사귀어라."

지영이는 결국 경련이 일어나는 몸을 추스르지 못한 채 거품을 물고 식탁 위에 널브러져 버렸다. 가엾은 내 친구는 총각의 성격에 쉽게 적응하지 못했다.

"후나!! 지란이 친구 괴롭히지 마!! 지란이 보기가 부끄럽지도 않니?"

엄마의 말에 내 얼굴을 쓰윽 쳐다봤다. 아주 탐탁지 않게 말이다.

"어, 안 부끄러워."

이런! 아주 태연스레 부끄럽지 않다는 말을 내뱉는구나. 조금의 부끄러움을 기대한 난 한순간에 바보가 되어버렸어, 총각. =＿＿=

"정훈이 새끼 오든 말든 케이크에 불붙여."

쓰윽—

식탁 위에 반쯤 엎드려 있던 총각은 케이크를 뒤덮고 있는 시허연 생크림을 손가락에 묻혀 내 볼에 묻혔다. 물론 전혀 미안해하는 기색

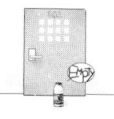

없이, 너무도 태연히, 너무도 거만하게. =__=
"먹는 걸로 장난치면 벌받는대. 묻히지 마."
쓰윽—
"무슨 벌 받는다든?"
또 한 번 생크림을 내 볼에 보기 좋게 찍어줬다.
"서지훈! 너 지란이한테 무슨 짓이야!! 엄마 케이크에 손대지 마!! -0-"
내 볼에 생크림이 덕지덕지 찍혀지는 것보다 생일 케이크가 허물어져 가는 것이 더 걱정이었나 보다. 걱정스레 생일 케이크를 요리조리 살피고 또 살피며 아들내미의 손등을 찰싹찰싹 때려대는 어머니.
"아, 아줌마!!"
"내 케이크에 손대지 마라, 이놈아!"
찰씩칠싹—
보고 싶지 않은 광경. 고개를 돌려 모자를 외면해 버리고 죽은 듯이 식탁 위에 널브러져 있던 지영이를 흔들어 깨웠다.
흔들흔들—
"지영아, 일어나 봐. 일어나!"
"미친… 내 이상형은 조성모라고! 흑!"
개판 오 분 전이라 함은 오 분 후에 개판이 될 것을 미리 암시하는 뜻일 테다. 엄마가 손등을 때리든 말든 끊임없이 케이크를 허물어가며 생크림을 내 볼, 이마, 콧등, 심지어 입술까지 무자비하게 찍으며 좋아하는 총각, 조성모를 울부짖으며 오열하는 지영이. 지금 내가 보고 있는 이 광경은 그야말로 개판 진행 중이었다. 시계는 정확히 오후 7시 20분을 가리키고 있었고 분노와 오열로 얼룩진 식탁의 상황을 아는지 모르는지 요란스레 현관문이 열렸다.

철커덕—

"미쳤어, 미쳤어! 왜 공항에 아무도 안 나온 거야!! 나 번개맞아 죽을 뻔했단 말이야!!"

뇌가 없는 아이가 찢어진 우산을 손에 들고 그 모습을 드러냈다. 그러나 아무도 반기지 않는 분위기. 아무래도 번개에 맞아서 죽을 뻔 했다는 이야기에 모두 마음의 문을 닫아버린 듯했다. 양치기 소년, 서정훈.

"서정훈, 어차피 다시 올 거 그냥 가지 말랬잖아! 왜 엄마 말 안 들어!!"

"아악! 저 기집애 뭐야!! 왜 니가 여기 있는 거야!"

"정훈, 안녕? =____= 씨. 익."

"훌쩍! 쟨 또 누구여! 어? 너 어디서 나랑 만난 적 있지 않냐?!"

고개를 처박고 오열하던 지영이가 고개를 들고 외쳐 댄다.

"난 만인의 연인이야. -_-"

"저 미친놈, 그 우산은 쓰레기통 뒤져서 건졌냐?"

정말 누구 하나 따스하게 반겨주지 않았다. 길거리에서 주운 듯한 허름한 우산을 현관에 조신하게 세워놓고 절뚝거리며 걸어 들어오는 동생 놈. 국적을 의심하게 하는 저 차림새. 정녕 한국인임을 포기하고 싶은 거니? 끝을 가늠할 수 없는 너의 최첨단 구제 패션은 도대체

어디까지 앞서 가야 직성이 풀리는 거니?

"서정훈!! 너 왜 절뚝거려!! 아빠가 또 골프채 휘둘렀니? 그 인간은 새 장가를 들어도……."

"빨리 안 튀어와!!"

"아우, 씨파!! 웃기네, 웃기네! 아파 뒈지겠단 말이야!!"

새 장가? 엄마의 말을 중간에 잘라먹는 버릇없는 행동을 취하더니 절뚝이는 동생 놈을 너무도 아니꼬운 목소리로 구박하는 잔인한 형.

7시 24분. 다 허물어져 가는 생일 케이크에 초가 꽂혀졌고 불이 켜졌다.

"너 나 어디서 본 적 없어? 쯥, 낯이 익어. 기분 찜찜해."

"지영아, 이제 고만 해."

"웃겨, 웃겨! 띨빵이 친구냐? 진짜 웃기게 생겼네. -_-"

"저런 미치… 읍!"

미친이란 소리가 나오기 전에 서둘러 지영이의 입을 틀어막아 버렸다. 내 옆에서 라이터를 깔짝깔짝거리며 지영이와 동생 놈을 노려보는 총각은 몹시 노한 상태였다. 어머님은 우리가 왜 태어났느냐는 노래를 불러줬으면 좋겠다고 하셨다. 특히 얼굴도 이쁜 게 왜 태어났느냐는 부분을 강조하여 불러달라고 신신당부하셨기에 모두들 씁쓸한 표정으로 왜 태어났느냐를 불러야 했다. 왜 태어났느니만 중얼거리다가 얼굴도 이쁜 게 부분에서 입을 꾹 다물어 버리는 큰아들을 엄마는 미처 발견하지 못하신 듯했다.

"후우, 우리 지훈이랑 지란이 오래오래 사귀어라!!"

촛불을 끄며 큰 소리로 소원을 외치는 어머니. 원래 소원은 마음속으로 삭히는 건데… 저렇게 크게 떠들면 이뤄지지 않는다고 하던데… 좋으면서도 찜찜한 이 알 수 없는 기분.

"아싸!! 소원은 딴 사람한테 말하면 안 이뤄진다더라. 아싸, 좋았어!! 꺄르르륵! >_<"

진심으로 즐거워하는 저 낯짝. 뭉개 버리고 싶어라. =__=

"시끄러!! 절루 안 꺼져!! 미신이야, 이 빌어먹을 새끼야!"

"으아악!! 엄마, 형 새끼 습관적인 폭력이야!! 경찰에 신고해 버려!! -O-"

"훗! 그거 어느 정도는 사실이랍디다."

"니가 어떻게 알아, 이 기집애야! 넌 좋은 말로 할 때 정만이랑 사귀기나 해!"

"이런!! 거기서 정만이는 왜 나온답니까!! -O-"

잠자코 묵념하고 있던 지영이까지 총각의 염장을 뒤집었고 또다시 개판이 되어버린 밥상.

"何あってるの！静にしてよ!!"

알 수 없는 어머님의 한마디에 총각과 동생 놈이 잠자코 입을 다물었다. 일본어를 알아들을 리 없는 가엾은 내 친구는 쉬지 않고 고래고래 소릴 내질렀다. 분위기를 봐서라도 조용히 하라는 뜻인 것 같은데 어째서 입을 다물지 못하는 게냐, 지영아?

"박지민, 니 친구 입 막아!!"

"내 이상형은 조… 읍!"

　난 총각이 시키는 대로 고분고분 지영이의 입을 손바닥으로 철저히 봉쇄했다.

　난잡하기 그지없던 생일 파티가 끝났다. 저녁 8시에 남자 친구와 약속이 있다며 외출하는 어머님의 손에 난 황급히 생일 선물을 쥐어 드렸다. 어머님은 선물을 가슴에 꼬옥 안고 집을 떠나셨다. 집 안에 덩그러니 남겨진 네 명의 무리.

　"박지민, 오랜만에 착한 일 한다? 선물 뭔데?"

　"비밀. =__= 씨.익."

　내 미소가 부담스러웠던지 바로 고개를 돌려 날 외면해 버리는 총각. 난 끝까지 입가에 걸린 미소를 잃지 않으려 노력했다. =__=

　"한 번만 더 웃기면 주둥아리를 확 찢어버릴 거야!! -0-"

　"웃기네, 웃기네!! 니가 이러고도 살아남길 바래?"

　"너 나 본 직 있어, 없어? 기분 나쁘게 왜 이렇게 낯익은 거여!!"

　"난 만인의 연인… 으악! 전설의 고향이다!"

　만인의 연인을 외치려다 돌연 전설의 고향을 외치며 자신을 벽면 구석에 몰아넣은 지영이를 힘껏 밀고 이층으로 후닥닥 뛰어가 버리는 정훈이는 뭔가에 심하게 놀란 얼굴이었다. 그 뒤를 따라 지영이도 저돌적인 기세로 이층으로 올라가 버렸다.

　쏴아아아—

　비는 그칠 기미도 없이 세차게 내렸다. 소파에 긴 다리를 쭈욱 뻗고 대자로 늘어져 있던 총각은 무안하게 아까부터 날 바라보고 있는 듯했다.

"내, 내 얼굴에 뭐 묻었어?"
"생크림. 추잡해."
"어, 그래. 추잡해서 미안해."
"큭! 내가 먹어줄게. 일루 와봐!!"
"뭐라굽쇼?"

소파에 드러누워 거만하게 손가락을 까닥인다. 내 볼에 묻은 생크림을 먹어준다고? 저런 상것. 느닷없이 이층에서 들려오는 지영이의 괴성. 총각은 여전히 손가락을 까닥이며 이리 오라는 러브 콜을 보낸다. =___=

사랑이냐, 우정이냐? 그것이 문제로다. 햄릿 아저씨가 나에게 자문을 구해온다면 난 주저없이 사는 게 낫소이다라고 대답해 줄 것이다. 햄릿 아저씨는 나에게 무어라 대답해 줄 테요? 응?

"악!! 북한이랑 통일이 안 되니까 이 꼬라지잖아!! 아악!!"
끊이지 않는 지영이의 괴성.
"아, 고막 찢어지겠네! 박지민, 생크림 먹어줄 테니까 와봐."
"지영이가 위급해 보이는데 잠깐 올라갔다 오면 안 될까?"
"어, 올라갔다 와."

내 말에 힘없이 손가락을 떨구더니 고대로 소파에 얼굴을 파묻어버리는 총각. 진작에 말을 꺼낼 걸 여태 뭐 하러 고뇌하며 머리를 쥐어짰단 말인가. 이층에 있을 지영이를 향해 내달리려는데 소파에 고개를 처박고 있던 총각의 작은 중얼거림이 빗소리와 하모니를 맞춰 내 귓가에 노래를 불렀다.

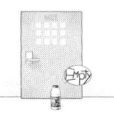

"대신."

"어? 뭐?"

"대신 평생 너랑 키스 같은 거 안 할랜다. 신경 쓰지 말고 올라갔다 와."

정말 신경 쓰이는 목소리로 신경 쓰지 말라는 말을 내뱉는구나!

"어? 어, 신경 안 쓰고 갔다 올게."

애써 못들은 척 고개를 흔들며 계단을 향해 걸음을 떼려는 찰나, 난 총각의 나지막한 한마디에 더 이상 걸음을 뗄 수 없었다.

"씨발, 평.생."

우르르— 쾅—!!

햄릿 씨, 난 사랑인가 보오. 통일을 외치며 악을 지르는 정희를 뒤로하고 난 뚜벅뚜벅 총각을 향해 걸어갔다. 마치 다리 병신에 홀린 듯이. =__= 우정을 뿌리치고 사랑을 찾아 소파로 걸어오자 고개를 빠끔히 들어 나에게 뜻 모를 눈웃음을 지어주는 총각이었다. 단지 눈으로 말이다. 입은 전혀 웃고 있지 않았다.

"평생이란 말에 사정없이 쫄았군. 큭!!"

"사정없이 쫄지는 않았어."

"몹시 쫄았겠지."

말을 말기로 하고 조용히 입을 다물어 버렸다. 어차피 난 적수가 되지 못하니 구태여 개기고 싶진 않았다.

할짝—

"생크림은 느끼한데 니 입술은 맛있다."

"으악!!"

"뭐냐, 그 반응은? 사람 무안하게 왜 소릴 질러, 지르긴!!"

정녕 무안하기는 한 거니? 그게 무안한 사람이 취해야 할 표정이라 생각하는 게냐? 소파 위에 힘없이 늘어져 날 올려다보고 있던 총각이 내 손목을 끌어 허리를 수그러뜨린 뒤 발칙하게도 혀 끝으로 내 입술에 묻어 있던 소량의 생크림을 핥아먹고 입맛을 다신다. 순진하기 한량없는 난 먹어준다길래 손으로 콕 찍어 먹어주겠다는 소리인 줄 알았다. 불순하기 그지없는 총각은 첨부터 그럴 생각 따윈 절대 품고 있지 않았나 보다. 해피가 내 얼굴을 핥아댈 때 멍멍대며 쑥쓰러워했던 것 같은데… 저 두터운 가죽때기.

"에이씨, 생크림 좋아지려 한다."

"배가 고팠으면 고팠다고 말을 했어야지. 생크림 케이크 많이 남았단 말야. 이런 불순한 짓 하지 말고 케이크를 먹어."

"등신아, 나 욕구 불만인가 봐."

"제발 진지하게 그런 말 좀 내뱉지 말아. 남들이 보면 진짜 욕구 불만인 사람인 줄 알겠어."

일본에 오더니 심경에 엄청난 변화가 생긴 걸까? 제 입으로 자신을 가리켜 욕구 불만이라 하더니 갑자기 내 모가지를 우악스레 끌어당겨 팔을 둘러버린다.

콩닥콩닥—

이런 분위기가 정말 오랜만이라 이놈의 심장도 많이 놀랐는지 미친 듯이 뛰어댄다. 숨이 꽉꽉 막혀온다. =___=

"어제도, 어제, 어제도 못했어. 마지막이 언제였는지 삼 초 만에 기억해 내!!"

어제도, 어제, 어제도 못한 거? 학교는 아예 땡땡이치려고 작정을 하고 일본으로 날아온 인간이 공부를 못했다는 엄한 소리를 할 리는 없을 테고… 가장 유력한 건 키 자로 시작해 스 자로 끝나는 것밖에 없어!!

"그래서? 설마 위에 지영이랑 정훈이도 있는데 지금 하자는 소린 아니겠지요?"

"중간에 NG 내지 마."

"무슨 NG… 압!!"

내 입술을 덮쳐 버린 총각.

"미친!! 우리의 소원은 통일이라며!! 좁아 터진 남쪽 땅덩어리!!"

귓가에 지영이의 통일타령이 쉼없이 윙윙거렸다. 총각의 죽여주는 키스가 그런 내 귓구멍을 차단시켜 주었다.

2분 경과. 헤아리기 힘들 테지만 기회가 된다면 몇 명의 아낙과 입을 맞춰야 이 지경까지 키스를 잘하게 되는 건지 파헤쳐 보고 싶다. 이 바람둥이 녀석!

쿵쿵쿵—!!

"조성모랬어!! 주둥아리만 다물면 조성모 닮은 놈 소개시켜 준댔어, 너!!"

"웃겨, 웃겨. 그저 좋단다."

"미친!! 어쩜 인간이 변한 게… 호~ 죽이기는 한데 우리가 볼 장면은 아닌 것 같네!! 올라가자, 이놈아!!"

"죽이긴 뭐가 죽인… 웃기네, 웃겨! 소파에 자빠져서 버릇없이 키스하는 저 인간!! 형 새끼, 아우 눈 버렸어!! 잡아끌지 마!! 난 저 발칙한 것들 좀 더 구경할래!!"

"미친… 내가 할 소리다. 웃기네, 웃겨! 진짜 어이가 없네. 너 영화 찍냐?"

이미 귓구멍이 차단되어 버린 난 지영이와 정훈이가 이층에서 내려와 지금의 이 상황을 지켜보며 은밀하게 속삭이고 있다는 사실을 애석하게도 알아차리지 못했다.

우르르— 쾅—!!

화들짝—

"아!! 아씨, NG 내지 말라 그랬거든? 피나잖아!! 입술을 아주 씹어먹으려고 작정했구나!! 배고프냐?! 굶었어?!"

천둥 소리에 화들짝 놀라 총각의 입술을 세게 깨물어 버렸다. 피가 난단다. 내 이빨이 무슨 송곳니라도 된다는 거니? 발칙스러워라. 입술의 쓰라림을 견디지 못하고 자지러지게 발광하는 총각에 치여 차가운 바닥에 내쳐졌다. 엉덩이 뼈를 달래며 우연히 고개를 돌렸을 때 지영이의 거친 손길에 뒷덜미를 붙잡혀 이층으로 질질 끌려가는 정훈이와 눈이 마주쳤다. 모두 다 보았다는 듯한 그 눈빛. 그 눈빛이 내게 말했다, 웃기네, 웃기네라고. =__=

"훌쩍! 씨, 정훈이랑 지영이가 봐버렸어."

"나는 피 봤다!! 찜찜해."

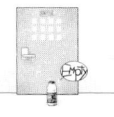

"훌쩍! 그나저나 여기는 과연 어디일까?"

지잉—

마치 모델들이 화보 촬영할 때 취하는 거만한 포즈로 소파 위에 드러누워 갖은 폼을 다 잡고 있던 총각이 돌연 리모콘을 들어 TV를 켰다. 개성 강한 몇 놈이 브라운관을 장악하며 뜻 모를 언어를 건네며 좋다고 꺄르륵대고 있는 유쾌하지 않은 장면. 아마도 여기가 일본이란 걸 내 스스로 깨우쳤으면 하는 바람에서 총각이 TV를 켠 것 같다. 아니면 말할 가치도 없다고 판단해 TV를 켠 건지도 모르겠다. 참 애석하지만 후자 쪽이 맞지 싶다.

"아니, 일본인 건 아는데… 내 말은……."

"난 또 모르는 줄 알았지."

틱—

내가 몸을 붙이고 있는 이곳이 일본이란 걸 안다고 대답하자 더 들을 것도 없다는 듯 TV를 꺼버리고 눈을 감는 총각. 어쩐지 아까부터 반쯤 감긴 졸린 눈이더라니. 어젯밤에 잠 안 자고 무얼 했길래.

"지영이한테 갈래."

"……."

목소리가 작았나? 조금 볼륨을 높여 다시 한 번 넌지시 말을 흘려보았다.

"지영이한테 가봐야지!"

"……."

대답없는 그대. 그로 인해 너무도 무안해진 나. 고개를 살포시 숙이고 쓸쓸히 이층을 향해 걸음을 떼었다. 내심 날 붙잡아 함께 놀아주길 바랬지만 고대로 잠이 들어버린 듯한 총각을 차마 흔들어 깨울 순 없었다.

훌쩍대며 올라온 이층.

"훌쩍! 지영아!! 지영아!!"

이층에서도 날 반겨주는 이는 없었다. 아니, 내 목소리를 어디선가 듣고 있으면서 일부러 모른 척을 하고 있는 것 같은 찜찜한 기분이 들었다. 중요한 건 지금 난 모두에게 철저히 외면당하고 있다는 것이었다. 이층은 다락으로 통하는 골방 하나와 두 개의 방문이 척 들러붙어 있다. 하나의 문고리에는 〈공부 중〉이라는 의심스런 문패가 나풀거리며 매달려 있었다.

"꼭 공부 못하는 것들이 흉하게 저런 짓을 일삼곤 했었지."

도베르만이 내달리고 다음날 몸살을 앓는다던 지나친 평수의 영감님 집과 비교했을 땐 소박하기 그지없는 평수의 집이었다. 그러나 우리 집과 비교했을 땐 왠지 모를 소외감이 드는 게 느낌이 비슷하다. 보나마나 무뇌아 놈의 방임이 틀림없는 방을 차갑게 외면하고 주위를 두리번거리다 옆에 있는 지훈 군의 방문 고리를 세차게 비틀었다.

철컥—

콩닥콩닥—

방 안으로 조심스레 발을 디디는 순간, 내 코 끝을 자극하는 베이비 파우다 냄새. 쁘띠에마망이라는 향수 냄새를 연상케 하는, 뭐 같

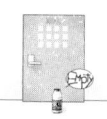

은 성격과 너무도 언밸런스한 파우다 향에 새로 나온 공기 청정기일 거라 스스로를 채찍질했다. 세간사리가 조금 부실해 보이는 퀭한 방은 무언가를 기대했던 날 조금 당황스럽게 했다. 허연 침대보의 싸한 침대 하나. 고가임에도 불구하고 자신의 가치를 발휘하지 못한 채 딱딱한 마루 바닥에 힘없이 널브러져 있는 노트북 하나. 그것이 이 방의 전부였다. =___=

오후 8시 30분. 누구 하나 나와 놀아줄 생각이 없는 듯했다. 타지에서 할 거라곤, 아니, 정확히 이 방에서 할 수 있는 거라곤 인터넷밖에 없었다. 노트북을 켜고 인터넷에 접속한 난 예전 버릇처럼 '아직도 사랑하세요?' 라는 까페에 입장해 있었다. 내가 예전에 남겼던 글들을 하나하나 삭제하고 탈퇴하기를 끝으로 현석 오빠를 망설임없이 훌훌 털어내 버렸다. 잘 가, 좋은 사람. 만약 석이 오빠랑 깨지지 않고 지금껏 사귀고 있다면 301호 버릇없는 앞집 남자와 난 그저 그런 이웃사촌으로 끝났으려나? 작은 한숨을 내쉬고 메신저에 접속했을 때, 친구 혜진이가 접속 중을 알리는 등불을 밝히고 있었다.

「우헤헤!! 잔아, 오랜만이여! 지금 나 지영이랑 일본이다!!^—^」
「바, 방금 남친이랑 깨졌거든? 씨풀, 기분 꾸꾸하니까 뻔치지 마. -_-」

평소 착하기 한량없던 혜진이. 아무래도 병째로 나발을 불었나 보다. 술 한잔 꺾은 뒤에 컴퓨터 키보드를 두들기는 걸 보면. 설마 지금 방에서 홀로 소주 병나발 불고 있는 거니? 그렇지만 지금 나와 놀아주는 이가 아무도 없었기에 이대로 대화를 종료시키고 싶진 않았다.

「힘내. ㅠ_ㅠ 그리고 나 진짜 일본에서 인터넷하는 거야!」
「나는. 누질랜드. 양 새끼랑. 소주 까. 면서. 별 보고 야. -_-」
「일본에서 천 년에 한 번 피는 이끼랑 기념 사진 찍어서 보여줄게!! ^—^」
「너네 집 앞. 하천 개울 가서. 찍은 거. 합성해주면. 너 그날로. 다구리. 야.」

그 말과 함께 접속 등불이 꺼져 버렸다. 무서운 협박에 가식적인 기념 사진을 찍어대는 일은 다시 생각해 보기로 했다. 홀로 쓸쓸히 까페를 휘젓고 다니다가 한 게시판에 뜬 글 제목.

지금 남자 친구가 위험해요!!

순진한 난 정말 남자 친구가 위험에 처해 도움을 청할 곳이 없어 게시판에 들어와 글을 남긴 줄로 알고 정의감에 불타올라 과감히 제목을 클릭했다.
따각—
클릭 후 ID 도발님이 남긴 게시물에 경악해야만 했다. 오, 이런! 음란 사이트 바로 가기 링크잖아! =___=
"나쁜 년, 남자 친구가 위험하다며!! 훌쩍!"
따각— 따각— 따각—

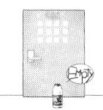

　내가 노트북을 끌 일말의 여유도 주지 않고 여러 음란 사이트들이 쉬지 않고 차르륵 모니터를 장악해 나가기 시작했다. 행여 누군가에게 들킬까 울먹이며 손모가지가 부러질 만큼 처절하게 창들을 하나하나 지워 나갔다. 하지만 하나를 지우면 또 하나가 뜨고, 또 하나를 지우면 또 하나가 새로 생겼다. ㅠ_ㅠ
　"도발이… 씨, 너 죽었어. 울먹."
　따각— 따각— 따각—
　덜컥—!!
　화들짝—
　"박지민!! 남의 방에서 뭐 해!! 왜 안 깨……."
　지금 일어난 건지 여전히 졸린 눈으로 갑자기 방문을 벌컥 열고 들어와 무슨 말을 하려던 총각은 노트북 모니터를 힐끔 바라본다. 대수롭지 않게 여기려 했다가 뭔가 아니다 싶었는지 고개를 까닥이며 다시 실눈을 뜨고 모니터를 뚫어져라 쳐다봤다. 그리고 그 정체를 알아차려 버렸다. 더 이상 말을 잇지 못한 채 순식간에 콘크리트처럼 딱딱히 굳어버린 그 사람의 안면. 차라리 이대로 죽어버리고 싶다. 이제 더 이상 살아갈 이유가 나에겐 없는 거야.
　"울먹. 오해하지 말라니까! 도발이가, 아니, 그러니까… 남자 친구가 위험하다고… 아니, 그게… 울먹. 아니, 나 야한 거 보려고 클릭한 거 아니란 말이야. ㅠ_ㅠ"
　가깝고도 먼 나라에 놀러와 놀아주는 이 하나 없어 방구석에 처박혀 인터넷하려다 이게 무슨 난리라니? 하나님, 이대로 한국으로 돌아가게 해주세요!

"그건 은밀한 속삭임 2탄이냐?"

은밀한 속삭임. 머리가 좋은 놈이라 별걸 다 기억하고 있다. 젠장!

"내가 무어라 해명한다 한들 다 변명으로 들릴 테지?"

"어!"

냉정한 놈. 그렇게 대놓고 소리치면 내 마음이 상처받는단 말여. 분노와 어이없음으로 딱딱하게 굳어버린 총각의 얼굴을 외면하고 총각에게 보이지 않도록 온몸으로 모니터 화면을 가렸다. 눈물을 훔치며 창을 하나하나 삭제시켜 갔다.

따각— 따각— 따각—

지우기를 잠시 중단해 버린 덕에 순식간에 눈덩이처럼 불어난 사이트들. =__=

"애쓴다, 애써. 아줌마, 하는 짓 진짜 야해. 알지, 어?"

울컥—

문지방에 기대서서 처절하게 마우스를 딸깍거리는 날 바라보던 총각의 한마디에 더 이상 추락할 데도 없는 내 자존심이 약을 잘못 먹었는지 반기를 들고 일어섰다. 그동안 삭히고 삭혀왔던 감정들이 더 이상 참을 수 없다며 깡으로 승화되어 그 속내를 드러내고 말았다.

"나 야, 야한 짓 하고 돌아다니는 거 하루 이틀 목격했어?!"

"아, 고막 손상되면 니가 책임질 거야?! 나 귓구멍 안 막혔어!! 볼륨 낮춰!!"

"나, 나는 뭐, 소리 지르면 안 된다는 법이라도 있대?!"

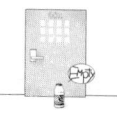

보아하니 구입한 지 얼마 안 된 신형 노트북이길래 행여 해가 갈까 걱정돼 노트북 뚜껑을 바로 닫지 못하고 음란 사이트 창을 하나하나 종료시키고 있던 나였다.

쾅—

눈에 뵈는 것도 없고 해서 온 힘을 실어 노트북 뚜껑을 턱 닫아버렸다. 조각날 뻔했다는 것이 다 무어냐? 그야말로 가루가 되지 않은 게 용하다는 표현이 절로 나올 만큼 요란하게 닫혀 버린 노트북.

"박지민, 너 진짜 신선하게 개긴다?"

개김에도 신선함과 덜 신선함이 있나 보다. 신선하다고 평가해 줘서 아주 고마워, 총각.

"개기는 거 아니야. 화내는 거야. 나 정희 하나로도 벅차. 참는 거 정희 하나로도 벅찼는데 싫증났어. 안 참을래."

"참기놀이 싫증나니까 나랑 화내기놀이하자는 거냐?"

이런 망할 놈. 내 한 맺힌 분노가 자네 눈에는 장난질로밖에 비춰지지 않았나 보구만. 미안하지만 나 지금 장난칠 기분이 아니네.

"화내기놀이할래? 해볼래?"

"아, 됐어!! 됐어!! 이 여자가 왜 이래!! 너 하나도 안 야해!! 됐냐?"

"미란 언니 사진을 못 찢는다고 해도 그럴 수도 있겠다… 너무 좋아했던 사람이라 그럴 수도 있겠다… 지금은 나를 미칠 만큼 좋아한 댔으니까 욕심 내지 말자 그랬는데… 지훈이 오빠 엄마가 미란 언니랑 너무 닮았단 거 알아?"

"아씨, 야!! 나가자. 어디 가고 싶냐? 비 그쳤네."

총각이 내 손을 잡았지만 난 그 손을 잔인하게 뿌리쳐 버렸다. 맘속에 꾹꾹 담고 있던 말들이 참 많았는데 모처럼 발산된 개깡의 힘을 빌어서 다 뿔어버릴 참이다.

"영화 같다, 그치? 드라마 같다, 그치? 너무 미안한데 나는 엄마랑 닮은 구석이 하나도 없어. 어떡해?"

"크큭! 야, 담부터 이런 엿 같은 놀이 하지 마. 알았냐? 나 열받았어."

내쳐진 손목을 만지작대며 헛웃음을 내뱉다 다시 굳어버린 표정. 너무 여유로워 보여서 화나. 나만 안달하는 것 같아서 화나.

"미안, 나 정말 화나게 할게. 현석 오빤 안 이랬어."

콰직—!!

"다시 말해 봐. 누구?"

정말 화나게 해버렸다. 총각은 바닥에 놓여 있던 노트북을 사정없이 발로 밟아버렸다. 그 단단한 노트북이 너무도 쉽게 눈앞에서 망가졌다.

철컥—

"아우, 짜증나 죽갔어!! 깨지는 소리에 물 풍선 잘못 날려서 우리 배찌 죽어버렸단 말이야!! 어떤 새끼가 집어 던졌어!! -0-"

"핑계 대지 마!! 금당 올려준다며!! 어쩐지 계급이 낮다 했더니. 쎄컨 좋아하시네!! 이런 허접때기!! -_-"

옆 방문이 열리고 정훈이와 지영이의 목소리가 들려왔다. 날 홀로 떨궈놓고 둘이 게임을 하고 있었나 보다.

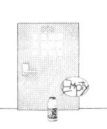

"석이 새끼는 어땠는데?"

오늘은 엄마 생일인데… 조금만 참았으면 됐는데……. 내 머리 속은 수없이 내가 나빴다는 말을 지껄이는데 내 입은 자꾸만 전혀 다른 말을 내뱉어 버린다.

"말 그대로야. 게다가 이렇게 무턱대고 물건 부수면서 나 겁주지는 않았어."

"아악!! 이놈의 형 새끼가 미쳤어!! 뭘 부순 거야, 지금!"

문이 열려 있던 형 방에 무심코 발을 들인 정훈이는 형 놈의 발 밑에 깔려 무참히 찌그러진 노트북을 발견한 뒤 고함을 내지르며 방 안으로 뛰어들어 왔다.

"형 새끼, 발 치워봐!! 미쳤어, 미쳤어!! 이거 봐, 이거!! 찌그러진 것 봐!!"

"서정훈, 꺼져."

"씨파! 팔아도 돈이 얼만데. 아이고, 형!"

이 무뇌아 자식, 분위기 파악이 그렇게 안 되니? 네 눈엔 망가진 노트북만 보이고 분노하는 형은 보이지 않는 거니?

"박지민, 무슨 일인데?"

뒤따라 들어온 지영이가 심상치 않은 총각과 내 분위기를 감지하고 오랜만에 친구다운 면모를 과시하며 걱정스레 물어온다. 그렇지만 대답없이 잠자코 고개를 숙여 버렸다. 하아, 낯선 땅, 다른 나라에 놀러와서 이게 뭐 하는 짓이야. 박지민, 참 얄궂다. 이렇게 화낼 거란 거 알면서 쓸데없는 말이나 해대고. 그래도 앞뒤 안 가리고 이렇게 노트북을 밟아버릴 줄은 몰랐다.

"석이 새끼처럼 성격 좋은 놈 아니라서 더럽게 미안하네. 좋아하는 여자 뺏기고 병신같이 보고 싶은 거 참아내면서 술이나 퍼마시고 찾아와서 깽판 부리는 석이 새끼가 아니라서 미안하다고!!"

현석 오빠가 술에 취해서 찾아왔었다고? 처음 듣는 소리다.

"찾아 왔었다고? 언제?"

"언제면 왜? 씨발, 그래! 아직도 너 못 잊었단다!! 술 처먹고 와서 내 앞에서 갖은 지랄 다 떨다 갔다!"

"과격한 형 새끼! 씨발이 여자 친구한테 할 소리냐? 늘 이런 식이야?"

어느 틈에 총각의 발 밑에 있는 노트북을 끄집어내 품에 안고 있던 정훈이가 심각하기 그지없던 분위기를 일순 흐트려놓았다. 당연히 화살은 바닥에 퍼질러 앉아 먼 산을 보고 있던 정훈이에게 쏠렸다. 애써 형의 시선을 외면하는 겁 많은 동생이었다.

"서정훈, 꺼지란 말이 귀에 안 박히든?"

"형 새끼, 자꾸 이렇게 막 나가면, 막 나가면 있잖아⋯ 나 진짜 사고쳐 버릴 거다. 대형 사고!"

후닥닥—

"야!! 너 허접때기라고 안 놀릴 테니까 게임하러 가자!! 금달 올려준다며!!"

"사실 나 허접이었어! 쎄컨이란 말 다 거짓말이야."

"이런 미친 아이!! 어쩐지 물 풍선 놓는 꼴이 엉성하더라!!"

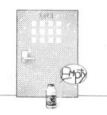

　　문 앞에서 팔짱을 낀 채 실로 몇 달 만에 보는 심각한 표정으로 방 안을 주시하던 지영이가 갑작스레 거칠게 달려와 정훈이의 뒷덜미를 잡아끌었다. 남은 한 손으로는 고개를 떨군 채 바닥만 바라보고 있던 내 손을 잽싸게 낚아채 갑갑했던 방 안을 벗어나게 해줬다.
　　따라다따~ 따라라라~ 따라따라따라라~
　　"정훈아, 배경 음악 끄고 게임할래? 좀 산만하네."
　　"웃기네, 웃기네. 집어치워!! 이 게임은 배경 음악이 생명이야!! 아악!! 씨파!! 니 면상 보다가 물 풍선 터졌잖아!!"
　　"미친… 잘하지도 못하는 것들이 꼭 입만 살아서는. 그거 갖고 당장 못 나가? 여자들 틈에 껴서 무슨 영화를 누리겠다고 몸뚱어리 붙이고 자빠져 있어!!"
　　"여기 내 방이야!! 그리고 니가 무슨 여자야, 깡패지!! -0-"
　　퍽―!!
　　지영이의 살기 어린 손놀림을 피해 자기 방에서 뛰쳐나가 어디론가 도주해 버린 정훈이는 어딘지 모르게 정희와 닮은 구석이 있는 놈이었다. 형 방과는 달리 어울리지 않게 깔끔한 방 분위기에 조금 놀라긴 했지만 침대 위에 날 앉혀놓고 자초지종을 캐묻는 지영이의 부릅뜬 저 눈이 더 놀라웠다. =__=
　　"투나잇에 유혹하러 갈 년이 무드는 못 잡을망정 언제 쌈질하랬냐!!"
　　"유혹이고 뭐고, 나 그런 거 안 할래. 하기 싫어."
　　"장현석 그 자식은 왜 또 튀어나온 건데!! 정희 년한테 가버린 놈이!! 아니야, 너의 그 싸가지없는 만행으로 더 더욱 투나잇의 역할이 중요해져 버린 게야. 좋았어!!"

"현석 오빠 나쁜 놈 아니야. 내가 나쁜 년이야."

"누가 뭐래!! 일본 구경할 때 입으려고 싸왔는데 집에 처박혀서 이 귀한 옷을 사용하게 될 줄이야. 아유~ 드러운 내 팔자."

지영이가 눈을 반짝이며 일본까지 바리바리 싸들고 온 보자기를 풀어헤치자 감히 무어라 표현이 안 될 만큼 부담스런 옷들이 요란한 자태를 뽐내며 내 눈앞에 모습을 드러냈다.

"지영아, 혹시 나한테 그 옷 입힐 생각이라면 너랑 절교할랜다."

"미친… 최고급 실크 원단으로 만든 옷의 가치를 너 따위가 어찌 알랴? 이게 바로 럭셔리 명품 패션이라는 거다."

"절루 갖고 가. 럭셔린지 개셔린지 너 혼자 다 입어라."

10시가 조금 넘은 시간에 지란이를 외치며 어머님이 들어왔고 마지못해 방에서 내려와 엄마에게 인사만 하고 날 쌩하니 자기 방으로 올라가 버리는 괘씸한 총각이었다.

"후나!! 너 지란이한테 왜 그래!! 이 자식이!! 얼굴 믿고 개기는 거냐!!"

내 눈에도 얼굴 믿고 개기는 걸로 보이네요.

"푸하! 웃기네, 웃기네!! 저거 봐라!! TV에서 여자가 남자한테 무시당해서 혀 깨물고 자살한다. 아, 재밌어라."

소파 위에 널브러져 꺄르륵대며 TV를 시청하고 있는 정훈이. 참 안타깝게도 화면에는 몇몇 사무라이들이 나막신을 질질 끌며 검술

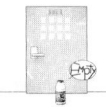
실력을 자랑한답시고 드넓은 잔디 동산을 내달리고 있었다. 저것이 과연 코미디인지 정통 사극인지 분간할 순 없었지만 여자가 남자에게 무시를 당해 혀를 깨물고 자살하는 내용 따윈 그 어디에도 보이지 않았다. 노한 시선으로 정훈이를 노려보는 지영이. 어머니는 날 방으로 이끌더니 내가 선물해 준 빨간 내복을 입어 보이시고는 내 손목을 꼭 부여잡고 연신 고맙다는 말을 해주셨다. 빨간 내복을 입고도 묘한 섹시미를 풍기며 그렇게 잘 어울리는 여자는 내 생애 처음이었다. 분명히 엄마와 같은 재질, 같은 가격, 같은 색상이 틀림없는데 달라도 너무 달랐다. 한국으로 돌아가면 엄마에게 다이어트를 넌지시 권유해 볼 생각이다.

시간은 너울너울 흘렀다.

때르르르르릉~

지영이의 핸드폰에서 12시를 알리는 알람 소리가 요란하게 울어댔다. 왜 12시여야만 했는지 궁금했지만 더 이상 입을 놀리면 주술이 풀린다는 협박에 입을 놀릴 수 없었다.

"이게 무슨 럭셔리야?! 옷 만들다가 원단이 모자랐다든?!"

"음, 머리는 풀어헤치는 게 좋겠어. 밤에는 부시시한 머리가 묘한 섹시미를 풍기는 거지. 좋아, 좋아. 됐어!"

거울에 비친 내 모습. 내가 봐도 너무 아슬아슬해. 이건 아니야.

=___=

"지영아, 생각해 보니까 내가 먼저 사과할 일도 아닌 것 같은데······."

"시끄러!! 자존심 때문에 서로 튕기다가 고대로 깨지는 수가 있어!!"

일 초 만에 다다른 괘씸한 지훈이 방문 앞. 노크를 하기 위해 오른손을 올렸다 내렸다만 20번째.

속닥속닥—

"못하겠다. 이게 뭔 짓이야?"

"들어가서 유혹할래, 내 손에 죽어볼래? 양자 택일해!"

정훈이 방문을 빠끔히 열고 고개만 들이밀어 슬며시 주먹을 들이미는 지영이의 저 괴기스런 모습. 실로 밤에 그 찬란한 모습을 보자니 등골이 오싹하기까지 했다.

콩닥콩닥—

분명 돌이 새끼한테 가라며 날 내칠 게 분명해. ㅠ_ㅠ 불은 켜져 있다. 아직 자고 있는 건 아닐 테고, 그 퀭한 방에서 할 수 있는 남은 놀이는 시체놀이밖에 없을 텐데. 갖은 생각으로 시간을 끌다가 내 손은 지영이의 주먹에 지레 겁을 먹고 노크를 해야 한단 기본 예절도 무시한 채 다짜고짜 방문 고리를 비틀어 버렸다.

덜컥—

그래, 박지민! 겁날 게 무어냐!! 미친 척해 버려!!

"저기… 저기, 지훈이 오빠… 아깐 내가 미안했……."

문을 열고 방 안에 들어갔다. 내 몸뚱어리는 고대로 얼어버렸다. 혼자가 아닌 그대. 바닥에 널브러진 맥주 캔들. 그리고 정확히 4개의 머리통이 내 눈에 박혀 들어왔다. 널브러진 맥주 캔 틈에서 쫌생이마

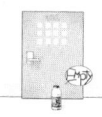

냥 홀짝홀짝 맥주를 마셔대다 나를 보고 마시던 맥주를 허공에 가차 없이 뿜어내 버리는 정훈이. 침대에 거만하게 누워 일본인 동무랑 도란도란 대화를 나누다 내 모습에 기겁을 하는 총각. 기타 일본인 국적을 지닌 두 명의 떨거지들. =___=

"다레?"

두 명의 떨거지 중 곱상하게 생긴 한 명이 팔다리가 없는 내 럭셔리 패션을 훑어보며 누구냐고 말을 걸어왔다. 난 유일하게 알아들은 그 일본어에 당황하다… 당황하다… 울먹이며 버벅거려야 했다.

"와따시와… 와따시와……."

총각의 불량 과외를 받아온 나였기에 와따시 말고는 할 줄 아는 일본어가 극히 드물었다.

"스게이. 혼또 카와이네. 다레? 다레나노? 카노죠? 토모다치? 나마에 나니? 캉코쿠 까라 킷타노?"

그 알아듣지 못할 언어. 숨 좀 돌리고 입을 열지 그러니? 총각 옆에서 도란도란 이야기를 나누며 확실히 니뿐 필을 풍기던 남아가 알아들을 수 없는 일본어로 쉼없이 입을 놀렸다. 그에 정훈이가 강하게 분노하며 일어섰다.

"웃기네, 웃기네!! 저 띨빵이가 뭐가 귀여워? 미쳤어, 미쳤어!!"

저 입을 찢어버릴 수도 없고, 막아버릴 수도 없고, 꿰매 버릴 수도 없고… 나는 어찌하여야 한단 말인가? 이 한밤중에 저 일본인 동무들이 무슨 연유로 남의 집을 방문했단 말인가? 저 동무들 어미, 아비께서는 자식 놈이 자정을 넘긴 시간에 남의 집에 음주를 하러 외출을 하는데도 아무 제지도 가하지 않았단 말인가? 괜한 남 걱정을 하며 황급히 몸을 틀어 방을 벗어나려는데 때마침 내 귀를 후벼 파고 들어오는 더럽게 띠꺼운 목소리 하나.
"박지민, 옷 죽인다? 옷 꼬라지가 그게 뭐야!! 팔다리가 왜 없어!!"
"내가 병신이야? 나 팔다리 있어."
"죽을래?"
저 신경질쟁이는 하루라도 화를 안 내면 몸이 과민 반응을 일으키나 보다. 짜증스레 침대에서 벌떡 일어나 내 앞으로 걸어온 총각은 나를 뚫어져라 훑어보다 작은 한숨을 내쉰다. 뒤에서 들려오는 동무 놈들의 야유에 얼굴을 찡그리는 것을 끝으로 날 덥석 안아버리는 뜻밖의 상황을 연출한다. 이 망할 놈이 또 술에 입을 댔나? =__=
"형 새끼!! 그렇게 안고 있으니까 띨빵이의 육감적인 몸매가 안 보이잖아!! 비켜봐, 좀!!"
천국의 문에서 같이 황천길에 오르고 싶은 인간의 이름을 대라면 난 주저없이 너의 이름을 목청껏 부를 것이다.
"보지 마, 이 미친놈아!"
그렇게 온몸으로 일본인 동무들과 정훈이 놈으로부터 내 몸뚱어리를 가리고 꿈쩍도 않는 총각이었다. 누구냐고 소리치는 동무 놈들의 아우성에 화답이라도 하듯 짜증 섞인 목소리로 소리쳤다.
"이 기집애한테 딴 맘 먹고 있는 새끼들 다 죽는다!!"
이 기집애=박지민, 새끼들=일본 동무들.
총각의 경박스런 언어 탈바꿈. 늘상 있는 일이지만 새삼스레 너무

도 당황스럽다.

"크큭! 서지훈, 여자 친구 귀엽네? 너한테 죽기 전에 자리 뜰란다. 일본 자주 넘어와, 새꺄!!"

일본인 특유의 니폰 필을 풍기던 일본 남아가 돌연 한국 말을 내뱉으며 자리를 툭툭 털고 일어섰다. 또다시 몹시 당황스럽다. 어리둥절한 표정으로 바닥에 앉아 있는 두 놈은 말귀를 못 알아먹는 걸로 보아 정말 일본인인 것 같았다. 날 몹시 당황케 한 일본 남아가 그 두 놈에게 귓속말로 무언가를 속삭여 주자 그제야 알았다는 듯 입가에 묘한 웃음을 흘리며 자리를 털고 일어선다.

"정만이 새끼랑 정욱이, 나 한국 뜨면 죽는다고 전해줘라. 딴 놈들은 다 송별 선물 줬는데 그 두 놈이 날 빈손으로 보냈어. 아차, 네놈까지 세 놈."

"내 백일 선물이나 소포로 보내, 이 병신아."

"어림도 없다, 이 염치없는 노옴!! 니 여자 친구 딱 내 타입이네. 미란이 누나랑 깨졌다더니 진짠가 보네. 정훈아, 형 간다!! 크큭!"

표현할 수 없을 만큼 힘든 욕을 시작해 응용할 수 없는 상스런 욕을 내뱉는 총각을 피해 두 동무들과 문 밖으로 도주해 버린 니쁜 필남아. 정만이와 정욱 군, 그리고 미란이 언니를 알고 있는 걸로 보아 일본으로 활동 무대를 바꾼 고등학교 친구인가 보다.

순식간에 방 안에 덩그러니 남은 총각과 정훈이, 그리고 나.

"이제 나 좀 풀어주면 안 돼? 수, 숨이 막혀서."

"한 놈 안 갔어."

"어?"

나갈 생각이 전혀 없어 보이는 그 남은 한 놈은 연거푸 맥주 캔을 비우며 크아! 죽인다만 연발할 뿐이었다. 어둠의 씨앗을 품고 있는 저 자식.

"나 미치는 꼴 보려고 이딴 되먹지 못한 천 조각 두르고 들어왔냐?!"

"하! 웃겨, 웃겨. 나 눈 버렸어. 이거 왜 이래?"

"넌 왜 안 나가!! 이 개자식아!"

결국 인내심의 한계를 느꼈는지 날 안고 있던 팔을 풀어버리고 발 밑에 있는 맥주 캔을 집어 드는 총각.

캉—

"아유, 씨파!! 맥주 캔에 대가리 맞아봤어? 미쳤어? 아파 뒈져!!"

총각이 던진 맥주 캔에 머리를 맞고 바닥을 떼구루루 구르는 정훈이는 미쳤어를 외쳐 댈 뿐 여전히 나갈 생각이 없어 보였다.

덜컥—

그때 돌연 두 볼에 홍조를 띤 지영이가 급작스레 방문을 벌컥 열고 거세게 뛰어들어 와 소리를 질렀다.

"뭐야, 박지민!! 안 먹혔어?! 말도 안 돼!! 그 럭셔리가 안 먹혔다니!! 그보다 방금 이 방에서 나온 니뿐 필 팍팍 풍기던 남자 누구야?"

투나잇 그대와 함께 불타는 이밤을 외치던 지영이의 야심찬 계획은 이렇게 물거품을 넘어 개거품이 되어버렸다.

"뭐? 안 먹혀? 야!! 니 짓이야? 니가 입혔어?!"

"그래, 내가 입혔쏘이다!!"

"야! 이 기집애야!! 그래, 미치게 잘 먹혔다!! 내 친구한테 미치게 잘 먹혔어!! 옷 안 갈아입혀?!"

"정만 군 말고 저런 친구를 소개시켜 달라 이 말이요, 내 말은!!"

"정만이가 얼굴 하나 딸릴 뿐이지, 뭐가 부족하다 그래!! 소개 안 받으면 지민이 친구고 뭐고 내 손에 죽을 줄 알아!!"

"얼굴이 부족하단 말이요!! 얼굴이!! -0-"

친구를 너무도 아끼는 총각과 미남을 너무도 아끼는 지영이. 둘 다 지나치게 처절해 보여 내가 참 안쓰럽다우. =__= 내 섹시 컨셉이 친구들한테는 먹히고 총각 자네한테는 안 먹힌 거야?라는 말을 건네기에 지금 상황은 그럴 만한 여유와 기회를 주지 않았다. 다시 정만이를 도마 위에 올려놓고 소개받네 안 받네를 가지고 피 튀는 혈전을 벌이고 있는 총각과 지영이를 안타깝게 바라보고 있는데 타는 듯한 뜨거운 시선이 느껴졌다.

"오, 죽여, 죽여! B? A? 씁, 빈약해. A다, A."

맥주 캔을 입에 물고 알파벳을 중얼거리며 내 특정 부위를 주시하고 있던 정훈이는 고막이 잘 발달된 총각에 의해 만 19년 생을 일본 땅에서 마감할 뻔했다.

"꺄아악! 나 못 봤어, 형 새끼야! 아무 것도 못 봤다고!! 나 사시인 거 알잖아!! 악!!"

"기분 드러운데 잘됐네. 이 병신 새끼야, 너 오늘 죽었어!!"

총각, 저 사시 자식 딱 죽을 만큼만 패줘.

시계가 12시 30분을 가리켰다. 죽기 직전까지 형에게 맞은 정훈이와 정만이는 사양한다며 발광하던 지영이가 온몸을 사리며 방을 떠버렸다. 침대보를 벗겨내 내 몸에 친친 감고는 침대에 벌러덩 드러누워 고대로 눈을 감아버리는 총각. 도대체 무슨 생각을 하고 사는지 알 수가 없다. 그래도 기회는 이때다 싶어 먼저 사과를 하려는데,

"아까 내가……."

"다신 딴 새끼랑 비교하지 마. 기분 더럽드라."

내 입에서 미안하다는 말이 채 나오기도 전에 눈을 감고 중얼대듯 한마디를 툭 내뱉어 버린다.

"어? 어."

"까짓 거, 사진 찢을게. 석이한테 다시 간다는 소리만 하지 마. 깨진다는 소리만 하지 마. 씨발, 네가 나 버리면 나 그날로 죽어. 박지민, 나한테 그런 여자니까 나란 새끼 한 번만 믿어주라."

가끔씩 내뱉는 멋있는 말로 내 마음을 울려버린다. 내 눈은 저 얼굴만 찾고, 저 얼굴만 바라보는데, 그런 내가 서지훈을 아까워서 어떻게 버리냐.

"나 그냥 믿어버린다. 그 말 나 너무 좋아한다는 말이라고 믿어버린다. 나 바본 거 알지? 이제 멋대로 오해하는 거 관두고 바보처럼 다 믿어버린다? 그래도 되지?"

"너 안고 싶은데 안고 나면 한도 끝도 없을 것 같다. 나 잘란다. 팔다리 없는 천 조각 내 눈에 띄게 하지 말고 조용히 사라져."

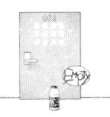

지영이가 자랑하던 이 럭셔리 패션이 총각 눈에는 팔다리 없는 천 조각으로밖에 비춰지지 않았나 보다.

"어? 어, 조용히 사라져 줄게. 근데 이 이불은?"

"필요없어. 갖고 가."

안 그래도 휑한 방인데 이불마저 들고 튀어버리면 내가 너무 모진 년이 되지 않을까? 호랭이가 가죽을 남기듯 이년이는 이불을 남길래요. 이불은 두고 돌아가려고 온몸에 친친 감긴 이불을 풀어내고 있는데 감고 있던 두 눈을 번쩍 뜨고 느닷없이 내 어깨를 꽉 잡는다. 아따, 놀라부러라.

"박지민!! 내일 저녁 비행기 타고 가기 전까지… 그때까지만이라도 우리 엄마 닳도록 봐. 지겹도록 봐. 너 머리 나빠서 까먹을지도 모르니까 계속 봐. 딴 건 다 잊어도 얼굴은 기억하고 남겨주라."

"어? 그게 무슨 소린데?"

"우리 엄마 재혼하거든? 딴 가족 생긴다고. 그럼 너랑은 완전히 남남이고. 큭! 호적상으로는 나랑도 모르는 사람이 되어버려."

"아, 재혼? 어."

몰랐는데, 난 그저 이혼하신 줄로만 알았는데 재혼하시는구나. 엄마가 재혼을 한다는 말을 덤덤하게 내뱉는 총각이었다.

"니가 커피숍에서 나랑 같이 만나는 거 봤다던 그 여자, 저번에 우리 집에서 본 그 여자, 우리 새엄마거든? 아씨, 집안사 복잡한 거 쪽팔려서 말 안 하려고 그랬는데."

쭉쭉이… 씨가 총각의 새엄마셨단다. 난 그동안 것도 모르고 쭉쭉

이를 얼마나 씹어댔던가. =__=

"하나도 안 쪽팔려. 진작에 말해 주지. 그럼 인사라도 했을 텐데."

"그 여자한테 너 먼저 소개시켜 주면 우리 엄마 샘 많아서 잠 설치거든? 큭! 재혼하기 전까지는 말 안 하려고 했는데… 아, 됐어!! 나 우리 집 얘기하는 거 제일 싫어. 내일은 딴 데 쳐다보지 말고 우리 엄마 얼굴만 쳐다봐."

"어. 울지 마."

"미쳤어? 안 울어!! 남자 새끼가 짜는 거 봤어?"

"어. 우리 아빠 장독대 뒤에서 맨날 용돈 적다고 울어."

두 눈이 반짝거리는데도 끝까지 자존심 구기는 꼴 보이기 싫을 테지. 차라리 울어버리지 아무렇지 않은 듯이 웃기는 왜 웃냐? 여자한테 눈물 보이면서 사랑 구걸하는 엿 같은 그지 새끼들 죄다 밟아버리고 싶다는 무서운 욕을 하던 총각이 여자 앞에서 눈물 흘리는 꼴 보이느니 차라리 죽는 게 낫다며 날 밖으로 쫓아내 버렸다.

"있잖아, 죽부인 필요없어? 혼자 울지 마. 나 눈 감고, 귀 막고. 우는 거 못 본 척해줄 테니까 내 앞에서 몰래 울어, 어?"

쾅—!!

"아씨!! 누가 울었다 그래!! 나 흘리지 말고 조용히 보내줄 때 그냥 가!! 사람 피 말리지 말고!!"

"나쁜 놈, 여자 앞에서 눈물 보이는 거 뭐가 엿 같다고 그래? 우리 아빠 엄마한테 눈물 보인단 말야. 비록 사랑이 아닌 금전적인 것을 구걸하긴 하지만."

　나는 쭉쭉이가 새엄마래서 기뻤는데 총각은 그게 슬프대. 그래서 나도 슬퍼진다. 내일은 닳을 때까지 우리 시엄마만 쳐다봐야지. 재혼하면 나 말고 다른 여자가 며느리가 되고 다른 여자의 시엄마가 되니까, 그러니까 내일은 우리 시엄마 해야지.
　정훈이 방으로 돌아와 괜스레 흘러내리는 눈물을 훔치며 럭셔린지 개셔린지를 벗어 던져 버렸다. 정만이는 싫고 니쁜 필 소년을 따로 소개해 달라며 날 괴롭히는 지영이에게 이지메를 당하다가 새벽 3시가 다 되어서 잠을 잘 수 있었다. =＿=

　다음날 아침 7시.
　"오겡끼 데스까!! 와따시와 겡끼데스. 오겡끼……."
　"아악!! 지영아, 핸드폰 알람 빨랑 꺼!! 왜 저딴 거 지정해 놨어?!"
　"미친… 시끄러. 니가 꺼. 크릉~"
　"일어나지도 못할 거면서 왜 알람을 지정하고 자는 건데!!"
　"아침부터 부정 타게 참 말 많네. 크릉~"
　수면 부족으로 부은 눈을 매만지며 침대에서 몸을 일으키다 침대 밑에 떨어져 있던 지영이의 핸드폰이 내 눈에 들어왔다. 악을 내지르며 오겡끼 데스까를 외쳐 대는 꼬라지가 보기 싫어 발로 질끈 밟아버리자 오겡끼 데스까란 괴성이 조용히 묵념하며 사그라들었고 대신 우지끈이란 소리가 방 안 가득 울려 퍼졌다. 그와 동시에 번쩍 뜨여 버린 지영이의 부릅뜬 브라운 아이즈.
　"하, 지, 지영아, 써클 렌즈는 빼고 잠을 잤어야지."

"너 뭐여? 시방 발로 뭘 밟은 거여?"
"저, 저기 미안해! 핸드폰 두 동강 나버렸어!!"
"이런 미친! 할부금 어쩔 거여! 죽고 싶어?!"
"미안해!! 나도… 악!! 내 폰도 할부금… 꺄아아아아!!"

아침 8시. 방에 처박혀 시퍼렇게 멍이 든 왼쪽 눈을 매만지며 훌쩍거리고 있는데 벌컥 문이 열렸다.

"지란아, 자영아!! 오늘 날씨 죽여줘!! 밥 먹고 놀러가자!!"
"훌쩍! 어머님. 훌쩍! 안녕히 주무셨어요?"
"세상에!! 지란이 얼굴이 왜 이래? 설마 후니 자식이 때린 거야?"
"훌쩍! 그렇지 않아요. 훌쩍! 지극히 개인적인 사정이랍니다. 오늘 아침밥 제가 할게요, 어머님. 훌쩍!"

닳을 때까지 시엄마를 보겠다는 내 굳은 의지로 멍이 든 두 눈을 부릅뜬 채 시엄마에게 말을 건네보았지만 어머님은 내 시선이 조금은 부담스러웠던지 조용히 날 외면해 주셨다. 하루 동안 며느리 노릇을 단단히 하려고 아침밥을 차린다며 부산을 떨었다. 그러나 식탁에 둘러앉아 음식을 맛본 모두의 반응은 너무도 냉담했다.

"읍! 웃기네, 웃기네!! 이 기집애가 아침부터 누구 죽이려고 작정했어?!"
"저런 미친… 내 할부금. 아, 밥맛 떨어져. 그만 먹을래."

저 두 남녀의 반응은 이미 예상했었기에 새삼 상처받을 필요성을 느끼지 않아도 됐다.

"지, 지란아. 이 미역국 짭짤한 게 참 맛있네. 그리고 나한테 화난

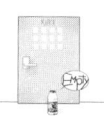

거 있니? 왜 아까부터 날 노려보는 거니?"

"그런 거 아니에요. 그냥 안 잊어먹게 눈에 담아두려고… 울먹!"

역시 멍이 든 내 눈이 무서우신 거야. 오늘 하루 종일 쳐다봤다가는 뭔가 절단 낼 분위기다.

"하씨, 정만이 소개받으랬다고 니가 팼지?!"

"흥! 어제 그놈 잘생겼드만."

"내 말 씹었어? 니가 멍들게 한 거 맞네!! 확 엎어버린다!!"

내 음식 실력을 너무도 잘 알고 있는 총각은 내가 밥을 차렸다는 말에 수저도 들지 않았고 괜히 지영이에게 화살을 돌려 그것을 미끼로 아예 내가 차린 밥상을 엎어버릴 태세를 갖췄다.

"이게 엎어버린다고 해결될 문제야? 내 간장, 콩팥, 심장 다 버렸어!! 어떻게 책임질 거야, 이 띨빵아!! 거기다 내 방까지 뺏겨서 소파에서 자빠져 자나 익사할 뻔했어!! 이 개만도 못한 인간들아!! -0-"

후다닥—

숟가락을 식탁 위에 던지듯 내팽개쳐 버리고 이층으로 후다닥 자취를 감춰 버린 정훈이의 행동에 한순간 정적이 감돌았다.

"저 못되어먹은 놈!! 무식한 건 어쩜 그렇게 니 아빠랑 똑같니?! 내 뱃속에서 나온 자식이라고 저 자식을 낳고 미역국을 먹었어."

시엄마는 울먹이시다가 싱크대에서 소금 봉지를 꺼내 들어 정훈이가 먹다 남긴 미역국에 사정없이 탈탈 털어 부으셨다. =___=

"지란아, 정훈이한테 따로 밥상 차려서 갖다줄래, 응? 안 먹으면 용돈 없다고 넌지시 건네봐. 그러면 우리 정훈이 잘 먹을 거야. ^—^"

"아, 예. =_="

그날 정훈이는 밥상에서 개밥만도 못한 인간이라는 소리를 내뱉었다는 이유로 소금에 절인 미역국을 남김없이 다 먹어야 했다. 지난날 내 모습처럼 화장실로 달려가 괴롭게 신음하며 소금 덩이들을 힘겹게 게워냈다. 애석하게도 그 모습에 누구 하나 동정해 주는 이는 없었다.

비행기 시간 전까지 시내 구경을 시켜줄 테니 외출 준비를 하라는 말에 갑자기 분주해진 지영이. 보자기를 풀어 자칭 럭셔리 패션들을 뒤적이기에 여념이 없었다.

"지영아, 니가 권해준 그 팔다리 없는 럭셔리 패션 어제 지훈이 오빠한테 씨도 안 먹혔어. 하천에 동동 띄워서 버려 버리지 않겠니?"

"니 눈엔 안 먹힌 걸로 보이디? 젤 잘 먹힌 게 그 서지훈, 망할 새끼였어!!"

서지훈에서 이제는 서지훈 망할 새끼라고 스스럼없이 내지르는 걸 보면 정만이타령을 하는 총각이 어지간히 싫었나 보다.

"담부터 팔다리 없는 천 조각 입으면 죽인댔는데? 그게 먹힌 거야?"

"고롬!! 당연히 먹힌 거지!! 해볼 가치가 있는 모험이었어!! 그리고 니 눈이 멍들 줄은 몰랐다. -_- 옛다, 선글라스 줄 테니까 끼고 나가."

병 주고 약 주는 젠지 보자기에 손을 집어넣고 꼼지락거리다가 이거 먹고 떨어지라는 듯한 표정으로 갈색 선글라스를 내 앞에 휙 던져

줬다. 내키진 않았지만 일본 기집애들한테 꿀리면 안 된다는 협박에 이번에도 지영이가 골라준 옷을 몸뚱어리에 끼워 맞춰 입어야 했다. 불행 중 다행인 건 럭셔리 패션이 아니었다는 거였다.

지금 시각 오전 9시. 우리는 오후 4시 비행기로 한국으로 돌아간다. 시엄마랑 같이 있을 수 있는 시간은 고작 7시간. 난 머리가 나빠서 7시간 동안 닳도록 쳐다본다고 해도 돌아서면 금세 잊어버릴지도 모른다.

덜컥―

"뭐 하냐? 안 나가?"

"꺄아아아아앗!! 옷 갈아입는데 갑자기 문 열면 어떡하자는 거요!! -O-"

보자기를 뒤적이다 총각의 갑작스런 등장에 경기를 일으키며 벽에 달라붙는 지영이. 옷은 이미 다 갈아입고 난 뒤였다.

"보래도 안 봐!! 안 봐!! 아씨, 기분 잡쳤어!!"

정말 기분을 잡쳤는지 바로 문을 닫고 방을 나가 버리는 총각이었다. =___=

"나도 아침부터 개보다 못한 인간이란 소리나 듣고… 에이, 일진 사나워. -_-"

"지영아, 만약에… 진짜 만약에 니네 엄마랑 아빠가 이혼을 했거든? 그래서 아빠는 딴 여자랑 재혼을 하고, 엄마도 딴 남자랑 재혼한대. 만약 너 같으면 기분이 어떨 것 같아?"

"이게 약 처먹었나? 솔직히 기분 좋을 자식이 어딨냐!! 아무리 이

혼했다지만… 아, 몰라!! 왜 머리 복잡하게 해!!"

"당사자는 얼마나 복잡하겠냐? 웃으면서 엄마 재혼한다는 소리를 내뱉었어. 아직은 자기 엄마니까… 자기 엄마 남남이 되기 전에 얼굴 잊어버리지 말고 닮을 때까지 봐달래."

"너 눈 많이 아프냐? 왜 이래?! 니네 엄마, 아빠 이혼한대?"

"친구야, 쓸데없는 말 해서 미안해. 내가 정말 미안해. 나가자."

시엄마네 집이 일본 도쿄의 어느 동네에 있는지 누구 하나 얘기해 주는 이가 없길래 조용히 입 다물고 일본에 왔다는 그 자체를 즐기며 그저 집구석에 처박혀 있을 뿐이었다. 어차피 여기가 어디라고 알려 준다 한들 알아들을 턱도 없고 관심조차 없었기에 별다른 신경을 쓰지 않았다. 하지만 지영이는 나와 조금 다른 생각을 품고 있었나 보다. 친구 년들에게 자랑을 하기 위해서 동네 이름 정도는 알아둬야 한다며 서지훈 망할 자식에게 접근해 이 동네 이름을 꼭 물어보라고 내 팔을 잡아당기며 살기 어린 협박을 해대는 지영이. 참으로 애석하게도 그녀는 내 친구다. =__=

"나 급해, 지영아!! 이 팔 좀 일단 놔봐! 빨랑 우리 시엄마 얼굴 내 눈에 꾹꾹 눌러 담아야 된단 말이야! 그리고 이 방에서 나가야 여기가 어딘지 물어보든 깽판을 치든 할 거 아니겠누, 엉? 아이고, 인간아!!"

"모진 년! 근데 너 선글라스로 싹 가리니까 딴 년 같다, 야. 진작에 얼굴 좀 그렇게 가리고 다니지 그랬냐? 눈두덩이 하나 가렸을 뿐인데 참으로 놀랍기도 하지."

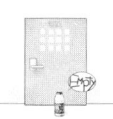

"그으래, 나는 무조건적으로 다 칭찬으로 알아들을래."
"미친… 그러시던지. -_-"
저런 상것. 말투의 뉘앙스를 보아하니 분명 욕을 한 것임이 틀림없었다.

비행기 예약 시간 전까지 일본 시내를 헤집고 다니다가 바로 공항으로 갈 거라는 소리에 들고 왔던 짐들을 양어깨에 대차게 메고 방을 나섰다. 대부분 지영이의 짐들이었다.

"으라차차!! 못된 년… 훌쩍! 니 손모가지는 부러졌어? 좀 같이 들자!!"
"에휴, 할부금을 어쩐다? 아직 4개월이나 남았는데……."

지영이는 두 동강 난 핸드폰을 손에 꼭 쥔 채 먼 산을 바라보며 깊은 탄식을 내뱉었다. 왠지 난 입이 열 개라도 주둥아리를 열어서는 안 될 험한 분위기였다.

"어이고, 이 보자기가 럭셔리 옷 들어 있는 보자기지? 곱게 다룰게. 더 들 거 없어? 나 근력 빼면 시체잖아. =__= 씨.익."
"아주 용을 써라, 용을 써. 주둥아리에 경련 일겠다. 쯧쯧."
"우리 친구는 욕도 참 이쁘게 해. 나 먼저 내려간다."

입가에 머금고 있던 가식적인 미소를 단박에 지워 버리고 짐을 어깨에 멘 뒤 휑 하니 방을 빠져나왔다.

현관을 나오자 엊저녁 세차게 내리던 빗줄기 덕에 이끼들이 특유의 푸르딩딩함을 한껏 발산하고 있었다. 한참 이끼를 보고 서 있노라니,

"빨리도 나온다. 멍청하게 뭘 쳐다봐?! 그리고 그걸 왜 니가 다 들어?! 집어 던져 버려!"

대문에 기대서서 지영이와 내가 나오기만을 애타게 기다리고 있던 총각이 짜증이 덕지덕지 배어 있는 목소리로 거칠게 입을 놀렸다. 내가 이 럭셔리 꾸러미를 집어 던지면 지영이는 내 몸뚱어리를 집어 던질 것이다. 누르스름한 색안경을 낀 내 형상에 다소 놀라는 듯했지만 이내 특유의 거만함과 띠꺼운 표정을 짓는 총각이었다.

"문간에 기대서서 나 나오기만을 기다린 거여?"

"기다리는 거 좋아하네. 야!! 문 잠가야 돼!! 빨랑 못 나와?!"

"아참, 그렇구나."

이런 내숭쟁이. 네놈이 날 기다리고 있었다는 것쯤은 나도 다 알고 있다, 이놈아. 순도 100% 혼자만의 생각이다. 정말 문을 잠그기 위한 이유만으로 지영이와 내가 나오기를 기다린 건지도 모르는 일이었다.

"왜? 일본에서 보니까 새삼 잘생겨 보이냐?"

뚫어져라 자신을 쳐다보던 내 불타는 시선을 느끼고 내뱉은 총각의 말이 가히 기분 좋지만은 않았다. 얼굴에 대한 지나친 자신감은 주위 사람에게 미미한 불쾌감과 거부감을 줄 수 있으니 조심하시오. 그래도 잘난 놈이 저 잘났다니까 용서가 되는 거지, 못난 놈이 저 잘났다고 뻐기면 그날로 세상과 작별할지도 모를 일이다. 암~

쿵쿵쿵—

"저 XX년이… 그렇다고 친구를 내팽개치고 혼자 내빼냐!! -0-"

　　두 동강 나버린 핸드폰을 양손에 하나씩 들고 비장한 표정으로 날 향해 질주하는 지영이. 하루가 다르게 점점 무서워진다. =_=
　　띠띠—
　　때마침 집 앞에서 방정맞은 클랙슨 소리가 들려왔다. 그와 동시에 운전석 창문이 열리며 고개를 빠끔히 내밀고 고래고래 소리를 지르는 정훈이.
　　"하암~ 아유씨, 띨빵이랑 형 새끼, 그리고 깡패! 자꾸 재수없게 굴면 엄마랑 나 먼저 가버린다! 굼벵이 새끼들 같으니라고."
　　"미친놈."
　　깡패라는 칭호를 하사받은 지영이가 분노했다.
　　"저 미친놈, 뒈졌어."
　　형 새끼란 칭호를 하사받은 지훈 군이 이를 갈았다.
　　"정훈아, 부디 좋은 세상에서 다시 만나자꾸나."
　　띨빵이란 칭호를 하사받은 내가 정훈이의 명복을 빌어줬다.
　　그의 트레이드 마크라 할 수 있는 대찬 입놀림은 굼벵이 새끼들이라는 말을 마지막으로 홀연히 자취를 감추어 버렸다. 깝죽대는 것 같아 기분 나쁘니 웃으면 뒈진다는 총각과 지영이의 말에 정훈이의 그 환한 미소를 찾아볼 수 없었다. 겁에 쩔어 허우적대는 불쌍한 한 인간의 껍데기만 남아 있을 뿐.
　　모두를 태운 차가 출발했다. 시엄마네 동네는 신주쿠라는 동네란다. 시간이 없어 신주쿠 번화가를 중심으로 근처 일대만 쭈욱 돌아보고 공항으로 출발해야 된다고 한다.

"지란아!! 공항으로 출발하기 전에 자영이랑 작은 후니랑 이쁜 옷 골라둔 가게에 갔다 올게!! 후니랑 잠시 기다리렴."

최첨단 패션의 거리라서 그런지 요상하고 괴기스런 복장을 한 젊은 처녀, 총각이 바글바글대고 있었다. 그런 하라주쿠 거리에 차가운 냉기가 뿜어져 나오는 총각과 날 버려둔 채 어디론가 줄행랑을 쳐버린 세 명. 시엄마의 손에 억지로 끌려가는 지영이와 정훈이의 표정이 편치 않아 보였다. 아무래도 이쁜 옷을 골라둔 가게 따위는 없는 듯했다. 어쨌든 기회는 이때다 싶어 두 눈을 부릅뜨고 총각을 매몰차게 노렸다. 사람은 역시 깡을 키우고 봐야 하는 거야. 음, 고럼. =__=

"쵸? 초? 갹코이이가 무슨 뜻인데? 아까 교복 입은 여자 두 명하고 반쯤 벗겨진 옷 입은 여자 세 명이 하나같이 그랬잖오. ㅠ_ㅠ"

"이 아줌마가 왜 자꾸 캐물어!! 면상 드러우니까 알아서 고개 처박고 다니란 뜻이다, 왜!!"

"그럴 리가 없어. 아까 제 입으로 잘생겼다고 했으면서. 그리고 여자들 앞에서 왜 웃냐?! 그 여자들 반쯤 풀린 눈이었어."

"확! 그냥 내 얼굴 갈아버릴까, 어? 밖에도 나가지 말까, 어?"

"나한테 커플링 껴주던 날에는 쳐다보던 여자들한테 막 화냈잖아. 자꾸 눈웃음치니까 일본 기집애들이 연락처 적어준 거잖오."

"한국 이미지 버리면 니가 책임질래? 그럼 욕해?"

"언제부터 그런 거 신경 쓰고 다녔다고."

난 오늘 하루 종일 우리 시엄마 얼굴만 눈에 새기느라 두 눈이 시

뻘겋게 충혈이 되어버렸는데.

"아노. 스미마셍."

또 시작이구나. 동경 아이들아, 죄송한 걸 알면 말을 붙이지 말아야 될 것 아니겠니, 응? 총각과 투닥거리고 있는데 고등학생으로 보이는 교복 차림의 일본 기집애들이 총각 앞으로 스리슬쩍 몰려들었다. 자연히 난 교복 무리들 몸뚱어리에 이리 치이고 저리 치이다가 저만치 뒤로 밀려나야만 했다.

"아, 진짜 짜증나 죽겠네! 떨어져, 이 기집애들아!! 하나레떼!!"

일본 도심 한가운데서 울려 퍼진 총각의 고함. 그 소리에 동경 소녀들이 겁을 먹고 혼비백산하며 달아나 버리는 소심함을 보여줬다. 미안해. 다른 여자들한테, 그것도 외국 아이들한테 성격 드러운 놈이라고 찍혀 버렸는데 난 기쁘기 한량없어. =_= 동경 소녀들에게 밀려나다가 스텝이 꼬여 바닥에 널브러져 있던 난 바보같이 배시시 웃어 버렸다. 이런 내 모습을 바라보다 기가 차다는 듯 헛웃음을 짓던 총각이 내 몸뚱어리를 일으켜 세워주며 작게 속삭였다.

"그저 좋단다."

"……."

"아씨, 오늘 왜 이렇게 귀엽게 입었냐!! 씹어먹고 싶다. 크큭!!"

내 두 볼을 잡고 쭉 늘어뜨리며 좌우로 비틀어대는 총각. 귀엽게… 귀엽게… 귀엽게 =___= 씹어먹고 싶다는 마지막 말이 꽤 거슬리긴 했지만 기분 째진다.

"근데 나 시엄마 얼굴 닳을 때까지 못 봤는데… 정훈이랑 지영이랑 어디…….”

"아, 정훈이 새끼는 한국 안 가.”

"어?"

"그 미친놈 여기서 혼자 살 거란다.”

한국과 바이바이하겠다는 소리구나. 백수 주제에 세상을 참 편하게 살아가는 것 같아서 마냥 부럽다. 다니던 재수 학원에서 짤리고 병원 복도에서 형에게 짓밟히며 웃기네를 외치는 괴기스런 첫 모습을 본 게 엊그제 일 같다.

"솔직히 한국 정서와는 달라도 너무 다른 뇌를 가진 애야. =_=”

"그 새끼 뇌 상태는 양호한 편이었는데 비타민을 너무 많이 처먹어서 맛이 갔어.”

옛날 내 주위에도 습관적으로 비타민을 입에 털어 넣던 한 남자 아이가 있었다. 지금 그 남자 아이도 정훈이 놈처럼 아주 맛이 갔으려나?

"으응, 혹시나 해서 말인데… 정훈이 친동생 맞아?"

"야산에 묻어버리고 싶어.”

"아, 친동생 맞구나.”

동생의 단점을 들춰내면서도 야산에 파묻어 버리고 싶다는 형을 바라보며 씁쓸한 미소를 지었다. 하라주쿠 길거리를 지나가는 시민들에게 눈을 돌렸다.

"저 폭탄머리 새끼보다는 정만이가 낫지 않냐?"

비실하게 빼쩍 마른 폭탄 머리 일본남아가 총각과 내 앞을 스쳐 지

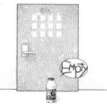

나갔다. 그와 동시에 총각의 입에서 튀어나온 말.

"개성이 강해서 좋긴 하다만, 좀 지나치구나. 머리를 아주 뽀글뽀글 볶아버렸네."

"엉, 정만이가 훠어어얼 나아."

정만이가 보면 기분 나빠할 정도로 그 폭탄 머리의 얼굴은 영 아니올시다였다. 불쌍한 정만이. =__=

시간은 자꾸 째깍째깍 흐르는데 옷을 사 온다며 두 아이의 손을 잡아 억지로 끌고 간 시엄마는 다시 나타날 기미를 보이지 않으셨다. 하지만 그보다 더 큰 문제는,

"저 여자 죽이지 않냐? 나 쳐다보고 지나갔어."

"아주 죽여줘. 손에 적힌 그 전화번호 좀 지워줄래? 거슬려."

"아까 기집애들이 사인펜으로 적은 거라 안 지워져."

"안 되면 되게 하라. 우리 집 가훈이야. 난 뭐든지 노력하는 남자가 참 매력적이던걸?"

"남의 말 귀담아듣지 마라. 내 좌우명이거든? 나 그 딴 거 안 해도 매력이 넘치지 않냐?"

"암, 지나치게 매력적이시지."

길거리에는 아름다운 일본 여인들이 너무도 많았다. 그에 반해 아름다운 일본 꽃미남들은 어디에서도 찾아볼 수 없었다.

"우리 커피숍에 들어가서 기다리자, 어?"

"싫어. 저기 가슴 큰 여자도 나 쳐다보고 지나갔어."

우득—!!

어떤 몰골에 어떤 형상을 한 여자가 자길 쳐다보고 지나갔다는 걸 일일이 내게 보고하며 약을 올리는 총각. 싸이 씨, 나도 정말 참을 만큼 참았어. 갈 데까지 가부렀어. =___=

"그랬지, 참. 가슴 큰 여자 좋아하지? 자격 미달이는 혼자 커피숍에 들어갈 테니 돈 좀 꿔줘요."

"등신, 삐쳤냐? 저 여자 실리콘으로 빵빵하게 부풀린 거네."

"참 자세히도 봤나 봐. =___="

"사람 몸 관찰하는 걸로 밥 벌어먹고 살 놈이거든."

자신의 잘못은 곧 죽어도 인정하지는 못하겠다는 그 태도. 무조건 억지만 피우면 다 통한다는 빌어먹을 그 태도. 몹시 거슬려. 덕분에 나는 할 말을 잃어버렸어. 신경질적으로 변해 버린 두 눈을 번뜩이며 내 앞을 지나가는 그녀들을 이유없이 노려봤다. 그 여인들은 총각과 나를 번갈아 바라보고 뜻 모를 말을 속삭이며 지나갔다.

"아, 그만 노려봐!! 눈 빠지겠네. 누가 가슴 큰 여자 좋댔냐?!"

"눈빛은 거짓말을 하지 않아."

"큭! 이 여자 생각보다 질투 심하게 하네? 맘에 들었다."

뜻 모를 말을 내뱉으며 혼자 큭큭 웃는 총각을 보고 있노라니 왠지 농락당한 듯한 더러운 기분이 든다.

"지란아! -0- 시엄마가 지란이 옷 샀어!! 일루 건너와!!"

때마침 건너편 보도에서 우렁찬 한국어가 번화가에 울려 퍼졌다. 고개를 돌리자 피곤에 찌들은 지영이와 정훈이의 손을 들고 흔들어 보이는 시엄마가 눈에 들어왔다.

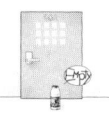

"눈 안 깔아?! 어딜 노려봐!! 일본 땅에서 초상 치를래?!"
"웃기네, 웃기네! 형 새끼랑 딸빵이 때문에 아주 짜증나 죽겠어!!"
"아유, 드런 내 팔자. 자자, 어머니, 건너십시다. -_-"
 진정 짜증난다는 표정으로 날 노려보던 지영이와 정훈이의 그 피곤에 찌든 시선을 총각도 느꼈나 보다.
 시간이 없는 관계로 도쿄 타워와 시부야라는 곳만 더 들른 뒤 곧바로 공항으로 출발했다. 이틀 만에 발을 디딘 나리타 국제 공항.
 "지란아, 시간이 없어서 디즈니 랜드도 못 가보고 미안해서 어쩌지? 응?"
 디즈니랜드라? 그런 곳도 있었나 보다. 알았으면 진작에 가자고 졸랐을 텐데, 다들 너무하는구나. 공항에서 이런 말을 꺼내면 어쩌자는 걸까? 참 분노스럽다. =__=
 "엄마, 지민이! 어? 박지민! 가는 마당에 제대로 좀 불러."
 대리석 바닥을 발로 툭툭 차며 엄마 앞에서 고개를 수그리던 총각이 내뱉은 말. 꼭 다시는 안 볼 사람처럼 말하네.
 "아참, 지민이. 지민아, 지란이라고 불렀는데 왜 가만히 있었어."
 "그건……."
 솔직히 포기했습니다. 대놓고 내뱉기란 여간 쉬운 일이 아니었다. 공항 간이의자에 널브러진 채 멀뚱히 천장만 바라보는 정훈이는 오늘따라 유난히 조용했다. 그 옆에 앉아 있는 지영이도 어둠이 드리워진 낯선 표정으로 자리를 지켰다. 너무 우울한 분위기. 이런 분위기 정말 싫다.

"아씨, 결혼하면 제발 부탁인데 미치게 잘 살아주라. 정훈이랑 나 잊어먹어도 욕 안할 테니까, 아니, 그냥 아들 없는 셈 쳐버려. 정훈이 새끼랑 나, 새엄마 생긴 거 알지? 엄마보다 더 이뻐."

"왜 엄마 미안하게 해? 어떻게 있는 아들들을 없는 셈치고 새로 시집가냐? 엄마를 왜 못된 년으로 만들어? 흑! 정훈이랑 너한테 미안해서 어떡하니?"

"아, 울지 마!! 질질 짜는 여자는 저 기집애 하나로 족해. 뭐가 미안한데! 난 이쁘고 젊은 새엄마랑 잘살 거야! 약 오르지? 약 오르면 정훈이랑 나 잊고 잘살아."

"우리 정훈이랑 지훈이 어떻게 잊어. 흑!"

"아들 새끼 보고 싶다고 울지 말고, 정훈이 새끼 찾아가지도 말고, 엄마랑 우리 그냥 남남하자, 어? 대신 깽판나면 나 엎어버린다. 나 승질 드러운 거 알지? 엄마 눈에 눈물 빼면 남편 될 그 사람 죽여 버릴 거야."

시엄마도 울었고, 나도 울었다. 공항 의자에 잠자코 누워 있던 정훈이도 고개를 돌려 울었고, 아무것도 모르는 지영이도 울었다. 그런데 딱 한 사람은 울지 않았다. 마음은 울고 있는데 얼굴만 웃고 있는 거, 그게 더 슬퍼 보인다는 거 모르지?

"훌쩍! 에휴, 지민아, 몇 년 뒤에 우리 지민이 다시 봤을 때… 그때도 꼭 우리 후니 옆에 있어줬음 좋겠다."

"나 어머님 앞에서는 지민이 안 하고 지란이 할래요. 지민이는 딴 사람 줘버려요."

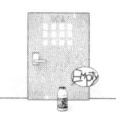

"음?"

"지민이는 어머니의 며느리 못 되고, 어머니도 내 시엄마 못 되잖아요. 그래도 지란이는 어머니 며느리 시켜주세요. 그러니까 앞으로도 지민이라고 부르지 말고 지란이라고 불러주세요. 그러면 나 무지 행복할 것 같아요."

나리타 공항에 추적추적 비가 내리기 시작했다. 정훈이와 시엄마를 공항에 남겨둔 채 떨어지지 않는 발걸음을 억지로 떼며 걸음을 옮겼다. 등 뒤에서 들려오는 커다란 고함 소리가 공항 가득 쩌렁쩌렁하게 울려 퍼졌다.

"아유, 저 굼벵이 새끼들! 걷는 꼴 좀 봐라! 후딱 내 눈앞에서 사라져!! -0-"

눈물을 찍어내며 일본에서의 라스트 씬을 멋지게 장식하는 게 그렇기 어려운 일이니? 무뇌아 자식아. =___= 총각이 정훈이의 크다란 목소리에 고 자리에 우뚝 멈춰서 짐을 걷어차 버렸다. 총각 주위를 알아서 슬금슬금 피해가는 노랑 머리, 파란 눈의 하얀 인종들.

"오늘부터 나 동생 없어, 병신아! 나 보기 싫어서 일본에서 살겠다는 그 망할 새끼! 눈에 띄면 야산에 파묻어 버릴 거야."

"형 새끼의 습관적인 구타는 내 약한 심장에 너무 강하게 와 닿았어. -_- 그리고 깡패야! 널 사랑한다고 말하기에는 니가 너무 무서워. 만만한 띨빵아, 사랑해. >< 나 보고 싶다고 울면 안 돼!!"

결국 제일 만만한 게 나란 소리구나. 나쁜 놈! 어머니는 눈물을 훔쳐내며 총총 걸음으로 뛰쳐나가 버리셨다. 모두 가차없이 정훈이를 외면하고 비행기에 몸을 실었다. 저놈은 일본 여인네들을 농락하며 잘살 녀석이야. 그건 그렇고 일본어로 웃기네, 웃기네는 어떻게 표현할 수 있는지 궁금하네. =__=

● 제11장
이 남자가 경찰서로 간 이유는?

제11장
이 남자가 경찰서로 간 이유는?

30분 전, 비행기 안에서의 내 만행.
"그럼 고생이가 왜 야옹 하고 우는지 알아?"
"귓전에 대고 자꾸 살인 충동 느껴지는 개그해 댈래?"
"이번에도 썰렁하면 내 목을 따도 돼."
"기집애가 목 따라는 소리가 입에 붙었냐?! 땄으면 벌써 20번은 더 땄그든?"

웃음을 잃어버린 그대에게 웃음을 선사하기 위해 용을 쓰는 날 가엾게, 안쓰럽게, 애처롭게 여겨주지는 못할망정… 어디 가녀린 내 목을 따겠다는 잔인무도한 발언을 한 치의 망설임도 내뱉는 게냐. =__=

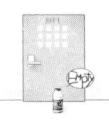

"미친… 듣자듣자 하니까 귀가 섞어 문드러져! 나가!! 고만 해!!"

누구 하나 내 하이 개그를 반겨주지 않는 쓸쓸한 분위기. 이제 진절머리, 넌덜머리가 나니 그 입 다물라는 둘의 만류를 귀담아듣기에 내 귓구멍은 몹시 좁았다.

"생각하는 개그. 이건 하이 개그야, 하이 개그. 왜 야옹 하고 우냐면… 고생이가 멍멍 하고 울면 이상하잖아. 생각해 봐, 고생이가 멍멍거리는 거… 말도 안 되잖아. 이런 바보들. =__= 씨.익."

내 하이 개그에 모두들 박장대소할 것이라 믿어 의심치 않았다.

"찾아서 개 짖는 소리 내는 돌연변이 있으면 넌 죽었어."

"오늘 니가 왜 엉엉하고 울어야 되는지를 진지하게 토론해 볼래?"

그날 난 내 믿음에 금이 가는 쓰디쓴 소리를 들을 수 있었다. =__=

30분 후. 비행기에서 내려 짐을 끌고 택시를 잡으러 가는 그 순간까지 둘은 날 쳐다보는 것조차 극도로 꺼려했다. 덕분에 난 본의 아니게 의기소침해져 드럽고 싸한 기분을 맛보았다.

"방금… 씨네 씨티? 아, 에바? 어… 몰라, 병신아!! 되든 안 되든 일단 내놔!"

금방이라도 택시를 잡을 폼으로 도로에 삐딱하게 서서 왼손에 쥔 핸드폰으로 열띤 통화를 해대는 총각. 전방 100m에서 군침을 꼴깍꼴깍 삼키며 우리에게 전력 질주해 온 택시들은 이루 말할 수 없는 허탈함을 맛봐야 했다.

"이 어린놈의 자슥들이 사람을 농락해? 아, 택시 탈 것도 아님시로 뭐 헌다고 도로에 튀어 나와서 지랄들이여!! 저 멀대만치로 키 큰 자식!! 형씨가 말을 하면 듣는 시늉이라도 해야지, 으잉?! -O-"

형이라 불리길 바라는 모양이다. 머리카락에 덕지덕지 배어 있는 그 흰머리는 무어라 변명하실 텐가요? =__=

"아니, 아스팔트 전세금 내라 그러는 거야?"

콰앙—

신문함이 총각의 발에 차여 나가자 그와 동시에 저만치 멀어져 가는 택시들. 바닥을 뒹굴고 있는 신문함을 세 번째로 다시 제자리에 놓으려고 허리를 숙이는데 겁에 질린 지영이의 비명 소리가 들려왔다.

"저 봐라, 저 봐!! 택시 기사가 또 눈에 불을 켜고 달려온다!!"

그랬다. 택시 기사는 정말 눈에 불을 켜고 우리에게 전력 질주했다. 이번 기사 아저씨는 등치가 너무도 우람해서 지영이가 기겁을 하며 날뛰었다. =__=

"택시 탈 거 아니면 좀 올라오든가!! 왜 죄없는 내가 옆에서 같이 욕을 먹어야 되냐고!! 저 봐라!! 저 등치에 한 대 맞으면 그냥 죽겠네, 죽겠어!! -O-"

멀리서 봐도 정만이와 흡사한 외모를 지닌 기사 아저씨였다. 총각 같은 특이한 성격이 아닌 이상, 당연히 쫄 수밖에 없는 상황이었다. 오랜만에 살고 싶다는 내 본능적 욕구가 몸속에서 꾸역꾸역 치밀어 오를 만치 무서웠다. 나 이런, 삭발에 껌까지 씹고 있어.

"지훈이 오빠야! 택시 탈 거 아니잖아!! 다른 데서 전화해, 어? 막

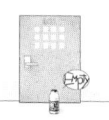

무가내로 기물 파손하는 것도 한계가 있잖아. 저 기사의 얼굴 안 보여? ㅠ_ㅠ"

총각은 내 울먹이는 목소리에 날 빤히 바라보다가 시선을 돌려 택시 운전수를 보고 기겁하는 지영이를 기분 나쁘게 쓱쓱 훑어봤다. 핸드폰 저편 이름 모를 그 사람에게 지금의 표정과는 전혀 다른 말을 지껄여 댔다.

"어, 끝장나. 보면 뼈간다니까. 아씨, 그래! 이뻐 뒈져!! 지금? 짐은 어쩌냐? 어, 끊어."

탁—

불쌍한 지영이. 통화하던 이름 모를 그 사람은 정말이로구나.

끼익—

불행인지 다행인지 우리 앞에 택시가 멈춰 섰을 때 총각의 통화도 끝났다. 지영이와 난 운전수가 무어라 말을 꺼내기도 전에 뒷좌석으로 몸을 날려 구겨져 들어갔다.

"음메, 아가씨들!! 차 뽀사지겠쏘! 그쪽 청년은 일행 아녀라? 쓰읍, 합석도 괘안은디. -_-"

속닥— 속닥—

"합석 불법이지, 그치? 앞에 택시 허가증 있지? 빨랑 이름이랑 차 번호 외워둬!!"

"이름이 끝내줘. 이빈이야, 이빈."

택시를 탈 때 인상이 엄하다 싶으면 운전수의 이름과 차 번호를 외우는 일이 습관이었던 지영이와 나는 등치와는 극과 극을 달리는 이

빈이라는 이름을 되씹으며 속닥거려 댔다. 그때 갑자기 택시 뒷좌석이 벌컥 열렸다.

"야! 너 내려서 앞에 타!"

뒷좌석에서 냉큼 내리라는 총각의 까딱거림에 지영이는 잠시 운전석에 앉아 있는 택시 기사를 힐끔 바라보더니 세차게 고개를 흔든다.

"이 인간이 보자보자 하니까 왜 자꾸 사람 승질을 돋워요, 돋우긴!! -0-"

"내가 내 꺼 옆에 앉겠다는데 왜 소리는 질러대!! 아, 빨랑 내려!!"

"일행이었네! 뒤에 아가씨, 자기 꺼 옆에 앉는다는데 눈치없이 왜 껴들고 그랴!! 시간없으닝께 어여 타요! -_-"

기사 아저씨의 노한 음성에 모든 상황은 깔끔히 종료됐다.

"이걸로 계속 감아. 지금 니 머리에서 장난 아니게 좋은 냄새 나거든?"

"지훈이 오빠야가 오늘 아침에 감은 샴푸랑 같은 샴푸야. 똑같은 샴푸 향 오빠 머리에서도 나는걸?"

"그르냐?"

지영이의 자리를 차지하고 반쯤 누워 내 어깨에 얼굴을 기댄 총각은 내 머리카락을 만지작대며 이리저리 장난을 쳐댔다.

"아가씨, 왜? 기분 텁텁해? 표정이 왜 그래? 내 얼굴이 혐오스럽다고 딱 쓰여 있네, 엉? 착각이겠지, 엉? 나만의 착각!! 그챠?"

"아, 예. 이빈 씨의 착각이십니다."

"난 또 내 얼굴에 쫄아버린 줄 알았제. 뒤에 청년보단 못해도 내

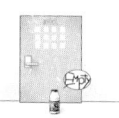

얼굴도 겁나게 잘생기지 않았나, 엉? 아가씨?"

"네, 겁나게 생기셨습니다."

어쩔 수 없이 앞좌석으로 밀려난 지영이는 정말 말 그대로 겁나게 생긴 기사 아저씨와 은밀한 속삭임을 나누며 뻣뻣하게 굳어 있었다. =___=

택시가 10분을 더 내달렸다.

"씨네 씨티 극장이랬으니까 여기 지하철 앞에서 내려 걸어가면 되겠네."

번화가로 들어서는 지하철 역 앞에서 택시는 멈춰 섰다. 쫓기다시피 앞좌석에서 뛰어내려 온 지영이는 허옇게 질린 얼굴로 총각을 노려봤다.

"우리 집 앞에 내려달라니까 왜 시내로 나와, 나오기를!! 이 짐들 어쩌라고!!"

"하! 이거 봐, 이거. 친구래서 봐줬더니 인제 막 말 깐다?"

자기는 365일 반말이 생활화되어 몸에 배어 있으면서 남이 자기한테 반말하는 꼴은 죽어도 못 본다. 억지에 의해, 억지를 위한, 억지의 억지. =___=

"내 인내심의 한계는 여기까지였나 보오! -0- 에이, 박지민! 나 먼저 집에 갈란다!"

버럭 소리를 내지르고 무작정 앞으로 걸어나가는 지영이.

"지영아, 난 니가 집에서 백수 짓 하다 쫓겨났다고 들었거든? 알바 자리 구하기 전까지는 못 들어간다며?"

내 말에 지영이가 우뚝 멈춰 섰다.

"야! 너 조성모 좋아한댔냐? 조성모는 아니라도 조성모보다 더 잘생긴 친구 놈이 오늘 술 쏜대거든? 안 땡기면 길거리서 노숙하던가."

그리고 총각의 말에 몸뚱이를 틀어 함박웃음을 지으며 튀어왔다. 어찌 이리 단순할꼬. =__=

총각과 내 가운데 사이를 비집고 들어와 씨네 씨티 극장 앞까지 걷는 내내 뭐가 좋은지 연신 꺄르륵대며 자지러지게 웃음꽃을 피우고 있는 지영이.

"어? 지영아, 여기 오후 알바 구한다는데?"

"아싸!! 오늘 감이 좋아! 예!!"

지영이는 2층으로 오르는 커피숍 입구에 알바생을 구한다는 벽보를 가차없이 쫙 떼어내 차곡차곡 접어 호주머니에 쑤셔 넣었다.

"야! 니가 하게 될지 안 하게 될지 모르는데 그걸 왜 떼냐?"

"훗! 나 아닌 다른 누구도 이 커피숍에서 일할 수 없어. 나 안 시켜주면 이 커피숍에 저주 내릴 거야. -_-"

"이야, 대차네. 딱 정만이 이상형이다."

두어 발 떨어진 곳에서 이 모습을 지켜보고 있던 총각이 중얼거린다. 난 들었는데 백조 생활에서 탈출한다는 기대에 부푼 지영이는 듣지 못했나 보다. =__=

2층에 있는 에바 커피숍으로 올라갔다. 창가에 자리를 잡고 앉은 뒤 내 옆에 앉은 총각이 누군가에게 전화를 걸었다. 말하지 않아도 정만이라 추측되었다. 그사이 카운터로 달려가 사장으로 보이는 사

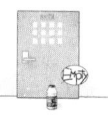

람과 급여를 들먹이며 알바를 하고 싶다는 소견을 스스럼없이 밝히는 지영이었다.

"너 어디야!!"

화들짝—

"아, 놀라라."

"이층? 여기가 이층이야!! 왜 안 보여, 어이없는 새꺄!!"

다짜고짜 내지르는 노한 음성에 싸해진 심장을 쓸어 내리며 안쓰러운 눈길로 총각을 바라봤다. 위층으로 올라가는 계단이 눈에 들어온다. 건물 전체로 보면 여기가 이층이겠지만 커피숍으로만 봤을 땐 저 위층이 이층이다.

"저기 이층 올라가는 계단 있잖아. 여기가 아닌가 벼."

"어? 아씨, 어이없는 짓 할래?! 삼 층에 있다고 그래야지, 이층에 있다고 그러면 누가 알아들어!"

자꾸 어이없다고 그러는데 그건 총각 자네한테도 해당한다는 거 알고 있지? 그쟈?

총각의 거친 손길에 이끌려 정만이 식으로 이층, 총각 식으로는 삼층이라는 곳으로 끌려 올라갔다. 예상했듯이 실로 오랜만에 보는 구정만 씨와 정욱이라는 세탁소 앞 그 친구가 무언가에 정신없이 웃어대며 아이스크림 하나를 나눠 먹고 있었다.

"저기… 설마 진짜 정만이 오빠를 지영이한테 소개시켜 줄 거야?"

"어. 야!"

짧고 단호하게 대답하는 매정한 총각이 우렁차게 친구들을 불렀다. 정욱 군과 정만 군이 고개를 들어 우리를 반겨주었다.

"아! 잘 지냈어요?"

여전히 잘나 보이는 정욱 군이 손을 흔들며 반가이 인사했다.

"이야~ 후니 애인! 오늘따라 유난스레 깜찍하구만."

정만 군은 오늘따라 유난히 기분이 좋아 보였다. ㅠ_ㅠ

"박지민! 위층에 있냐?"

콩콩콩—

뛰어올라 오는 지영이의 발소리가 오늘따라 가볍게 들린다. 조성모보다 잘생긴 총각의 친구를 만난다는 부푼 기대감을 표출하는 너만의 방식인 거니? 그런 거니? 일났다.

"박지민! 이 언니 알바 자리 따오셨다. 아유, 장지영! 너무 완벽한 거 아니냐? 단박에 O.K라니… 아~ 짜증나려 그래."

겸손을 상실한 거만한 내 친구야. 지금처럼만 웃어주렴. 몇 분 뒤 너에게 닥칠 고난과 시련에도… 더도 말고 덜도 말고 지금처럼만 웃어주렴. 눈으로만 보지 말고 오직 오픈된 마음으로 상대방을 보는 성숙된 마음이 지금 너에겐 너무도, 아주, 몹시, 매우, 절실해.

"지영아, 친구간에 폭력이 오가고 그런 거 나쁜 거다, 그치? 알지?"

"미친… 약 먹었냐? 야야, 조성모보다 잘났으면 상황 끝난 거야! 어딨어, 엉? 지훈이 오빠, 친구 어딨어요?"

오빠란 호칭에 존댓말까정. 우리 지영이, 기대 많이 하는구나.

"추잡해. 내 앞에서 아부하지 마. 조성모보다 잘생긴 저놈이 술 쏜

댔고, 그 옆에 있는 정만이가 너 보고 싶어하거든?"

총각의 입에서 튀어나온 정만이라는 이름에 0.1초 만에 지영이의 표정이 굳어졌음을 느낄 수 있었다. 더 이상 이곳에 머무르고 싶지 않았다.

"아고, 핸드폰 울린다. 나 전화받으러 밑에 가 있을게!"

일본에 가 있는 동안 가방 속에 처박아 뒀던 액정 나간 핸드폰을 부산하게 끄집어내 아래층으로 뛰어내려 가는 처량한 내 모습. 침묵으로 일관하고 있는 핸드폰을 손에 쥐고 전화가 온다는 그짓말을 한다는 건 생각보다 민망한 일이었다. 하지만 그것보다 더 민망스런 일은 날 아무도 붙잡지 않는다는 거였다. =__=

그들을 등진 채 뛰어내려 와 커피숍 입구에 쪼그리고 앉아 핸드폰만 만지작대고 있기를 5분. 다행히 테이블을 엎는다든지 괴성을 지르는 등의 난잡한 소리는 들려오지 않았다.

"짝짝! 전세 냈어요? 좀 비켜줄래요?"

"아, 예."

입구에 쪼그려 앉아 있다 두세 명의 드센 아낙들의 기세에 눌려 길을 터준 뒤 다시 쪼그려 앉으려는데 손에 들린 핸드폰이 요란하게 울어댄다.

딩동딩동—

플립을 열고 버릇처럼 발신자를 확인하려 했다. 하지만 애석하게 액정이 나가 버린 핸드폰은 푸르딩딩한 화면만 매정히 비춰줄 뿐이었다.

"아부지, 할부금 끝날 때까지 이러고 살아야 한단 말입니까? ㅠ_ㅠ"

절뚝— 절뚝—

"아, 박지민!! 기집애가 길거리에 함부로 주저앉지 마! 추해."

통화 버튼을 누르고 핸드폰을 귀에 대려는 순간, 절뚝거리는 걸음으로 힘겹게 계단을 내려오며 소리치는 총각의 목소리에 놀라 고만 핸드폰을 바닥에 떨어뜨려 버렸다.

철푸닥—

"야!! 지금 나보고 놀라서 폰 떨어뜨린 거로 보이는데 내 눈이 썩은 거다, 그치? 남자랑 전화하다 놀란 거 아냐?!"

바닥에 떨어진 핸드폰은 배터리와 본체가 분리되어 버렸다. 내 귀엔 저딴 말도 안 되는 습관적 억지 따위는 들리지 않았다. =___=

"울먹! 핸드폰 고장난 거라면 나 죽어버릴 거야."

"사기치고 있네."

"근데 다리는 왜 절어?"

"절긴 누가 절었다고 그래!"

절지 않았다는 구차한 변명을 내뱉는 와중에도 총각은 끊임없이 다리를 절었다. 바닥에 쪼그려 앉아 분리된 배터리를 핸드폰에 끼워 맞추고 전원 버튼을 누르자 소리는 들렸다. 하지만 액정은 보기 안쓰러울 정도로 너덜너덜 망가져 있었다.

"그 고물 갖다버리고 길거리에 주저앉지 마!! 보기 싫어!!"

버럭쟁이. 틈만 나면 버럭버럭! 입만 열면 버럭버럭! 난 그지 근성이 있어서 쪼그려 앉는 게 버릇이다, 어쩔래!! 시간이 지나면 나도 스

스럼없이 바락대며 의사 표현할 수 있는 날이 오리라 믿어 의심치 않는다. 하지만 지금은 때가 아니란 걸 알기에 본연의 소심함을 지켜 나갔다.

"난 그지 근성이 있어서 쪼그려 앉는 게 버릇이야. 거슬려? 일어설까?"

"니가 지금 막 가자는 거지? 카센터 가서 차 빼올 테니까 안에 들어가서 기다려."

"친구한테 잔인하게 맞아 죽은 인간에 대해서 어떻게 생각해?"

"널 죽이기 전에 내가 먼저 그 친구의 목을 비틀어줄게!! 됐냐?"

진심으로 내뱉는 총각의 말에 난 더 이상 아무런 말도 할 수가 없었다. 까딱 잘못했다간 친구 지영이의 모가지가 비틀어져 나갈지도 모르는 일이었기에. =__=

절뚝― 질뚝―

"다리 왜 절어?"

"아씨!! 안 절어!!"

그짓말쟁이의 말로가 두렵지도 않은가 보다. 끊임없이 왼쪽 발을 절고 또 절면서 근처 카센터로 걸어가는 총각. =__= 상스런 욕을 중얼대며 저만치 멀어져 가는 총각은 끝끝내 다리를 저는 이유를 설명해 주지 않았다. 지금쯤 거품을 물고 있을 지영이를 숨어서나마 바라보자라는 심산으로 커피숍 안으로 내키지 않는 걸음을 떼었다.

"정만 씨, 특기는······."

"아, 특기라 하면 내가 또······. ㅡ,.ㅡ"

"카드깡 처리해 주는 거라고 지훈 씨한테 들었습니다. -_- 취미는……."

"하하! 후니가 그럽디까? 부정하진 않겠고… 취미는 내가……."

"장난감 작두 모으는 거라고 지훈 씨한테 익히 들었고요. -_-"

계단에 몸을 숨기고 고개를 빠끔히 내민 자세로 그들의 대화를 도청했다. 지영이는 지훈이라는 이름을 들먹여 고의적, 의도적으로 정만 군의 말을 똑똑 잘라먹음으로써 그의 입을 철저히 봉쇄시키더라. =__= 그 와중에도 시선은 옆 테이블에 앉아 핸드폰으로 테트리스를 즐기고 있는 정욱 군에게 박혀 있는 건 무슨 경우니?

딩동딩동—

화들짝—

맛이 간 핸드폰 주제에 벨소리가 어찌나 크던지.

"어? 지민 씨! 거기 숨어서 뭐 해요? 지훈이 집에 간댔는데? 잠시 일루 와요!!"

고개를 처박고 게임에 열중하고 있던 정욱 군이 날 발견한 것도 모자라 크다란 소리를 내질러 줬다. 그 모습에 난 입을 쩌억 벌린 채 경악할 수밖에 없었다. 깜찍한 녀석, 네 덕에 난 참으로 곤란한 지경이 돼버렸어. ㅠ_ㅠ

"정만 씨, 실례합니다. 박지민, 고개 빳빳이 들고 잠시 일루 와봐."

딩동딩동—

전화 한 통으로 날 혼란과 공포의 구렁텅이로 밀어 넣은 확인되지 않은 인간을 원망하다가 지영이가 고개 빳빳이란 말을 읊어댈 때는

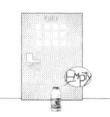

난 이미 혼비백산한 채 커피숍을 뜨고 난 뒤였다.

딩동딩동—

"헉헉! 야!! 너 누구야!"

[어머, 지민이니? 너 전화 거칠게 받는다?]

남의 전화받는 태도를 거칠다고 서슴없이 내뱉을 줄 아는 너야말로 거친 여자다. 이런 여자에게 총각은 싸가지없다라는 표현을 자주 쓰곤 했었다.

"저기… 자꾸 이렇게 전화하지 말아주실래요? 오늘만 해도 그쪽이 전화를 하는 바람에 제가 생사를 넘나들었거든요?"

[어, 그래. 일본 갔었다며? 팔자 늘어졌……]

"도를 아십니까? 모른다면 도가 무엇인지 깨우치세요."

탁—!!

이 지겨운 여자. 언제쯤이면 정희의 손아귀에서 완전히 벗어날 수 있을까? 수학 공식을 빌려 표현하자면 그건 정말 답이 나오지 않는 미지수였다.

딩동딩동—

전화기는 다시 한 번 울렸고 난 용감했다.

"아주머니, 자꾸 이러시면 신고해 버릴 거예요! 계룡산 꼭대기가 도 닦기엔 참 좋다고 그러더이다!"

[죽을래? 나 아저씨거든? 혼자 도 많이 닦으면서 맥도날드 앞으로 1초 안에 와. 도인이라 가능하지?]

"도인도 사람이라죠? 2분 안에 갈게요."

정확히 1분 57초 만에 도착했다. 진정 오랜만에 그 모습을 드러낸 총각의 애마에 헉헉대며 몸을 구겨 넣자 차는 무서운 기세로 집을 향해 내달렸다. 그 속력은 상상 초월. =__=

"속력 늦추고 잠깐! 지영이는 어쩌고 집에 가? 또 다리는 왜 그래?"

"누가 다리를 절어, 절긴. 날 따뜻해져서 길거리 노숙해도 안 죽어. 걔 길거리서 노숙하라고 그래!"

"있잖아, 혹시 만약인데… 그 다리, 지영이한테 맞아서 그런 거여?"

"미쳤어?! 내가 병신이냐, 여자한테 맞고 다니게!!"

"맞은 거 맞구나."

자네의 과민 반응은 맞다고 시인하는 꼴밖에 되지 않아. 다짜고짜 정만이를 소개시켜 줬다는 이유로 지영이가 신고 있던 구두로 총각의 왼쪽 정강이를 걷어찼다는 엄청난 사실을 알았을 때 차는 집 앞에 도착해 있었다.

절뚝— 절뚝—

"심하게 차였나 봐. 지영이가 원래 그런 애가 아닌데."

"내 옷에 구역질해 댄 걸로는 성이 안 찬다디? 내 뼈다귀 부러지는 줄 알았어!"

지영이에 대한 총각의 분노 역시 상상 초월.

"그런다고 지영이 내팽개치고 집으로 오면 어떡해?"

"아씨, 죽부인해 준다며. 걔 오면 너 우리 집에 놀러오지도 않잖아!!"

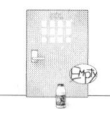

처음 보는 자네의 이 앙탈을 쑥국도 쑥떡도 아닌 쑥스러움이라고 받아들여도 되는 걸까?

"있잖아, 여자가 이런 말 한다고 나 죽이려 들면 곤란한데……."

"뭐? 오늘밤을 같이 지새고 싶다고?"

총각의 진담 섞인 저 한마디에 잠시나마 키스하고 싶었다라는 말을 꺼내기가 싫어졌다.

"오늘밤, 문 꼭꼭 걸어 잠그고 잠을 잘 테야."

"얼굴에 자꾸 쓸래?"

"내 얼굴이 A4용지야? 얼굴에 쓰긴 뭘 써?"

"큭! 서지훈, 먹고 싶어요라고 써 있네, 뭘. 야한 여자! 오늘은 키스만 해줄게. 크큭!"

먹고 싶어요? 뭘 말이니? 니 녀석이 야채니, 쌀이니, 콩나물 대가리니? 내가 널 왜 먹어! 그러면서 내 눈은 스리슬쩍 감기고 있었다. 집 앞에서의 키스는 그야말로 스릴 그 자체였다. 어느새 총각에게 길들여져 내 키스 실력도 하루가 다르게 발전에 발전을 거듭하고 있었다. 총각이 내 머리를 감싸 안으려는 순간, 내 팔이 총각의 목덜미를 휘감으려는 순간, 원룸에서 누군가 걸어나오다가 철썩 들러붙어 있는 총각과 나를 발견하고 공짜 구경이라도 할 심산인지 이쪽으로 걸음을 옮기는 듯했다.

"왜 떼!!"

"으브브, 허억! 허억! 저기 누구 걸어… 읍!!"

다시 포개진 총각과 나의 입술. ㅠ_ㅠ 얼마 가지 않아 이리로 걸음을 옮긴 누군가의 잡아먹을 듯 날카로운 목소리가 들렸다. 총각은 뜨거운 숨을 내뿜으며 내 입에서 순순히 입을 떼었다.

"뭐야? 너 이 새끼, 아주 상습적으로 여자 데리고 노나?"

"하, 씨발! 뭐? 여자를 데리고 놀아? 죽고 싶어? 너 뭐야!!"

퍼억—!!

"꺄아아아!"

정말 순식간에 일어난 일이었다. 낯선 남자의 주먹이 총각의 얼굴에 고대로 내리꽂혔고 그 충격으로 총각의 고개가 확 돌아가 버렸다. 좀 전까지 내 입술을 덮치던 그 도발적인 입술에서 피가 배어 나왔을 때… 그때 총각은 휙 돌아버렸다.

"너 죽고 싶지?"

"뭐? 죽고 싶어? 너 간통죄가 뭔지 알긴 아냐? 이 대가리에 피도 안 마른 어린 새끼야!"

"하. 간통죄? 아~ 낯이 익더라 했더니 아스팔트에 몇 번 갈린 면상이네? 미란이 남편?"

어쩐지 낯이 익더라니. 부담스럽게 비싼 티가 팍팍 풍기는 까만 양장을 위아래로 쫙 빼입은 이 남자. 그러고 보니 결혼식장에서 자기가 훨 잘생겼다고 총각이 무지하게 씹어대던 미란 언니의 남편이다.

퍼억—!!

또 한 번 그 남자의 다부진 주먹이 조막만한 총각의 얼굴을 강타했다.

"때리지 마요!! 미쳤어요?! 얼굴에 흉터 남으면 책임질 거야?!"

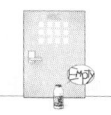

내 고함이 들리지 않느냐? 저 남자에게 내 존재는 눈에 들어오지 않는 듯했다. =___=

"뭐? 미란이? 미란이가 니 친구야? 아~ 집 안에까지 드나들었으면 갈 데까지 간 사이는 확실한 거네. 안 그래, 어?"

내 존재를 대수롭지 않게 여기는 미란 언니 남편의 한마디에 피가 나는 총각의 입술을 요리조리 살피며 발을 동동 구르던 난 그만 그 자리에 굳은 채 멍해져 버렸다.

"개자식, 너 두 대 쳤어."

"이 새끼 봐라? 83년 생이면 너 몇 살 처먹었어?!"

"미친놈, 계산 안 되냐? 아저씨, 지랄하지 마시고 두 대 맞고 마누라한테 가. 어?"

"고등학교 때부터 놀았다며? 내 귓구멍이 막혀서 못 듣고, 몰라서 모른 척한 줄 알았어, 이 새끼야?!"

구태여 기억하지 않으려고, 생각하지 않으려고, 내 몸속 깊은 곳에 파묻어 잊어버리려고 했건만……. 갈 데까지 갔다는 말을 미란 언니의 남편이란 사람 입에서 들었다. 알고 있었던 일이면서도 가슴이 싸하게 시려오잖아. 저 불한당 같은 놈. 그 엉성한 정장이 어울린다고 생각해? 무스로 넘긴 까만 머리털, 역겨워. 느끼해. 매스꺼워!! 왜 지나간 과거는 들춰내서 과거에 연연하는 쪼잔한 여자로 만들어 버리냐?

"박지민, 큭! 키스하는데 중간에 초치는 인간이 왜 이렇게 많냐? 집에 먼저 들어가."

"안 갈래."

"들어가!"

버럭 소리를 지르는 총각의 말에도 꿈쩍 않고 자리를 지키고 서 있었다. 미란 언니의 남편은 그제야 내 존재감을 인식하고 나를 흘기며 비아냥거리는 목소리로 말했다.

"이 한심한 여자야, 결혼한 지 한 달도 안 된 여자를 다시 꼬드겨 집에 들이는 새끼야. 이런 새끼가……."

퍽—!!

"한심한 여자? 죽을래? 니 꼴도 엄청 한심하다!! 어디서 새끼새끼 거려?! 내가 니 새끼야?"

"이 새끼가! 나를 쳤어?! 변호사 불러봐, 어?"

"곧 죽어도 새끼새끼 거리네!! 변호사 불러, 이 미친놈아!!"

총각의 드센 주먹에 화단으로 고꾸라진 채 변호사 선임을 외쳐 대는 남편의 코에서 한 줄기 핏방울이 쭈욱 흘러내렸다. 그 장면은 동네 비디오 가게에서 대여해 주는 이름없는 호러 영화의 한 장면을 연상케 했다.

"하! 대가리에 핏대도 안 선 놈이 내가 누군 줄 알고 손을 대? 강력계 형사들 풀어봐? 진단서 끊으면 간통죄에 폭행까지… 너 콩밥 먹일 증거… 억!!"

콩밥 먹일 증거를 읊조리던 그 남편은 화단에 내동댕이쳐진 고 자세에서 총각의 발길질까지 받고 요상한 신음 소리를 내뱉으며 조용히 묵념했다. 말 그대로 개 패듯이 팼다.

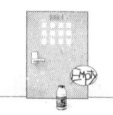

퍽퍽—!!

"집어넣어!! 집어넣고 콩밥 한번 먹여봐!! 정미란은 이 따위 새끼 한테 시집가려고 날 버린 거였대? 얼굴이 안 되면 성격이라도 좋아야 될 거 아냐, 이 병신아!"

쉴 새 없이 밟고 주먹을 놀리는 총각. 반 미쳐 있다고 해도 과언이 아니었다. 옆에서 뜯어말리려던 나도 바닥으로 나가떨어져야만 했다.

"아, 그만 해!! 하지 마!! 때리지 마!! 이 사람 죽으면 어떡하려고 그래!"

"너 뭐 해!! 송장 구경하기 싫으면 눈 감고 집에 튀어가!!"

"너… 억!! 너, 너… 이 새끼… 처넣어버린……."

주머니에서 핸드폰을 힘겹게 끄집어낸 그 사람은 어디론가 전화를 걸었다. 변호사가 어쩌니 강력계가 어쩌니 지껄인 말들이 결코 헛소리가 아니었다는 걸 증명이라도 하듯 5분도 안 돼 요란한 싸이렌 소리가 들려왔다. 도대체 어떻게 된 거야?

"하? 너 능력 좋다? 나 진짜 처넣으려고? 처넣어봐!"

"이 새끼야, 너 사람 잘못 봤… 억!!"

"하지 마! 하지 마! 때리지 마! 집에 들어가, 어?!"

끼익—

"지금 뭐 하시는 겁니까!"

쉴 새 없이 미란 언니의 남편을 때리던 총각은 제복이 아닌 사복 경찰의 저지로 폭력을 멈췄다.

강제로 차에 태워져 도착한 곳은 몽둥이를 들고 조서를 꾸미는 허름한 동네 파출소가 아니었다. ㅠ_ㅠ 동네 파출소와 비교했을 때, 만만함이라고는 눈곱만큼도 찾아볼 수 없는 이곳. 저 불한당 같은 놈이 입김을 불어넣은 건지, 단순 폭력을 휘두른 총각은 경찰청 강력반이라는 곳으로 끌려오게 됐다. 의자에 삐딱하게 앉아 경찰관이 아닌 형사님의 질문 공세를 받아내고 있는 총각이었다.
　타닥— 타닥—
　"폭력은 그렇다 치고, 간통죄까지 들먹이는데… 히야~ 새파랗게 어린 새끼가……."
　"이 아저씨들이 누구더러 간통이래? 증거있어요?"
　"아저씨가 뭐냐? 형사님! 기본이 안 되어 있어!! 정미란, 그 여자 결혼한 뒤에 만났어, 안 만났어? 뺑뺑 돌릴 거 없이 말해서 잤어, 안 잤어?"
　"하! 뭐?"
　총각과 조금 멀찌감치 떨어진 소파에 앉아 조서를 꾸미는 광경을 초조하게 바라보고 있던 나는 형사의 직설적인 질문에 그만 울음을 터뜨려 버렸다. 당연히 모두의 시선은 내게로 쏠려 버렸다.
　"흑! 아저씨, 왜 그렇게 잔인해요? 나 그 오빠 애인이란 말이에요. 으흑!"
　"김 형사, 저건 또 뭐야? 아이고, 속 터져. 여기가 무슨 애들 놀이터인 줄 알아? 데리고 나가! 정신 사나워 죽겠어!!"
　"저거 내 껀데 누구 멋대로 울리래요? 아~ 죄없는 시민 잡아다가

장난해요, 지금?"

쾅—!!

총각이 철로 만든 책상을 긴 다리로 쾅 내려치며 버럭 소리를 질렀다.

"아, 그려요!! 돼야지 싣고 도살장에 가던 트럭 우리 가 훔쳤수다!! -0-"

그 옆 책상에서 껌을 짝짝 씹어대며 건방지게 조서를 받고 있던 도적놈들이 자신들의 죄를 잡아떼고 우기다 그 순간 순순히 자백했다.

"딸국!"

내 눈물도 총각의 생각지 못한 기세에 팍 찌들어 더 이상 흘러내릴 엄두를 못 내고 있었다. 몇 년 전 인기리에 방영됐던〈경찰청 사람들〉이라는 TV 프로에 열광해 녹화까지 해서 보관하던 나의 행동이 미친 짓이라는 생각이 들었다.

"뭐, 뭐여? 이 새끼, 이거 쫄지도 않고 깡다구만 키웠나!"

"내 입술 터진 건 안 보여요, 에? 그 자식은 어디 가고 나 혼자 아저씨 묻는 말에 대답해야 돼요!"

"넌 사람 잘못 건드렸어. 너한테 밟힌 그 자슥이 없는 죄도 만들어서 널 처넣으라는데 나 같은 놈은 위에서 시키는 대로 해야지, 어디 별수있나?"

"없는 죄도 만들어? 하, 그래서 증거도 없이 개소리를 지껄여서 남의 애인을 울려요?"

탕탕—!!

서류를 책상에 거세게 내려치며 귀를 후벼 파는 우락부락한 몰골의 형사는 총각을 위아래로 쓱 흘기며 말을 이어갔다. 이 시점에 할 말은 아니었지만 저 형사, 씨름 천하 장사 강호동 씨랑 매우 닮아 있었다.

"애인이 있으면 행실을 똑바로 하고 댕기던가! 꼬라지 보니 얼굴값하게 생겼구만. 아니 뗀 굴뚝에 연기가 나? 원인이 있으니까 남편 입에서 간통이란 소리가 나오는 거 아녀? 참나!"

형사 아저씨의 말에 다시 한 번 눈가에 눈물이 고이고… 한 방울 두 방울 뚝뚝 떨어져졌다. 뒤이어 들려오는 총각의 악에 바친 목소리.

"말 다했어요? 말이면 다인 줄 알아요?"

"후… 아고, 이 귀지 봐라. 성질 돋우지 말고 퍼뜩 끝내자, 엉?"

"나 몸뚱어리 함부로 굴리는 걸레 새끼 아니야!"

30분 후. 무언가를 들고 있는 중년 신사가 문을 박차고 등장함과 동시에 경찰서 안은 그야말로 개판이 되어버렸다.

"내일 일면에 경찰서에서 살인났다는 소리 나오기 전에 몸으로 막아!-0-"

우락부락 강호동이 세차게 외치자 개떼처럼 몰려드는 형사들. 그날 난 맞고 있는 한 사람을 구하기 위해 형사들이 떼지어 몰려와 온몸으로 매타작을 막아내는 아주 인간적인 광경을 목격할 수 있었다.

딸랑~

"어서 오세… 저, 저 밖에 계신 소, 손님 분은 어, 어쩌다가……."

"소독약이랑 여자한테 구두 굽으로 걷어차였을 때 바르는 약이랑 골프채로 두들겨 맞았을 때 바르는 약 주세요."

"겨, 경찰서에 신고부터 해야 되는 거 아니에요? 어디서 저렇게 맞았어요? 신고해 드릴까요?"

"괜찮아요. 경찰서에서 친아빠한테 맞은 거라 신고해도 별 소용없을 거예요."

내 말에 넋 나간 사람처럼 약국 밖에 기대 서 있는 총각을 뚫어지게 바라보던 약사 아저씨는 총각과 눈이 마주치자 화들짝 놀라며 그제야 부산스레 이 약 저 약을 뒤적대기 시작했다.

딸랑~

"박지민, 집에 약 있으니까 그냥 나와."

약국 문이 열리는 소리에 고개를 돌리자 허연 낯짝을 여기저기 찢긴 총각이 문 앞에서 나오라는 손짓을 해 보인다.

"어? 어. 아저씨, 집에 약 있대요. 폐만 끼쳤네요. 수고하세요."

"학생! 부실하게 치료해서는 안 되니까 약 갖고 가! 돈 안 받을 테니까 약 가지고 가서 치료 확실하게 해줘!! 흉지겠네."

"그렇게 약을 죄다 퍼주면 아저씨는 땅 파서 흙 먹고 사실 건가요? 고맙지만 됐어요. 밖에 다 죽어가는 저 환자, 저래 뵈도 혼자 치료 하난 잘해요."

내 만류에도 불구하고 정성스럽게 약들을 뒤척거리는 약사 아저씨의 지나친 친절에 덜컥 부담을 느끼고 허겁지겁 약국을 빠져나와 버렸다. 약국 문에 기대 서 있던 총각은 무언가를 손바닥에 칙칙 뿌려 대며 연신 손바닥을 쓱쓱 문질러 대고 있었다. 경찰서에서 거의 죽다 살아 나왔다고 해도 과언이 아닐 정도로 서 씨 집안 장남은 친 아비에게 골프채로 두들겨 맞았다. 떼지어 총각을 몸으로 사수한 형사님들이 아니었으면 병원으로 실려갔을지도 모를 일이었다. 총각의 아버님의 친아들을 잔인하게 학대하는 그 신선한 모습이 형사들에게 크게 어필되어 곧장 풀려난 것이라 사료됐다. =___=

칙칙―

"뭐 뿌리는 거야? 그거 향수 아냐?"

"손바닥에 전화번호 거슬린다며. 물도 없고 그냥은 안 지워지는데 가방에 이것밖에 더 있냐?"

"남의 말 귀담아듣지 말라가 좌우명이라며?"

"이 여자 왜 이래? 진짜 사람 미안하게 한다."

혼자 나지막이 무언가를 중얼대던 총각은 신경질적으로 내 앞으로 걸어왔다. 그리고는 두 손으로 코를 틀어막고 있는 날 덥석 안아버리는 행동을 취했다. 약을 뒤적이는 척하면서 이 모든 행동을 뚫어져라 주시하고 있는 약사 아저씨의 부담스런 시선. =___=

"남의 영업장 앞에서 뭐 하는 짓이래? 아빠가 영창에 도로 처넣기 전에 집에 들르랬잖아."

"등신아, 화낼 줄 몰라? 욕할 줄 몰라? 가르쳐 줘? 하루가 멀다 하고 너 울리는 나 짜증나지도 않냐?"

"……."

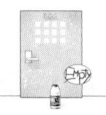

딩동딩동—

참으로 심각한 분위기였건만 눈치없이 핸드폰이 울려 버렸다. 무슨 말을 더 하려던 총각은 날 안은 팔을 풀고 집과 반대 방향인 사거리로 절뚝대며 걸어갔다.

딩동딩동—

"어? 치료하고 아빠한테 가자!! 그리고 어딜 가?"

"너 재수없어서 어떡하냐? 웬 병신 같은 놈 하나가 너 미칠 만큼 좋아한다는데."

"뭐라고?"

딩동딩동—

이 망할 놈의 핸드폰. 무식하게 크다란 벨소리가 총각의 목소리를 씹어삼키는 바람에 재수없어서 어떡하냐라는 말만 간신히 들렸다.

"나도, 내 귀도 고막이 찢어져서 안 들려!! 뭐라고?"

"손에 적힌 전화번호 다 지웠다고! 그 고물 핸드폰! 갖다 버리든지 전화를 받든지 해!! 나 집에 늦게 들어간다. 혼자 울지 마."

시력도 좋다, 눈에 대롱대롱 맺힌 눈물방울이 그렇게 멀리서도 보이는 걸 보니.

딩동딩동— 디······.

"여보세요?"

[박지민, 너 어디야?]

"지금 전화를 받을 기분이 아니니 나중에 다시 걸어주시기 바랍니다. 더 넘버 이즈 어··· 엄··· 어쨌든 플리즈 리콜."

[미친… 너 오늘 죽었…….]

탁—

너 오늘 죽었다라는 말이 채 나오기도 전에 플립을 매정하게 닫아 버리고 터덜터덜 집으로 걸음을 옮겼다.

집으로 돌아와 혼자 울지 말라던 총각의 말도 깡그리 잊어버린 채 이불을 푹 뒤집어쓰고 펑펑 울다 잠이 들었다. 잠결에 초인종 소리가 어렴풋이 들려오는 듯했지만 깊은 잠의 나락에 빠져 버린 난 두 귀를 닫아버린 채 고대로 잠을 청했다.

띠— 띠— 띠—

쾅쾅—!!

"오늘도 없냐?! 진짜 없는 거야, 아님, 있으면서 숨어 있는 거야! 이 사기꾼! 돈 갚기 싫어서 아예 잠적을 했구만! -0-"

"으음~"

쾅—!!

"야! 남의 집 앞에서 아침부터… 죽을래?"

"어? 형, 안녕하세요! 오랜만… 어? 얼굴이 왜 이래요? 학교 가세요?"

밖에서 들려오는 난잡한 소리들에 눈살을 찌푸리며 밤새 닫아뒀던 귀를 살포시 열었다.

"너 또 돈 뜯으러 왔지! 나 지금 경찰서 가야 하는데 잘됐네. 이 사기꾼 새끼, 앞장서!! 같이 가게!!"

"왜 이래요!! >_< 아야!! 귀, 귀 잡아당기지 마요. 며칠 전부터 족제비같이 생긴 남자가 형네 집에 들락날락했던 거 알아요? 귀 놓으면 정보 제공해 줄 테니까… 아! 아!"

지훈 총각의 목소리와 지칠 줄 모르는 끈기와 근성을 지닌 민우의 목소리가 내 귓가에 요란스레 들려왔다. 난 감고 있던 눈을 뻔쩍 뜬 뒤 자리를 박차고 일어났다.

"놔주면 정보 제공? 너 지금 나 협박했어?"

"아!! 아야!! 그게 무슨 협박이에요! 근데 형 손에서 킁킁… 사람을 흥분시키는 묘한 향기가 나요. 킁킁."

"변태 새끼! 재수없어, 절루 가!! 집이든 학교든 빨랑 꺼져! 어? 요구르트 어디 갔어? 니가 다 처먹었지! 죽을래? 어?"

"아! 아야!! 내가 안 먹었어요!"

문과 문 사이.

"……"

퉁퉁 부어버린 금붕어 눈알을 매만지며 오픈된 두 귀로 그 둘의 대화를 도청하고 있던 난 문고리를 만지작대며 한참을 서성대다 힘주어 문고리를 비틀었다.

덜컥—

반창고투성이인 얼굴로 칙칙한 동복에서 화사한 춘추복 교복으로 탈바꿈한 민우의 멱살을 잡고 있는 총각의 모습이 내 눈에 들어온 것도 잠시.

속닥속닥—

"야, 나 독종 중에 독종이야. 아주 철거머리니까 돈 떼먹고 도망갈 생각 하지 마. 알고 봤더니 핸드폰 안에 계산기도 있더라?"

실로 오랜만에 내 온몸을 휘감는 이건 아니다 분위기.

"야! 신경 거슬리게 하면 고대로 박아버린다. 난 에어백 터질 거고, 얜 안전띠 했고, 넌 고대로 죽어. 알아? 거짓말 같지? 니네 학교 교문 앞에서 죽어볼래?"

총각의 입을 거쳐 나온 모든 언어들은 다른 이들에게 사실감과 더불어 공포심을 심어주기에 충분했다. =__= 현관문이 열림과 동시에 총각의 거친 손길에 이끌려 차에 억지로 태워진 나는 학교까지만 태워달라고 발악을 하던 민우와 함께 이름 모를 행선지로 끌려가고 있는 중이다.

끼익—

틈이 있었다면 입고 있던 츄리닝이라도 갈아입었을 텐데……. 낯짝에 물 한 번 묻혀보지도 못하고 무작정 끌려나온 내 초라한 행색을 껄껄 비웃기라도 하듯 차가 멈춰 선 곳의 행색은 그야말로 사치에 사치를 더한 웬 돈벌레들이 살고 있는 집이었다. =__=

"자, 잠깐. 여기 누구네 집이야? 나 세수도 안 했단 말이야!!"

"어제 집에 박혀서 울었지?"

화들짝—

"울지 않았어요."

"사기치네. 눈 다 부었어!! 울지 말랬잖아!! 야, 민우절인지 만우절인지 너 내려!!"

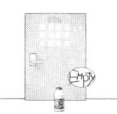

민우절? 만우절? 참고로 말하지만 민우가 다니는 경원공고와 이곳은 걸어서 한 시간 반, 버스 타면 삼십 분 걸리는 거리다. 지하철은 없다. 문자를 보내고 있다가 내리라는 말에 허옇게 질린 얼굴로 정색을 하는 녀석.

"학교 앞까지 태워준다고 했잖아요!! 지금 이게 뭐 하는 짓이에요?! -0-"

"너 엿 먹이는 짓."

끝까지 내리지 않고 자리에 뻐기고 앉아 있던 민우는 총각의 매정한 손놀림에 바닥으로 사정없이 내동댕이쳐졌다. 가증스럽게 대문까지 도금을 한 정희네 집을 능가하는, 진정한 사치가 무엇인지 보여주는 그 집 앞으로 날 끌고 온 총각은 한 치의 망설임도 없이, 조금의 주눅도 없이, 일말의 소심함도 없이 세차게 벨을 눌렀다.

끼룩— 끼룩— 끼룩—

새소리를 내는 벨소리마저 아주 도도하게 울어댔다.

"누구세요?"

"아직 출근 전이죠?"

"아, 지금 다들 식사 중이신데 누구신가요?"

"어제 경찰서에서 야비하게 혼자 집에 튀어버린 놈 잡으러 왔다고 말하면 알아들을 테니까 문 열어요."

어제 경찰서에서 야비하게 혼자 귀가해 버린 분? 애석하게 어제 그런 만행을 저지르신 분은 단 한 분밖에 존재하지 않았다. 고로 이 집은,

"으악! 이, 이 집, 이 집 미, 미……."

철커덩—

야비하게 튀어버린 그놈의 집이 맞았던지 매정하게 문이 열렸다. 입에 거품을 물고 들어가지 않겠다며 대문에 철썩 들러붙어 안간힘을 써봤다. 하지만 나도 여자인지라 총각의 손에 이끌려 그곳으로 힘없이 질질 끌려가야만 했다.

째깍째깍—

시계에 보석이 박힌 집은 보다 보다 첨이다. 가격을 가늠할 수 없는 세간사리들을 비롯해 바닥에 깔린 보드라운 융단. 신문을 보고 있는 미란 언니의 남편이 앉아 있는 저 소파는 소 껍데기를 벗긴 건지, 악어 껍데기를 벗긴 건지 유난히 사치스럽게 번들거린다.

"아들이라는 사람이 죄를 짓고 경찰서에 갔으면 죄를 받게 돼야지 아버지가 그런 식으로 나오면 안 되지. 쯧쯧. 안 그래?"

보고 있던 신문을 반으로 접어 탁자 위에 던진 뒤 턱을 올려 소파 앞에 서 있는 총각과 나를 비열하게 올려다본다. 콱! 눈을 파버릴까 보다.

"정말 너무한 거 아니에요?! 뒷조사를 하려면 좀 제대로 하던가!! 지금 당신 실수한 거 알아요?"

미안함에 주방에 들어가 있던 미란 언니가 참을 만큼 참았다는 듯 꽥꽥 고함을 내지르며 거칠게 걸어나왔다. 그에 얼굴을 찡그리며 작은 한숨을 내쉬는 총각. 두 주먹을 꽈악 쥔 채 입술을 깨물다 예상치 못한 행동으로 모두를 경악케 했다.

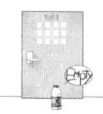

털썩—

"결혼하고 저 여자한테 제가 먼저 전화 걸었습니다."

"서지훈, 뭐 하는 짓이야!! 못 일어나?!"

그 거만하던 총각이, 그 건방지던 총각이, 그 자존심 강하던 총각이 미란 언니의 남편 앞에서 무릎을 꿇었다.

"하! 그럴 줄 알았어, 이 새끼. 네가 홀려낸 줄 알았⋯⋯."

"말 안 끝났거든요? 잔인하게 나 버리고 가버린 여자한테 새로 생긴 애인 보여주려고 부른 거니까 지나친 오해 좀 그만 하시죠. 몸에 해롭거든요?"

그짓말. 나 독감 걸려서 주사기랑 약 부탁하려고 전화한 거잖아.

"뭔 헛소리야!!"

"저 여자는 내가 싫어서 나 버린 죄밖에 없고, 나 싫다는 여자는 저도 관심없습니다. 얘가 제 애인이거든요?"

"남의 집에서 쇼하는 거야, 지금?!"

"부탁인데 정미란 씨, 그리고 남편 되시는 그쪽! 내 인생에 태클 걸지 마세요. 병신처럼 이제 내 애인 울리는 거 지치고 짜증나니까 저 좀 가만 놔두라구요!!"

한순간 고요해진 집 안. 버럭 고함을 치는 총각의 기세에 눌려 헛기침을 두어 번 해대는 남편이었다. 알 수 없는 표정으로 총각을 내려다보고 있던 미란 언니가 힘겹게 입을 떼었다.

"나도 너 싫어, 이 자식아. 여긴 뭐 하러 왔냐? 우리 남편이 뭘 오해해서 너의 잘난 애인을 울렸나 본데, 다시는 니 인생에 태클 거는 일 없을 테니까 일어나!!"

"사과받으러 왔어. 얘한테 사과하세요. 오해했다고, 울려서 미안하다고 사과하세요."

"왜 그래!! 나 많이 운 것도 아니고 사과 안 받아도 돼. 일어나!!"

총각은 두 귀를 닫아버리고 오로지 미란 언니의 남편만 무섭게 노려보며 사과하지 않으면 돌아가지 않겠다는 뜻을 내비쳤다. 그렇게 10분이 흘렀다.

"그래, 너 울려서 미안했다. 하참, 됐냐?!"

가죽 소파에 앉아 거만을 떨던 남편의 입에서 미안하다는 소리를 들을 수 있었다.

"그게 시비지 사과예요?"

"됐어! 나는 충분히 미안하다는 소리로 들렸어! 이러지 좀 마. ㅠ_ㅠ"

난 무릎을 굽히고 앉아 있던 총각을 괴력의 힘으로 억지로 일으켜 세웠다. 신발을 신고 이 사치 소굴에서 빠져나가려는데 총각이 몸을 틀어 남편 놈에게 무섭게 한마디를 내뱉었다.

"어이, 족제비 씨! 다시 한 번 내 집에 멋대로 들락거리면 죽을 줄 알아!! 뭐야, 이건!"

툭—

쨍그랑—!!

"저, 저, 저 새끼가! 그게 얼마짜린 줄 알아?!"

현관문을 열고 밖으로 나가던 총각은 입구에 장식되어 있던 유리로 된 작은 조각을 손으로 툭 쳐버렸다. 귀해 보이던 그 조각은 요란

한 효과음과 함께 바닥에 떨어져 산산조각이 나버렸다.
"별로 비싸 보이지도 않네. 역겹게 생색은."
쾅—!!
태어나서 그날 처음 무릎을 꿇었다는 총각은 부서져라 현관문을 닫아버린 뒤 절뚝대며 걸어가 차에 몸을 실었고 운전대에 고개를 처박은 채 한동안 움직이지 않았었다.

"그 기집애랑 논다고 집에 늦게 들어오면 너 죽고 나 죽는 줄 알아."
"지영이 보고 가지?"
"학교 간다. 선물 줬으니까 저녁에 밥 해줘. 토할 때까지 먹어줄게."
부웅—
내 품에 선물이라는 이름의 서류 봉투 하나를 안겨준 뒤 학교에 간다며 휑하니 차를 몰고 가버린 총각은 지영이가 알바하는 커피숍 근처까지 왔음에도 불구하고 한사코 지영이와의 만남을 거부했다.
총각이 마음에 없는 말로 미란 언니에게 모진 상처를 줘버린 것 같아 가슴 한 켠이 아려오긴 하지만.
턱—
"아야!"
"아, 눈 없어요?! 짜증나. 어? 정훈아, 어딜 가?!"
정훈아? 지영이가 알바하는 커피숍에 들르기 위해 시내 중심가로 걸음을 옮기던 난 웬 여자와 몸을 부닥쳤고 그 여자의 입에서 정훈이란 이름이 흘러나왔다. 혹시나 하는 마음에 몸을 틀어 돌아봤지만 이른 시간에 시내 거리를 배회하는 젊은 남자는 눈에 들어오지 않았다.

"아야! 씨, 걸음이 왜 저렇게 빨라? 뭘 봐요!!"

"아, 아니요. =__="

투덜대며 내 옆을 지나쳐 근처 경양식 집으로 쏙 들어가 버리는 그 여자를 따라가보고 싶었지만 동명이인임에 분명했기에 게다가 정훈이 그놈은 지금쯤 일본 아낙들과 술 마시고 노래하며 일어로 웃기네를 외쳐 대고 있을 것임이 분명했기에 가던 길을 재촉했다.

그나저나 총각의 차를 타고 올 때 씩씩대며 학교를 향해 걸어가던 민우의 모습이 자꾸만 눈에 밟혀온다. 그놈은 분명 차비가 없는 듯했다. 도로에 내달리는 총각의 차를 발견한 뒤 반갑게 태워달라며 손짓했지만 총각은 차창을 열어 가운데 손가락을 쭉 펴주어 그의 발광에 화답해 줬었다. =__=

"에휴, 불쌍한 놈. 팔자도 드세지."

딩동딩동—

"여보세요?"

[여긴 지금 잠잘 시간이야. 아홈~ -0-]

"누, 누구니? =_="

● 제 2장
오해는 오해를 낳고…

제12장
오해는 오해를 낳고…

"장난질이면 용서 안 할 거야. 누구야, 너?"

[후아. -0-]

누구냐는 내 물음을 가볍게 씹어주고 지금은 잘 시간이란 짤막한 말을 남긴 채 늘어지게 하품만 해대는 통화 저편의 이름 모를 그대. 혹여 거친 숨소리를 전문적으로 낸다는 전화의 변태가 아닐까도 싶었지만 문제는 지금 이 한국 땅 위에 존재하지 않을 누군가와 지나치게 그 목소리가 닮아 있다는 것이었다.

"내가 세상에서 제일 경멸하는 인간이 핸드폰에 국제 전화해서 변태처럼 하품이나 해대는 서 씨 집안 차남, 바로 너 같은 인간이야. 너 서정훈이지?!"

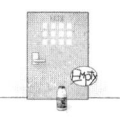

[흥! 웃기시네, 웃기시네.]

"그래, 너였어. 말투를 그 딴 식으로 바꾸면 내가 모를 줄 알았지? 내 번호는 어떻게 안 건진 몰라도 졸리면 자!"

[박수 무당 같은 게 부정 타게 어디서 앞을 내다봐.]

"내 주위에 일본에서 시차를 느끼는 인간은 너밖에 없거든? 다시 한 번 국제 전화해서 거친 숨소리 내면 형한테 죄다 이를 거야! 전화 한 저의가 뭐야, 도대체!"

[왜 모르니~ 바보같이 어떻게 더 표현을 하니~ 이만하면 내 맘 알 때도 됐는데~ 아직 모르니~ 아함~ 이거 부른 가수 이름 물어볼 라고 전화했어!! TV에서 봤는데 웃는 거 끝장났어! 반했어! 아줌마!! 나 옥수수콘 더 퍼달라니깐요! -0-]

[나 아줌마 아니라니까 정말 너무해요!]

[서정훈, 그거 여자지?! 전화 고만 끊어!! 너 그 노래 좋대서 그 CD 누나가 사줬잖아!]

전화기 너머로 들려오는 언어들은 죄다 한국어였다. 장시간 계속된 통화로 인해 핸드폰은 달구어질 대로 달구어져 버렸고 별스런 노래를 부르며 망언까지 퍼붓는 이 인간의 추태에 난 조금씩 지쳐 가고 있었다. =__=

"참 이상해. 너 식당이지? 일본에서 한국 말로 주문이 돼? 거기다가 옆에 한국 말이 참 많이 들리는 것 같네?"

[웃기네, 웃기네. 여기 한인촌이야 이 기집애야!! -0-]

어이없게도 전화는 그렇게 끊어져 버렸다. 게슴츠레한 실눈으로 아까 길쭉한 여자가 튀어 들어간 경양식 집을 바라보며 엄한 상상을 해봤지만 그럴 리 없다며 세차게 고개를 휘젓고 커피숍으로 발걸음을 떼었다.

오전이라 비교적 한산한 에바 커피숍.

턱—

내가 앉은 테이블 위로 거칠게 날아든 메뉴판은 나의 실질적 공포를 배로 증폭시켜 주기에 충분한 살인 도구 같은 존재였다. 엊저녁에 무슨 일이 있었는지 얼굴 이곳저곳에 반창고가 더덕더덕 붙여진 채 무섭게 날 노리는 지영이의 모습은 실로 공포, 엽기, 괴기, 호러 그 자체로밖엔 설명이 되지 않았다.

"지영아, 음… 난 정만 씨를 너한테 진짜 소개시켜 주리라고 생각지 못했거든? 믿어줘. =_= 응? 응?"

"손님 퍼뜩 주문하시죠."

"코코아 데쳐주세요. 새, 생크림은 얹어줘요?"

"저희 영업장에서 생크림 따윈 취급하지 않거든요? -_-"

"그냥 맹물에 가루만 타서 줘도 난 괜찮다우. =__= 씨.익."

찬바람이 쌩쌩 휘몰아치는 지영이의 냉랭한 태도를 보아 정만이의 존재가 꽤 충격적으로 받아들여진 듯했다. 내가 코코아 한 잔을 싸그리 입에 부을 때까지 지영이는 단 한 번도 내게 따스한 눈길을 보내주지 않았다. 소음을 일으키면 목으로 칼이 날아올 듯한 절대 정숙을 강조하는 독서실 분위기. 여긴 더 이상 커피숍이라 불리우길 거부하려고 작정한 영업장 같았기에 츄리닝 주머니에 서류 봉투를 구겨 넣

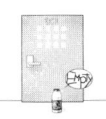

으며 자리를 털고 일어서야 했다.

"삼천오백 원입니다, 손님."

친구가 알바한다길래 떨어진 콩고물이라도 주워먹을 심산으로 용감무쌍하게 츄리닝 차림으로 커피숍에 들른 거였건만 그런 나에게 3,500원이라는 지폐와 동전 따윈 먹고 죽을래도 없었다. =__=

"아, 손님!! 귓구멍 막혔어요!! 삼천오백 원이라니까!"

"정지영! 너무한 거 아니야? 씨, 그래. 200원만 빌려줘."

철컥—

난 계단 입구에 놓여 있던 공중 전화 박스로 달려가 100원을 집어넣은 뒤, 영광스레 정액이 나간 고물 핸드폰 단축 번호 1번에 지정돼 있는 '니 애인'이라는 놈에게 전화를 걸어야만 했다.

[끊어라, 어? 끊어라, 어? 끊어라, 어? 죽을래? 안 끊어? =_=]

이딴 말도 안 되는 컬러링을 언제 설정해 뒀던 걸까? 정말 끊고 싶은 충동이 일 만큼 온몸에 소름이 쫙 돋아오르는 낯선 기분에 동화되어 왠지 모를 희열을 느끼는 바이다.

[끊어라, 어? 끊어… 하! 여보세요? 너 죽고 싶지? 끊으란 말 못 들었어?! @#$%^&*()@#$!!]

헉! 총각의 엄한 욕지거리가 다 끝나갈 즈음 전화기에선 돈을 더 집어넣으라며 뚜뚜거렸다. 난 100원을 더 집어넣은 뒤에야 조심스레 입을 열 수 있었다.

"나 지민인데 왜 다짜고짜 화를 내? ㅠ_ㅠ"

[어? 너 핸드폰 없어? 왜 모르는 번호로 전화 걸어!]

"핸드폰 정액이 수명을 다했거든. 저기… 나 지금 지영이가 일하는 커피숍인데 있잖어… 삼천오백……."

[서지훈! 자빠져 자다가 대뜸 일어나서 뭐 하는 짓인가! 벨소리 진동 몰라?! 강의 시간에 당장 전화기 못 끄겠나! 넌 가차없이 F여, F!! -0-]

전화기 너머에서 들려오는 교수인 듯한 웬 영감님의 한 맺힌 고함 소리가 들리지 않았더라면 난 지금 총각이 수업 중이었단 사실을 절대 인정하지 않았을 것이다. 적어도 학교에선 착실하게 생활하리라 믿어 의심치 않았건만.

"수, 수업 중이었어? 수업 시간에 공부 안 하고 자면 어떡해."

[아씨!! 니 폰 번호 말고는 다 끊으라는 컬러링으로 설정해 뒀는데 왜 그지 같은 번호로 전화해서… 뚝!! 뚜뚜뚜.]

200원으로 핸드폰에 전화를 걸어 통화할 수 있는 시간. 이 망할 놈의 공중 전화는 그 시간을 고작 60초밖에 허락하지 않았다. 이번엔 엄마가 아닌 총각 앞에서 먼저 전화를 끊어 개기는 꼴이 되어버린 난 이쯤 되면 막나가 보는 것도 괜찮다 싶었다.

"지영아, 니네 사장 오기 전에 내가 마신 저 코코아 컵 치워 버려! 난 지금 돈이 없어서 도망갈 예정이거든?!"

"박지민! 너 죽을래!! 돈 내놔, 이년아!! -0-"

지영이가 뭐라든 말든 난 지금 돈을 떼어먹고 도망가는 한낱 도망자 나부랭이에 불과했다. 눈썹을 휘날리며 버스보다 세차게, 택시보다 세차게, 뛰고 또 뛰었다. 아! 나는 살기 위해 그렇게 집까지 뛰었

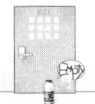

다. =__=

"헉! 허억… 헉! 헉!"

"이 망할 년이 약을 처먹었나? 어디서 체육복 차림으로 복날 소 새끼마냥 헐떡대면서 집에 기어들어 와!!"

복날 소 새끼의 존재 여부 따위는 관심없어. 난 물을 먹어야 해, 물을. 워러. 워러. 워.러. =__=

악—!

띵동—

악—!

한게임 고스톱 특유의 별스런 효과음이 거실을 쩌렁쩌렁하게 울려댄다.

"엄마, 나 한게임 그 애 새끼가 비명 지르는 효과음만 들으면 경기를 일으켜. 헉! 무, 물 좀 줘."

"아이고, 니년 쳐다보다 쌌어! 쯧, 보자… 이건 껍데기고… 궁시렁."

우리 엄마의 유일한 취미. ID 백장미8754 앞에서 모든 이들이 무릎을 꿇었다. 인터넷 온라인 고스톱을 죄다 섭렵한 이 시대 최고의 꾼이시다. =__= 불쌍한 우리 아빠, 오늘 저녁 먹긴 그른 것 같구나. 내가 예상컨대 컴퓨터 앞에 앉은 엄마의 폼을 보아하니 분명 저러고 저녁까지 움직이지 아니할 것이라 사료된다. 헉헉거리며 부엌으로 기어가자 식탁 위에는 국그릇 한가득 무색 액체가 일렁이며 내 눈에 들어왔다. 참고로 우리 집 국그릇은 무식하게 그 크기가 큼지막하다.

엄마 말이 배터지게 먹고 죽은 귀신은 때깔도 좋단다. 난 마른침을 삼키며 국그릇에 일렁이는 무색 액체를 깔끔하게 원샷으로 마무리했다.

털푸덕—!!

독 사과를 깨문 백설공주마냥 그렇게 쓰러져 버렸다. =__= 몹쓸 엄마가 쐐주에 독을 탔는지 난 깊은 수면에 빠져야만 했다. 7명의 난쟁이 왕자들이 백설공주가 된 나를 자기네 집에서 재울 수 없다는 이유로 손톱만한 집 앞에서 농성을 부려대는가 싶더니, 돌연 제2의 걸리버가 되어 먼 산을 바라보는 끔찍한 악몽을 꾸어야만 했다.

철썩— 철썩—

"푸우. 헉헉! 나 걸리버 아니야!! 나 내쫓지 마!!"

"딸! 딸! 식탁 밑에서 자빠져 자면 어쩌자는 거야? 딸, 눈떠봐. 서 서방은 어쩌고… 크! 술 냄새. 우리 딸 타락한 거야, 응?"

번쩍—

날 참수형시킨다는 잔인한 난쟁이들을 피해 뜀박질을 해대는 것을 끝으로 난 두 눈을 떴다. 서류 가방을 매만지며 걱정스레 날 내려다 보는 아빠가 보인다. 엄마는?

악—!

띵똥—

저럴 줄 알아서. 저녁때까지 저러고 있을 줄 알아서. 저.녁. =__= 순간 내 머리 속엔 토할 때까지 밥을 먹어준다던 총각의 말이 떠올랐다. 시계는 저녁 7시 55분을 가리키고 있었다.

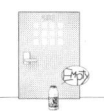

"여보!! 우리 자장면 시켜 먹읍시다!! 그리고 박지민!! 핸드폰이 수백 번은 더 울렸어! 어디 잘 데가 없어서 부엌에 퍼질러 잠을 자?! 어딜 가!! 엄마 너랑 할 얘기 있단 말야!"

쾅—!!

현관문이 찌그러질 만치 거세게 문을 닫고 집을 뛰쳐나와 버렸다. 이런 내 모습을 멍하니 바라보고 있는 스러져 가는 개집 속의 해피. 멀뚱히 내 얼굴만 바라볼 뿐 결코 날 위해 짖어주지 않았다. =__=

"엄마! 해피한테 또 밥 그릇 던졌어? 밥 굶겼어?!"

"여보, 현미 반점이 다깡을 많이 주드만. 그리고 보니 배달 오던 곱상한 학생을 다른 데서 본 것 같기도 한데……."

"에휴, 너도 패기있게 가출이나 한번 해보렴. =__="

매정한 집주인의 횡포에 점점 웃음을 잃어가는 이놈의 머리털을 잠시 쓰다듬어 주고 있는데 핸드폰이 울려댔다.

"여보세……."

[너 어디야!]

물을 것도 없이 한껏 성이 난 총각이었다.

"아니, 우리 집인데… 물인 줄 알고 소주를 먹고 내가 그만……."

[낮에 누구 맘대로 전화 먼저 끊으래!! 너 내가 준 봉투 열어봤지?!]

도망치고 실신하는 그 와중에 서류 봉투를 열어볼 틈이 어딨냐? BUT 열어보지 아니하였다고 불어버린다면 뭔가 사단날 분위기였기에 난 어쩔 수 없이 열어봤노라고 말해야만 했다. =_=

"봐, 봤지, 물론."

재빠르게 서류 봉투를 동봉하기 위해 츄리닝 바지춤을 뒤적대봤지만 아무래도 소주를 원샷하고 쓰러질 때 부엌에 흘리고 나온 듯했다. 서둘러 집으로 걸음을 되돌렸다.

[그럼 봤지? 그게 끝이야? 대답은? 대답은 없어? 내가 무슨 심정으로 쓴 건데 싸가지없게… 그럼 봤지?! 어?]

"음… 음… 뭐랄까… 대답? 대답은… 음… 나는 잘 모르겠어. 그러니까… 사실 내가 아직은……."

뚝!

"봉투를 안 뜯어… 여보세요? 봉투 안 뜯었다니까!! 여보세요? 모시모시?"

매정하게 끊어져 버린 전화. 왠지 모를 불안한 기운을 감지하고 서둘러 집 안으로 튀어 들어갔다. 엄마와 아빠가 부엌에서 머리를 맞대고 앉아 무언가를 유심히 관찰하고 있었으며 직감적으로 필이 왔다. 저것이 서류 봉투임이 틀림없다고.

"엄마!! 뭘 보는 거야! 줘!! 줘!!"

"야, 이년아!! 너 요새 누가 괴롭히고 그래? 어? 못살게 굴고 그래?! 어떤 망할 놈이 이딴 거 너한테 보낸 거야, 어?!"

"무슨 소리야? 나 빨리 가봐야 된단 말이야! 빨리 그거 줘."

"딸! 스토커당하고 있었으면 그렇다고 진작에 말을 했어야지."

"뭐?"

이 총각 도대체 뭘 집어넣은 거야? 엄마, 아빠의 새빨개진 얼굴과

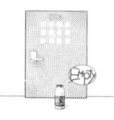

　분노의 정도에서 사태의 심각성을 읽은 난 서둘러 서류 봉투를 낚아채 뒤집어서 안에 들어 있던 종이 조각들을 바닥으로 탈탈 털어냈다.
　챙그렁—
　펄럭펄럭—
　형체를 알아볼 수 없을 정도로 산산조각난 사진 조각들. 키티 액세서리가 달린 원룸 열쇠. 하얀 쪽지 한 장.

　난 D컵보다 A컵이 더 좋고, 이쁜 여자보다 귀여운 여자가 더 땡기더라. 복 터졌네, 이 등신. 니가 좋아죽겠다.
　p.s 특정 인물 언급하지 않겠음. 딴 놈 만나다 걸리기만 해봐. 열쇠 따고 집에 들어가서 밥 해줘. 내 열쇠거든? 들고 튀면 죽어.

　허허. 이 조각난 사진 조각들은 총각과 미란 언니가 함께 찍은 사진들임이 분명했다. 날 위해 죄다 난도질을 해서 봉투에 집어넣어 준 것은 물론이요, 고양이 새끼 좋아한다고 면박을 줘놓고선 나도 모르는 새 열쇠 고리에 키티 인형을 달고 다녔나 보다. 그리고 마지막 니가 좋아 죽겠다란 말을 힘주어 강조한 듯한 글씨체까지. =＿= 이글이글 끓어오르는 감격도 잠시, 자기 열쇠를 여기에 집어넣었다 함은 지금쯤 집에 들어가지도 못하고 집 앞에서 청승맞게 내가 오기만을 기다리고 있다는 소리로 해석됐다.
　"울먹! 엄마, 모가지 한번 더 비틀어서 닭 한 마리 잡아줘."

"그래, 닭 피? 닭 피 좋다. 이 자식 잡히기만 해봐!! 주소 역 추적해서 닭 모가지를 소포로 보내라. 그래서 다시는 이런 장난 못 치게 못을 박아!"

"그게 아니라… 아, 엄마. 나 간다!"

바닥에 흩어진 사진 조각들을 다시 봉투 안에 쓸어 담고 집에서 뛰쳐나왔다. 집 앞에서 내가 오기를, 아니, 열쇠를 애타게 기다리고 있을 총각을 향해 세차게 뜀박질을 강행하려던 난 그 자리에 우뚝 멈춰 설 수밖에 없었다.

"어? 박지민! 니네 원룸 찾아갔더니 너 없더라? 뭐, 집 앞에서 오랜만에 지훈 씨 얼굴은 봤지만 큭! 둘이 오랜만 아냐? 인사라도 하지 그래?"

양정희. 너 내가 계룡산에 도 닦으러 가라고 그러지 않았니? 이 지겨운 여자. 나 이제 짜증나려고 그런다. 그래, 계룡산에 처박혀 6년 동안 도를 닦는 와중에도 넌 산짐승들을 괴롭히며 그 위에 군림하고 있을 테지, 양정희. 의문의 반창고를 얼굴 이곳저곳에 붙이고 있는 이 여자의 지겨운 몰골을 위아래로 쓱 훑어보다가 어깨를 툭 치고 지나갈 못된 사심을 품고 고개를 빳빳이 쳐든 그 순간, 그래, 그 순간이었던 것 같다.

"박지민? 하, 진짜네? 야, 나 기억 안 나?!"

이 지겨운 여자는 혼자가 아니었다. 까만 모자를 푹 눌러쓴 저 듬직하고 훤칠한 남아는 제 입으로 날 안다며 반가이 손을 흔들어댄다. 참 무안하다. 왜냐하면 난 저 녀석을 모르거든.

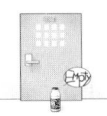

"내가 나를 모르는데 댁이 나를 어찌 안단 말이오? 나는 갈 길이 멀어서 이만… 길을 좀 터주지 않겠소?"

"아~ 모자. 확실히 모자로 가리면 그 자식처럼 얼굴이 가려지긴 하나 보네. 큭! 이래도 나 모르겠어? 기억 안 나?"

그 멀대같이 훤칠한 남아는 자기 칭찬성 멘트인지 자기 비하성 멘트인지는 모르겠지만 결과적으론 듣는 이에게 심한 불쾌감을 주는 뜻 모를 말을 중얼거리다가 깊숙이 눌러쓰고 있던 모자를 벗어 얼굴을 드러냈다. 그리고 난 그 남아의 얼굴을 보는 순간 서러웠던 내 지난 과거사가 더럽게도 생생하게 기억난다. 결코 순탄치만은 않았던 내 소박한 남자 관계에서 정희의 술수에 넘어가지 않았던 유일한 남아, 조정현. 니 옆에 있는 걸어다니는 럭셔리 정희 기집애 때문에 우리는 나란히 정학도 먹고 그랬었잖아!

"조…정현? 너 조정현 맞지? 어?"

"이야~ 몇 년 만이냐? 우리 깨진 지 2년 좀 넘었나? 아니다. 고등학교 2학년 말에 니네 학교 축제할 때 애들이랑 놀러갔었거든? 아아으~ 그때 너 성인식 춤 잘 추더라?"

툭—

이 갓나 어미나이의 학교 축제 때 놀러와 내 율동을 봐버렸다는 말에 손에 쥐고 있던 서류 봉투를 힘없이 떨어뜨려 버렸다. 난 깊은 패닉의 늪에 빠져 사지를 떨며 허우적거려야 했다.

"하! 웃기지도 않았지. 아주 가관이었지. 무대 위에서 자빠져 팔딱거리던 추잡한 니 모습. 나 아직도 생생하게 기억나거든?"

주둥이를 비열하게 올리고 거침없는 망언을 가래침 뱉어내듯 더럽게 탁 뱉어내는 정희의 말을 조용히 씹어삼킨 뒤 솟구쳐 오르는 분노를 꾹꾹 누르며 조신하게 바닥에 떨어진 서류 봉투를 집어 들었다. 허리를 구부려 서류 봉투를 손에 집으려는 순간 내 귓구멍을 후벼 파고 들어온 정현이의 충격적인 말.

"오늘 아주 날인가? 내 번호를 어떻게 안 건지 재수없게 저게 전화를 걸질 않나. 너 혼자 산다는 원룸 앞에서 지훈 선배를 보질 않나. 아씨, 저 기집애 땜에 그 형한테 맞아 죽을 뻔했어! 거기다 박지민 너까지."

"뭐? 재수가 없어? 이 환장한 자식아! 너 말 다 했어? 내가 누군지 알아? 내가 양정희야!! -0-"

챙캉—

삐딱 구두 굽으로 우리 집 대문을 신경질적으로 차버리는 정희의 노망난 추태를 쏴하게 굳은 얼굴로 노려보다 다시금 시선을 돌려 정현이를 바라보며 되물었다.

"우리 집 앞에서 지훈 선배를 봤다고? 선배? 조정현 너 해산고 나왔지?"

"이야아, 섭섭하네. 저 기집애 때문에 다른 학교 다니던 나까지 정학먹었었잖아. 벌써 내가 다니던 학교도 까먹었냐?"

지난날 총각네 집을 방문했었을 때 미란 언니와의 찐한 키스 씬이 담겨 있던 문제의 사진 속 총각은 해산고 교복을 몸뚱이에 걸치고 계셨었다. 누누이 말하지만 우리 나라 땅덩어리 너무 작아. 치사하게

작다, 정말.

"그래, 지훈 선배라 치자. 정현아, 그래도 너와 난 순수하게 그 옛날 남자 친구, 여자 친구라는 이름으로 몇 개월을 만났었어. 물론 너의 이유없는 이별 통보에 어린 마음에 내가 며칠 식음전폐를 했다 하지만."

"아, 그거 오해거든? 지금이야 말해도 상관없는데 친구 놈이……."

"쉬잇! 마우스 묵념 플리즈. 혹시 지훈 선배한테 앞 집 사는 박지민이라는 소녀와 사귀었었다느니 뭐, 그런 엄한 소리 안 했지? 응?"

아니라고 말해. 아니라고 입을 열어. 아니라고 외쳐!!

"했어. 내가 죄다 얘기 해줬어. 어금니를 꽉 깨물더라?"

내 가슴속 간절한 외침을 한순간에 짓밟아 버린 말이 낡아 빠져 삐꺽대는 우리 집 대문에 쉬지 않고 발길질을 하던 정희의 입에서 튀어나왔다. 어느새 내 분노는 정점을 치닫고 있었다. 뚜껑이 열리고 개깡이 샘솟으니 눈에 보이는 것도 없어지고 입도 거칠어지는구나.

"아줌마! 남의 집에 자꾸 그럴 거예요?! 미쳤어요?! 남의 원룸에 정현이까지 데리고 뭐 하러 갔어요! 아니, 뭐 하러 갔어?! 서지훈한테 뭐라고 그랬어!"

"하! 다 스러져 가는 대문에 발길질 좀 했다, 어쩔래? 꼬우냐? 대문 좀 바꾸지, 저게 뭐냐?! 옆집 사는 거 쪽팔려, 진짜."

"나야말로 너랑 옆집에 살고 있단 거 정말 싫어!! 너 왜 그래? 내가 만만해? 도대체 날 언제까지 괴롭혀야 속이 시원한 건데!! 왜 잊을 만하면 찾아와서 염장을 지르는 거냐고! 지겨워, 양정희! 고만 좀 해!!

하아. 하아."

내 속에 꾹꾹 눌러 담아뒀던 말들을 다다다다 쉬지 않고 쥐어짜듯 내뱉었다. 분노한 내 모습에도 아랑곳하지 않은 채 비소를 지어 보이는 정희와 호주머니에 찔러 넣고 있던 두 손을 빼내며 놀란 얼굴로 날 바라보고 입을 여는 정현이었다.

"너 지훈 선배 알아?"

"나랑……."

탁탁탁―!

"아아, 비켜봐요. 배달 들어가야 한단 말이오!"

때마침 손상 정도가 심각해 고물 철덩이로밖에 보이지 않는 현미 반점 스쿠터를 몰고 온 철가방 아저씨가 요란한 소음을 내며 집 앞에 멈춰 섰다. 엄마가 시킨 짜장면 하나와 짬뽕 하나를 배달해 온 것이었다.

"무신 학상들이 남의 집 앞에 개떼처럼 바글바글혀? 좀 비켜봐!!"

철가방 하나를 오른손에 들고 왼손을 허공에 휘휘 내저으며 개떼처럼 모여 있는 우리 셋을 휘몰아낸 뒤 온 힘을 실어 부실하기 짝이 없는 우리 집 벨을 세차게 누르는 현미 반점 사장님의 모습은 날 경악케 하기에 충분하였다. =__=

꾸욱―!!

"아저씨!! 그렇게 세게 누르면 초인종 고장난단 말이에요!! 우리 엄마가 짜장면 값 안 준다고 할 거예요!"

"스쿠터도 저번에 배달하던 망할 놈이 다 깨사먹고 나도 배 째라

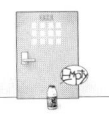

이거여!! 더 이상의 적자는 용서할 수 없어!! 내가 고장 냈다고 입 열었다간 초상날 줄 알아!"

꾸욱—! 꾸욱—!

"누구쇼?"

"짜장면 배달 왔시다. 신속. 정확. 친절을 내 목숨처……."

탁!

아빠는 오늘도 어김없이 현미 반점 사장님이 열변을 다 토해내기도 전에 먼저 인터폰 수화기를 내려놓아 버렸다.

철커덩—

"기분 더럽고만. 중간에 끊고 지랄이여."

투덜대며 우리 집 안으로 들어가 버리는 사악한 아저씨를 보고 있자니 민우가 왜 그토록 나에게 손해 배상을 요구하며 죽기살기로 매달려야 했었는지를 알 것 같았다. 나지막이 한숨을 내쉬다가 집 앞에서 기다리고 있음이 너무 확실해진 총각에게 가기 위해 정희와 정현이를 스쳐 원룸을 향해 걸음을 떼었다.

"박지민! 너 아니지? 지훈 선배랑 사귀는 거 아니지? 진짜 오랜만에 만났는데 황당하게 사귄다는 소리 하거나……."

"어. 황당하게 해서 미안한데 지훈 선배랑 사귀어."

"아씨! 미치겠네!! 박지민!! 너 그럼 안 돼!! 너 진짜 그럼 안 되는 거라고!! 너 진짜… 읍!! 야! 으브… 놔!"

"뭐래니?"

등 뒤에서 들려오는 영문 모를 목소리에 몸을 틀자 정현이의 입을 손바닥으로 막아버리는 엽기적인 행각을 벌이고 있는 정희의 모습이 눈에 들어왔다. 그 시각 내 핸드폰은 또 한 번 요란하게 울려댔다.

딩동딩동—

"여보세……."

[박지민, 내 인내심 테스트해? 장난해?]

뻗칠 대로 뻗친 분노를 나름대로 삭혀가며 조리있게 화를 내는 총각의 목소리를 봐 이미 예전에 이성의 끈을 놓아버린 타락한 인간의 목소리로밖엔 설명이 되지 않았다. =__=

"아니, 오랜만에 집 앞에서 정희를 만나서 담소를 나누느라……."

[하아! 웬만하면 마우스 다물랬는데? 그 싸가지없는 기집애가 집 앞에 왔었거든? 나랑 잘 아는 놈 하나를 달고. 내가 그 기집애한테서 무슨 소리를 들었게?]

다시 한 번 말하지만 이성의 끈을 놓아버린 게 분명했다. 이 상황에서 저런 간드러진 목소리로 말을 건네는 저 태도만 보더라도 총각은 제정신이 아니었다.

"몰라요."

[몰라? 정희랑 같이 있으면 그 자식도 옆에 같이 있겠네. 안 그냐?]

"그렇지 않아요."

[안 그래? 큭! 너 조정현 몰라? 어? 정말 몰라? 크큭!]

이젠 웃었어. =__=

"나 걸어서 5분이면 도착해. 굶었겠다? 하하."

[말 돌리네? 왜? 큭! 옆에 조정현도 있지? 어?]

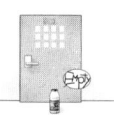

　　총각의 물음은 집요해져 갔고 그의 연기는 점점 더 가식의 극을 달리고 있었기에 난 불 수밖에 없었다.

　　"아니, 나 고등학교 1학년 말에 사귀었었거든? 그러니까 한마디로 그땐 아무것도 몰랐고… 아니, 내 말은 지금 잠시 얼굴만… 아니……."

　　[1학년 말? 그때 나 그 학교 2학년이었거든? 근데 왜 날 못 봤어?! 조정현 개자식 죽었어!!]

　　뚝!!

　　그렇게 전화는 살벌하게 끊어져 버렸다.

　　내가 원룸에 도착했을 때 총각의 모습은 그 어디에서도 발견되지 않았다. 다만 집 앞에 널브러져 있던 잔인하게 찢겨져 나간 책 한 권만이 그가 얼마나 분노하였는가, 얼마나 인내하였는가를 여실히 보여주고 있을 뿐이었다.

　　"따이! 따이! 쇼쇼쇼! 짜잔!! 어떠십니까? 꺄르르르륵."

　　"니들은 나의 기분을 사정없이 추락시켰어. 사라지렴."

　　틱—

　　엽기 차력쇼를 보여준다며 한껏 기대에 부풀어올라 있는 시청자를 농락시켜 내 성질을 돋울 대로 돋워 버린 TV 프로를 가차없이 꺼버린 뒤 만신창이가 돼버린 핸드폰만 노려보고 있기를 30여 분. 눈알이 아픔을 호소하며 한 방울의 눈물을 눈 밖으로 흘려보냈다. 고새를 못 참고 홀연히 자취를 감춰 버린 총각에 대한 원망이 원인이 되어 흘러내린 눈물이라 치면 나란 인간이 조금은 멋나게 보였을 테지만

정말 눈알이 아파서 자연스레 흘러나온 눈물이었다. =__=

딩동딩동—

30여 분 동안 두 눈알이 씨뻘개질 정도로 지독하게 핸드폰을 노려본 결과, 기다리고 기다리던 벨이 울렸다. 비록 발신자는 보이지 않았지만 총각이라 믿어 의심치 않았기에 망설임없이 통화 버튼을 꾹 눌렀다.

"여보세요? 책 버리고 댕기는 게 습관이여? 어디야? 어? 돌아와. ㅠ_ㅠ"

[미쳤니? 아, 귀 먹먹해.]

통화 저편에서 들려오는 불결한 코맹맹이 목소리에 내 안면 근육은 삽시간에 허옇게 굳어져 버렸다. 그 불결한 목소리의 주인공은 더 들을 것도 없이 양 씨 성을 가진 자임에 틀림없었다.

"더러운 바이러스가 전자파를 통해 다가오고 있다! 아쉽지만 전화 끊어야겠다! 정희야!"

더 이상 난 니 앞에서 인내하지도 않을 것이며 애써 분노를 억누르지도 않을 것이야. 그야말로 솔직한 내 속내를 드러내 보일 테다. 양정희, 너에겐 더러운 기운이 뿜어져 나와. 이게 내 속내야!! 침대 위로 후닥닥 튀어 올라가 스프링 위를 방방 뛰어대며 미친 듯이 내 속내를 드러내 보이며 악을 내질러 댔지만 결과는,

[너 정신 분열 증세 있었니? 짜증나, 진짜.]

결과는 참담했다. =_= 나에게 정신 분열 증세까지 들먹여 대는 정희의 한마디에 속내를 드러내는 행위를 이쯤에서 끝내는 게 옳을

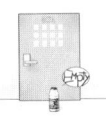

듯싶었다.

"부탁인데 너 말 좀 가려서 해. 너한테 정신 분열이란 소리를 들어 가면서까지 전화 통화하고 싶은 맘 고양이 코털만큼도 없으니까."

[큭! 나 재수없단 소리는 밥 먹듯이 듣고 다닌 거 몰라? 뭐, 됐고 니 얼굴 직접 보면서 얘기하는 게 낫겠다 싶었는데.]

"별 얘기 아니면 10년 뒤에 들으면 안 돼? 나 전화 올 데 있거든? 나 이제 니가 뭘 하고 다니든 신경 안 쓸 테니까 전화 고만 끊는다."

[그래, 끊어. 근데 지민아, 장현석 입원했어. ^—^ 누구랑 싸우다가 다쳤다지, 아마?]

괜한 트집으로 내 화를 돋우어 승리의 희열을 느끼는 여자. 그로 인해 행복을 느끼는 별스럽고 기분 나쁜 여자였기에 궁금했지만 정현이 일도 묻지 않은 채 침묵으로 일관하고 있었건만 현석 오빠가 입원했다는 그 말을 들어버린 이상 그냥 넘어갈 수만은 없었다. 끊으래 놓고선 그 딴 말을 해버리면 어쩌자는 거야? 이 얄궂은 인종아.

"거짓말하면 너 가만 안 둬. 진짜야? 많이 다쳤대?"

[우아~ 니 반응 꽤 신선하다? 장현석한테 아직도 땡겨?]

"하아! 너 또 나 골탕먹이려고 이러는 거지? 됐어, 끊어."

[중앙 병원 1207호. 입원한 지는 좀 됐는데 일본이다, 어디다, 싸돌아다니느라 팔자 늘어진 너랑 연락하기가 좀 힘들어야지. 큭!]

중앙 병원이라. 집 근처 사거리에 있는 크다란 병원. 하아, 그짓말이 몸에 배어버린 여자였건만 짜증나게도 병원 이름과 병실 호수를 거침없이 내뱉어내는 그 말투에선 거짓을 찾아볼 수 없었다.

"왜 하필 중앙 병원이래? 우리 집 근처에 있는 병원이잖아. 누구랑 싸운 건데? 지훈이 오빠랑은 상관없다. 그치? 어?"

[오빠? 큭! 이제 아무렇지도 않게 오빠라고 불러? 둘이 잘 나가네? 너 나한테 물어보고 싶은 거 많다, 그치? 내일 중앙 병원으로 와. 와서 나한테 직접 들어. 간만에 현석 오빠도 좀 보고. ^—^]

탁—!

결국 내일 정희를 만나겠노라라는 엄한 약속을 해버렸다. 전화를 끊고 초조하게 손톱을 깨물다가 깨져 버린 액정은 둘째 치고라도 정액까지 닳아버린 핸드폰을 보고 있자니 부아가 치밀어 올라 핸드폰을 집어 던져 버렸다. 정희가 했던 말을 곰곰이 되씹으며 사라져 버린 총각의 전화를 기다리다가 꾸벅꾸벅 졸았다. 총각네 집 열쇠를 손에 꼭 쥔 채 그렇게 깊은 잠의 나락으로 빠져들었다.

밤새도록 냉장고 밑에 처박혀 울어대는 핸드폰 벨소리 따윈 들리지 않았다. 그렇게 두 귀를 꽉꽉 닫아버린 채 말 그대로 정신없이 잘도 잤다.

다음날. 전날 쐬주 한 대접을 원샷으로 쭉 들이켜 버린 탓인지 내 복부에서는 상상을 초월하는 고통을 호소했지만 그 고통을 나름대로 즐기며 냉장고 밑에 처박혀진 핸드폰을 집어 들고 먼지를 탁탁 털어냈다.

지금 시각 오전 8시. 정희와의 약속 시간은 오전 9시 30분. 아직 시간은 널널하다. 지금 난 폭동이 일어나고 있는 복부를 소중히 끌어안고 망할 총각의 외박 진위를 따져 묻기 위해 편의점 앞 공중 전화

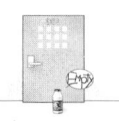

까지 기어라도 갈 심산으로 현관문을 열어젖혔다.

덜컥—

"하씨, 짜증나."

문을 열자마자 내 귓구멍에 들려온 어느 낯익은 자의 음성. 눈, 코, 입이 제대로 박혀 있는 지극히 정상적이며 온전한 생물임을 자부하는 나로서 그 낯익은 자가 총각이라는 걸 감지하는 데 그리 오랜 시간이 소비되지 않았다. =__=

"어? 집 앞에서 뭐 해? 언제 왔어? 아, 나이트서 밤새고 집에 왔는데 열쇠가 없어서 이러고 있는 거지? 외박의 진위를 따져 묻지 않아도 되어부렀음은 물론이며 전화비도 300원 굳었다. 아, 좋아라."

기분이 좋긴. 삼각뿔도 원뿔도 아닌 개뿔이다. 그래, 너의 여자가 고등 교육 과정에서 만난 남자 친구랑 길거리서 소담 좀 나눴다고 해서 쪼잔스레 그 길로 나이트로 줄행랑을 쳐 밤새도록 음악에 몸뚱이를 맡겼더란 말이더냐? 밤새 자신의 특기인 섹시 댄스를 도발적으로 흔들어댔을 나의 애인. 피곤에 찌든 얼굴로 모습을 드러낸 애인을 보고 있는 지금의 내 심정은 이루 말할 수 없는 암담, 적막, 절망 그 자체이다. =__=

"못 오면 못 온다고 전화라도 해주지. 그러고 또 학교 가서 대놓고 자려고? 책 다 찢어놓으면 공부는 뭘로 해? 아, 이거 집 열쇤데……."

"너 진짜 짜증나."

조막만한 머리통을 삐딱하게 기울인 채 301호 문에 힘겹게 기대서서 입술을 깨물고 있던 총각은 쉬지 않고 종알대는 날 한참 말없이 바라보았다. 그러다 너 진짜 짜증나란 충격적인 말을 남기고 고대로 주저앉아 버렸다.

"하아… 야, 너 앉아봐."

"그 언젠가 나한테 땅에 세균들 천지라고 앉지 말랬잖아."

"박지민, 그냥 앉아봐. 혼자 죽기 싫어서 그런다, 앉아!!"

집 앞에 퍼질러 앉아 고개를 숙이고 있던 총각이 닭살이 오를 정도의 소름 끼치는 목소리로 세균들이 득실대는 바닥에 주저앉으라고 지시했다. 힘없고 가난한 난 조금의 반항도 하지 못한 채 동반 자살의 소지가 다분한 총각 앞에 조신하게 쪼그려 앉아야만 했다.

"이 등신아, 너 진짜 외박한 거면 죽여 버릴라 그랬어. 조정현 그 새끼 죽여 버리려고 했는데 하… 왜 집에서 기어나와?"

돌연 내 몸을 끌어안더니 뜻 모를 말들을 귓가에 속삭이던 총각이었다. 그런 총각은 내 손에서 열쇠를 빼앗아 든 뒤 문을 따고 301호 안으로 날 이끌고 들어가 줬다.

"뭘 어쩌자는 짓이래? 아~ 아침밥 해달라고? 근데 나 병원, 아, 아니, 지영이한테 가봐야 되는데."

"가지 마. 못 나가."

"으응? 뭐라고?"

늘 그래 왔듯 현관 앞에 무안스레 날 세워놓고 혼자서 쌩하니 집 안으로 들어가 버린 총각은 그야말로 된 사람이란 이런 것이라는 걸 여실히 보여주고 있었다. 물론 된 사람엔 두 종류의 부류가 있다. 참된 사람과 막된 사람. 그중 총각 자넨 막된 사람이여. 자그마한 손가

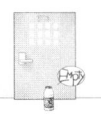
방을 침대 위로 던져 버리고 반쯤 감긴 듯한 눈으로 욕실로 들어가는 총각의 까탈스런 태도가 밥을 해달라는 무언의 압력으로 비춰졌다. 나는 아무 사심 없이 집으로 발을 내디뎌 부엌으로 향했다. 이 막된 인종아, 맥주에 콘프라이트 말아먹을래?

덜컹— 덜컹—

차마 저 불협화음 세트를 먹일 순 없는 노릇이었기에 싱크대며 냉장고며 닥치는 대로 싸그리 뒤져 봤다. 그러나 모두 헛된 부질없음이란 걸 깨닫고 식탁 위에 맥주 한 캔과 콘프라이크 한 대접을 올려놓은 뒤 총각이 욕실에서 나오기 전에 자리를 뜨려고 현관으로 내달렸다.

덜컥—

"어딜 가! 나 오늘 학교도 재꼈는데!!"

화들짝—

욕실에서 미간을 찌푸리며 뛰쳐나온 총각이 목청껏 외쳤다. 나는 자랑스런 대한의 건아로서 학교를 재꼈노라고. =__=

"나이트? 소설 쓰지 마, 이 여자야. 집 앞에서 너 기다리는데 위층 사는 여자 한 명이 친구 남자한테 차여서 깡소주를 열댓 병 마시고 실신을 했다나, 뭐라나. 그래서 4층에 올라갔는데 하! 그새 집에 겨들어 와? 난 그것도 모르고 집 앞에서 밤샜어!"

이불보를 내 머리 끄댕이 위까지 끌어당겨 푹 씌어버린 뒤 날 끌어안아 버린 총각이었다. 총각은 자신의 샴푸 향에 취해 사경을 헤매고 있는 날 뒤로한 채 쉴 새 없이 자신이 집 앞에서 밤을 샜다는 개풀 뜯어먹는 변명을 해댔다. 근거없는 변명. 총각 자넨 나이트에서 밤을 샜음이 분명혀. 깡소주를 먹고 실신한 건 나였어. 한날 같은 동네에서 그런 일이 재차 발생될 확률은 지극히 낮지 않겠어? =__=

"안 받을 거면 전화를 해줬어야지!! 조정현이랑 날밤새는 줄 알고 별 개 같은 상상을 다 했잖아! 손목 절단됐어? 내 번호 몰라?"

개 같은 상상이라니? 진짜 개떼들이 들으면 섭하겠네그려. =__=

"나 액정도 나갔고 핸드폰 정액이 다 닳아서."

"그 고물 안 갖다 버릴래? 내 꺼 써."

"고물 아니야! 한 십 년은 더 써도 쓰겠고만."

"그럼 십 년 쓰던가!"

"아니, 뭐, 쓴다기보다… 핸드폰 기종이 뭐야?"

"나 하루 종일 잘 거야."

숨이 컥컥 막힐 정도로 으스러지게 날 끌어안고 주저리주저리 사설을 늘어놓던 총각은 졸음이 몰려오는지 눈을 감아버린 채 늘어진 테이프를 재생시킨 것처럼 말을 이어갔다.

"죽부인처럼 안 느껴져서 미치겠다. 안고만 자는 거 얼마나 피 말리는 건지 모르지, 이 등신아."

뭐라 중얼거렸는지 들리지도 않더라. 총각이 잠들 때까지만 안겨 있다 금세 일어나 정희를 만나러 갈 생각이었다. 그런데 눕기만 하면 잠을 자는 인간이 있다더니 그 인간이 날 가리키는 말이었나 보다. 애석하게도 총각보다 먼저 잠이 들어버린 건 나였다. =__=

얼마간을 잤을까?

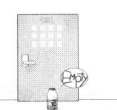

"지민이 나랑 자는데? 기어이 나 병신 같은 짓 하게 만들래? 그거 알아? 나 너 패고 싶어, 이 기집애야!"

"으. 으. =__="

잠결에 들려오는 총각의 성난 목소리. 어느 기집애인지는 모르겠다만 맞기 싫으면 개기지 말라고 당부하고 싶다.

"하. 아~ 너랑 만나서 장현석 병문안 가기로 했었다고? 사기치지 말고 좀 찌그러져. 한 번만 더 박지민 핸드폰에 전화하면 너 뒈져!!"

탁―

쿵―

"아야!"

잠결에 들려오는 총각의 노한 음성에 이리저리 뒤척이다 결국 침대 위에서 굴러 떨어졌다. 허리 뼈를 부여잡고 몸을 일으켰을 때 간간이 입술을 깨물며 게슴츠레한 눈으로 날 노려보는 총각과 두 눈을 마주칠 수 있었다.

"훌쩍! 왜 그런 노한 눈길로 날 쳐다보는 거야?"

"박지민. 9시 30분 다 되어가네? 너 갈 데 없지? 어?"

비꼬듯 말을 내뱉는 총각의 말투가 약간 거슬리긴 했지만 원래 이런 인간이다라는 생각을 항시 가슴속에 품고 살아가다 보니 이제 조금 같잖다는 생각마저 들었다.

시계가 가리키고 있는 시각은 9시 24분. 불현듯 정희와의 내키지 않는 약속이 떠올랐다. 미안함에 현석 오빠의 얼굴을 바로 바라볼 자신은 없었지만 현석 오빠와 싸웠다는 인간 영순위에 서지훈이라는 인간이 물망에 올라와 있는 이상 만나지 않을래야 않을 수가 없었다.

"으아. 어쩌지? 늦었다. 나 약속 있어서 갈게!"

"뭐? 어디 가는데?"

"어? 지, 지영이 만나러!!"

"가지 마. 하루 종일 심심하게 어떻게 혼자서 자라고!"

저런 인간 말종을 보았나. 원래 잠이란 심심하게 혼자서 자는 것이 정상이거늘.

"가야 된단 말이야. 지, 지영이랑 약속한 거라서."

"가지 마. 갈 거면 반지 빼고 가."

"어?"

"아씨!! 가지 마. 봐줄 테니까, 모른 척해줄 테니까 가지 말라고, 좀!"

내 외심도 아닌 양심에 털이 돋아나는 소리가 들려온다. 사그락사그락— 무슨 이유에선지 모른 척 눈감아줄 테니 가지 말라고 애절하게 날 붙잡는 총각이었다. 그의 노한 눈동자를 보고 있노라니 엊저녁 서류 봉투 속 종이 쪽지의 끄트머리에 달린 꼬리말이 떠오른다.

p.s 특정 인물 언급하지 않겠음. 딴 놈 만나다 걸리기만 해봐.

설마 들킨 건가? 특정 인물. 조금 재수없는 상상이다만 지금 내가 그 문제의 특정 인물을 만나러 가는 길이란 걸 딱 걸려 버린 것이라 해도 이렇게 애절하게 가지 말라고 날 붙들 수 있어? 그럴 확률은 제

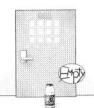

로겠지. 장현석이란 이름 하나 들먹였다고 그 비싼 노트북을 무식하게 깨부숴 버린 흉스런 경력을 소유하고 있는 사내였다. 그래, 들킨 거라면 지금쯤 세간사리 하나가 단박에 아작났겠지.

"졸린 눈으로 그렇게 진지한 말하면 천벌받아. 잠이 안 오면 키티, 아니, 크다란 고양이 인형 갖다 줄 테니까 그거라도 껴안고 잘래?"

"하씨, 내가 자폐아야, 인형 껴안고 자빠져 자게?!"

못난 총각. 참 남말하듯 스스럼없이 내뱉은 대찬 발언이었다. 인형 껴안고 자는 건 자폐증 같은 짓이고 사람 껴안고 자는 건 지극히 정상적이란 말로 들리네. 늘 그런 식이지. 억지를 논리정연이란 그럴싸한 말로 둔갑시켜 버리는 둔갑술은 늘 수준급이지.

"인형 싫으면 베개 안고 자. 안녕. 안녕. 안녕!"

"박지민, 거기까지! 안녕까지 못 들은 걸로 할게. 나가지 마."

그렇지만 난 가벼운 미소를 입가에 띤 채 가볍게 손을 흔들며 가볍게 문을 따고 그 길로 가볍게 뛰쳐나와 버렸다.

쾅—

약간의 시간이 흐르고 원룸 옆에 주차되어 있던 총각의 블랙 박스 속. 눈알 풀린 야생마가 헐떡대며 초원을 날뛰듯 미친 듯이 계단을 뛰어내려 와 201호를 스쳐 지나갈 때쯤 청색 창모자로 조막만한 얼굴을 반쯤 가린 채 뒤따라 나온 총각의 억센 손길에 너무도 가벼이 뒷덜미를 붙잡혀 버렸다. =__= 한숨도 못 잤다며 하루 종일 잘 거라며 운전석에 앉아 있는 이 남자는 졸린 눈의 표본을 하고선 냉정히 날 흘긴다. 세 번의 헛손질 뒤 두 눈을 쓱쓱 문질러 대고 난 뒤에야

힘겨이 차 키를 열쇠 구멍에 맞출 수 있었다. 사지를 쭉 늘어뜨려 어항에 담아 옛 과학실 구석때기에 진열해 놓았던 개구락지의 표본보다 더 애처로워 보인다면 그건 나만의 착시 현상인 걸까?
"어제 뉴스 못 봤지? 기름 값 폭등했대! 기름 값 아껴야지. 나 내려서 혼자 걸어갈게. 대중 교통 이용하라던데?"
그 딴 보도가 나왔는지 뉴스를 안 본 지 오래되어 잘 모른다. 중요한 건 수면 부족에 시달리는 이 총각이 한사코 지영이가 일하는 커피숍까지 데려다 준다는 명목으로 차를 출발시켰다는 것이다. 이대로 사 차선이든 이 차선이든 도로가로 차를 몰고 나갔다간 운 좋으면 중상, 재수없으면 고대로 사망일 테다. 죽음보다 더 두려운 건 정희를 바람맞힌 후 그 얄궃은 인종이 내게 행할 잔인한 보복이었다.
"나 그냥 내릴래. 혼자 갈래. 음주 단속은 하면서 수면 단속 같은 건 안 한대? 그건 왜 안 해?"
"그걸 나한테 왜 따져!! 박지민, 진짜 커피숍 가는 거지? 내가 찢어준 사진 걸고 진짜지? 반지 걸고 진짜지? 우리 엄마 걸고 진짜지?"
꼭 모든 걸 알고 있다는 듯한 그 거슬리는 말투. 진짜일 리가 있겠어? 이제 와서 거짓이었다 밝히기도 뭐하고 나는 아무 말도 할 수가 없다오. 묵비권을 행세할 수밖에. =__=
"……"
"죽기 싫으면 안전 벨트 매."
수면 부족으로 인한 단순 히스테리라 치부해 버리기엔 너무도 꺼림칙한 내가 알지 못하는 무언가가 있는 것 같은 이 불길함. 그 와중

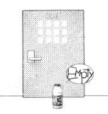

에 내 손은 속도가 점차 올라가고 있다는 걸 깨닫고 살기 위해 안전벨트를 착실히 매고 있었다.

시계가 정확히 9시 31분을 가리켰을 때, 총각의 차가 사거리 편의점과 4분 거리에 있는 중앙 병원을 스쳐 지나갔다.

끼익—

자연히 내 시선은 병원으로 향하고 있었고 그런 내 시선을 못마땅하게 잠시 바라보다 고개를 돌린 총각은 못 볼 걸 봐버렸다는 구겨진 표정으로 입술을 질끈 깨물었다. 그리고 총각은 급정거를 해버렸다.

빵빵—!!

띠띠—!!

"저 새끼가 죽으려고 환장했어?! 갑자기 차를 세우면 어쩌자고!"

"야! 이 어린놈의 자슥아!! 보험도 안 들어놨는데 사고났으면 어쩔 뻔했어! -0- 너 내려봐!! 내려! 어쭈!"

갑자기 급정거를 해버린 총각 덕에 도로는 일순 아수라장이 되어버렸다. 천천히 차창을 내린 뒤 목을 쑤욱 내밀어 소리를 내지르는 총각의 목소리에 난 내 고막의 손상 여부를 의심해 볼 수밖에 없었다.

"서정훈! 하! 너 또라이 아냐? 미쳤어? 일본에 있어야 될 놈이 여기 왜 있어?! 이 정신 나간 새꺄!"

그랬다. 차창 너머로 보이는 그곳엔 웬 사내 하나가 허옇게 겁에 질린 얼굴로 멍하니 굳어 있었다. 그러다가 사내는 돌연 세차게 내달리기 시작했다. 조금 얄궂은 표현으로 도망가기 시작했다.

"하! 저게 미쳤나? 박지민, 내려서 택시 타고 가. 나 저 새끼 잡으러 가야 돼!! 너 커피숍 가는 걸로 알 테니까, 아니, 그렇게 믿어버릴 거니까 금 가게 하지 마."

끼익—!! 부웅—

아리송한 말을 남긴 채 내가 차에서 내리자마자 유턴 금지라는 신호판이 대롱대롱 달려 있음에도 불구하고 고대로 유턴을 해 무서운 기세로 겁에 질려 열심히 도주 중인 정훈이를 잡으러 가버린 총각이었다.

"한인촌 좋아하시네. 내 그럴 줄 알았지. 저번에 시내에서 부닥쳤을 때 도망가던 그놈도 서정훈이었어. 씨이, 사기꾼! 거짓말을 밥 먹듯이 해대는 피노키오 새끼. 양치기 새끼."

버스 정류장 의자에 털퍼덕 주저앉아 한참이나 씩씩대던 것도 잠시. 난 두 가지 갈림길에 서 머리를 쥐어뜯으며 고뇌해야만 했다. 우연의 장난질인지 버스 정류장 건너편으로 보이는 중앙 병원. 그리고 저 멀리서 무섭게 질주해 오는 96번 버스. 저 버스를 타면 지영이가 있는 커피숍으로 갈 수 있고 횡단보도를 건너면 정희와 현석 오빠가 있는 병원으로 갈 수 있다. 금 가게 하지 말라는 소리, 그거 무슨 뜻인데?

끼익—

96번 버스가 정류장에 도착해 내 앞에 멈춰 섰고 난 오뚝이처럼 벌떡 일어섰다.

"너한테 물을 것만 묻고 그냥 갈 거야."

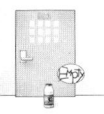

"미안하다는 소리할 줄 몰라? 41분이거든? 11분 늦었어, 너!"
"시간 계산하고 있었니?"

탈 것처럼 일어서더니 횡 하니 튀어가 자신을 농락했다고 주장하는 96번 버스 운전 기사 아저씨의 욕 한 뭉탱이를 들어먹고 결국 초록불이 깜빡이는 횡단보도를 정신없이 질주해 중앙 병원으로 달려와 버린 나였다. 1층 접수 창고 의자에 다리를 꼬고 앉아 내가 오기만을 기다리고 있었다는 듯한 불결한 표정으로 헐레벌떡 뛰어오는 날 지켜보고 있던 정희의 모습에 몸을 틀어 도로 병원을 나가려다 말았다는 걸 이 여자가 좀 알아줬으면 하는 바이다.

"너 참 용하다. 그래, 만나서 다 가르쳐 준댔지? 조정현은 어떻게 다시 만난 건데? 아니, 왜 만난 건데? 현석 오빠가 입원한 거는……."
"얘 왜 이러냐? 시끄러 죽겠네, 진짜."

난 정희의 면상에 다짜고짜 질문 공세를 퍼부었다. 이런 내 말이 듣기 싫다는 듯 귀를 틀어막아 버리는 쥐어패도 시원찮을 행동을 취하는 정희의 추태를 보고 있자니 부아가 치밀어 올랐다. 조신하게 마음을 추슬러 다시 한 번 입을 달싹이려던 순간, 다리를 꼬고 앉아 있던 정희가 주둥아리를 비틀어 올리더니 딴 곳에 시선을 박은 채 나지막이 재잘거렸다.

"장현석 못 봤지? 꼭 보고 가라, 어? 지훈 씨가 어떻게 팼는지 꼭 보고 가. 알았지? ^—^ 너 보면 눈물 나올걸? 꼭 보고 가. 알았지?"
"지훈 오빠가 그런 거야?"

딩동딩동—

여전히 다른 곳에 시선을 박은 채 대답없이 샐샐거리며 웃기만 하는 정희. 때마침 호주머니에 구겨져 있던 핸드폰이 요란하게 울려댔다.

딩동딩동—

"아, 벨소리 한번 촌스러버라."

우득—!!

"여보세요?"

[정훈이 새끼 놓쳤어. 너 어디야?]

촤악 가라앉아 있는 살벌한 총각의 음성이 괴기스레 들려왔다. 두 주먹을 불끈 쥐고 나 박지민 그짓발언을 해보이리라.

"어디긴, 지영이가 이층에서 나한테 인사했어!! 지금 커피숍 들어가려고 문 여는 중인데? 다 왔다. 지영아, 안녕!"

[……]

내 앞에 앉아 있던 정희가 내 리얼한 거짓 연기에 박수를 쳐대며 정신 나간 듯이 박장대소했고 통화기에선 한동안 말이 없다.

"여보세요?"

[하! 박지민, 끝장나네. 너 사람 엿 먹이는데 뭐 있다?]

"응? 엿을 먹여? 뭔 소리야?"

꺄르륵대며 추하게 웃던 정희가 비소를 머금은 기분 나쁜 표정으로 턱으로 내 뒤를 가리켰다. 아무 생각 없이 뒤를 돌아본 난 고대로 얼어버렸다. 병원 입구 유리문에 청색 창모자에 얼굴이 가리워진 낯익은 사내가 핸드폰을 든 채 날 바라보고 있었다. 얼마 지나지 않아

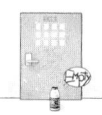

　그 사내의 음성이 휴대폰을 통해 내 귀로 전달됐다.
　[금가게 하지 말랬잖아. 박지민.]
　"아, 그게… 있잖아……."
　[아씨, 눈 감긴다. 나도 돌팔이로 보이디? 아프면 나한테 말을 하지, 뭐 하러 힘 빠지게 사기치고 병원에 오냐? 하아, 아파서 온 거야?]
　도적들은 늘 제 발이 저린다고 하더라. 섣불리 입을 잘못 놀렸다가는 하마터면 일을 그르칠 뻔했다. 그래, 병원은 병마를 고치고 세균을 제거해 주는 성스런 곳이지. 마침 배도 아프겠다, 복부를 고치러 온 것뿐이라고 변명하면 되지 않겠어?
　"어? 아~ 그랬다, 참. 나 아파서 병원에 들어왔지. 어제 쐬주를 한 대접 들이켰더니 복부가 고통을 호소하길래. 근데 여긴 무슨 일이야?"
　[아파서?]
　"어. 커피숍 가는 버스를 타려는데 갑자기 아파서 눈에 보이는 게 중앙 병원이었어."
　[크큭! 어디까지 갈래? 하, 짜증나.]
　"뭐? 여, 여보시오?"
　[뚜뚜뚜뚜뚜—]
　그렇게 전화는 매정히 끊어져 버렸고 플립을 닫아버린 뒤에도 한참이나 핸드폰을 손에 쥔 채 날 바라보며 어이없는 웃음을 짓던 총각은 입구에 놓여 있던 시퍼런 쓰레기통을 신경질적으로 걷어 차버리고 몸을 틀어 휭 하니 걸어나가 버린다. 바람에 휘날리는 새우깡 봉지, 바닥을 떼구르 굴러다니는 찌그러진 콜라 캔. 그리고 쓰레기통을 차버린 몰상식한 총각을 잡기 위해 두 눈에 쌍심지를 켜고 저돌적인 기세로 돌진하는 우직한 풍채의 간호사 아주머님. 결국 총각은 얼마 못 가 간호사 아줌마에게 뒷덜미를 붙잡혔다. 그래도 명색이 백의의 천사라 불리는 간호사이신데 총각은 머라머라 훈계를 해대는 그 천사님의 우람한 팔뚝을 귀찮다는 듯 매정히 떨궈내고 내 시야에서 점점 멀어져 간다. =＿＿=

"키득! 박지민, 너 상황 파악 안 되지? 아, 배 땡겨. 크큭! 지훈 씨 뚜껑 열렸나 봐. 너무 웃었더니 속눈썹 떨어질 것 같아. 큭!"

플립을 닫지도 못한 채 멍하니 서 있는 날 올려다보며 한참 자지러지게 웃던 정희는 거북이 등껍질 같은 가방 꾸러미 안에서 트윈케익을 꺼내 분가루를 휘날리며 요란하게 양 볼짝에 찍어 발라댔다. 이 망할 여자는 지나치게 밝고 행복해 보였다.

"아씨, 정지영, 미친년. 하! 이게 뭐야?! 지가 뭔데 난리래? 재수없게 왜 껴들어? 누가 누굴 괴롭혔다는 거야? 지가 걔랑 얼마나 친했다고 무식하게! 손톱만 길러서 어딜 휘갈겨?"

마빡에 붙어 있는 반창고를 매만지며 지영이 욕을 해대는 얄궂은 여자. 그랬던 거구나. 지영이 얼굴에 붙어 있던 반창고. 정희의 마빡에 붙어 있는 반창고. 결론은 하나. 둘이 머리 끄댕이를 잡고 싸운 것임이 분명했다.

탁—

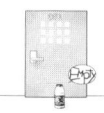

정희 마빡에 붙어 있는 반창고를 내려다보며 멍하게 굳어 있다 핸드폰 플립을 닫고 총각의 그릇된 오해를 풀어줘야겠단 일념에 쉴 새 없이 궁시렁대는 정희를 내팽개쳐 둔 채 병원 입구를 향해 세차게 뛰었다. 그리고 그런 내 등 뒤에서 비명을 넘어선 괴성을 넘어선 정희의 하이톤의 코맹맹이 음성이 들려온다. =_=

"장현석 안 보고 갈 거야?! 니가 뭔데!! 니깟 게 뭔데 너 땜에 여러 사람 아프게 해! 톡 까놓고 니가 나보다 잘난 게 뭐가 있어!! -0- 어?! 못 서?"

성격 하난 너보다 잘났다고 확실히 자부한다네. 정희의 쌀맛 떨어지는 음성을 한 귀로 흘리고 입구 유리문까지 내달렸다. 병원 앞에 주차시켜 둔 제 차 뚜껑에 고개를 처박은 채 깊은 고뇌에 빠진 척, 상념에 빠진 척, 쓸데없는 개폼을 잡고 있는 총각이 두 눈에 들어왔다. 아니, 다시 보니 그렇지 않더라. 두 눈을 가늘게 뜨고 조금 다른 시각으로 바라본 결과… 총각은 양 귀를 틀어막고 있었고 그 옆에는 백의의 천사 간호사 아줌마가 총각에게 철썩 들러붙어 쉬지 않고 훈계를 해대고 있었다. 두터운 유리문을 열어젖히고 총각의 이름을 부르기 위해 입을 떼었다, 붙였다를 두세 번 반복하다 굳은 결심을 한 뒤 총각의 이름을 부르려는 순간! 정확히 그 순간 등 뒤에서 들려오는 거친 호흡 소리. 움찔한 나머지 온몸이 냉동된 동태마냥 뻣뻣하게 굳어 버렸다. 그런 내 몸뚱어리를 뒤에서 꽉 껴안는 변태 같은 놈을 떨쳐내려 괴성을 내지르려는데 힘없는 목소리가 내 귓구멍을 후벼 파고 들어왔다.

"으악! 이, 이거 안 놔?!"

"하아! 하아! 박지민, 너 갈까 봐, 나 안 보고 그냥 가버릴까 봐, 엘리베이터도 안 타고 뛰어 내려왔는데 하아! 왜 가는 건데."

어? 현석 오빠다. 이 사람 현석 오빠다. 그리고 내 눈에 보이는 저 남자.

"환자 가족도 아닌데 여기다 주차하면 안 돼!! 그리고 발로 걷어찬 쓰레기통 당장 원상 복귀 못 시켜옷?!"

"아, 진짜 아줌마! 알았다고!! 쓰레기 줍는다고!! 기분 더러워 죽으니까 나 좀 내비 둬요, 내비둬!! 한 시간만 있다가 차 뺀다니까!!"

"한 시간이고 두 시간이고 병문안 온 것도 아니면서 그러는 사람이 한둘이 아니란 말이에요!! 그리고! 내가 어딜 봐서 아줌마야! -0-"

"아줌마!! 환자 가족은 아니고 뒈져 버렸음 하는 새끼가 하나 입원해 있는데 어찌 됐거나 아는 놈 입원해 있는 건 똑같은데 그래도 주차하면 안 돼요?!"

"이 학생이 미쳤나?! 어디 환자한테 돼지네 마네야!! 쓰레기 못 치워?!"

두 손으로 양 귀를 틀어막고 있다가 참을 만큼 참았다는 듯 손을 떼어내고 간호사 아줌마를 향해 자신의 소신있는 억지 주장을 펼치고 있는 총각.

"좋은 말로 할 때 당장 쓰레기 줍고 차 빼! -0-"

"아씨, 이 아줌마!! 귀 따갑다고!! 알았다는 소리 못 들었어요?!"

총각은 호주머니에 두 손을 찔러 넣고 병원 앞을 나뒹굴고 있는 시

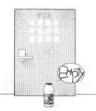

퍼런 쓰레기통을 향해 몸을 틀었다. 너무도 애석하게 현석. 오빠에게 안긴 채 멀뚱히 굳어 있는 내 몸뚱어리 50㎝ 앞에 시퍼런 쓰레기통이 널브러져 있었다. 낭패로구나, 낭패야.

"저기 현석 오빠, 잠시만 좀 놔주라. 어? 제발."

"서지훈이네. 그래서 싫은데?"

"어? 제발 이 팔 풀어봐, 어?"

그렇지만 이미 엎질러진 워러. 모자를 푹 눌러쓴 채 땅바닥만 쳐다보고 병원을 향해 걸음을 떼던 총각이었다. 그런 총각이 시퍼런 쓰레기통을 일으켜 세우며 수그렸던 허리를 펴고 고개를 쳐들었을 때 내 두 눈과 총각의 두 눈이 마주쳐 버렸는걸. ㅠ_ㅠ 쓰레기통을 손에 쥔 채 날 바라보다… 내 얼굴 너머의 현석 오빠를 바라보다… 마지막으로 내 허리에 둘러져 있는 현석 오빠의 팔을 뚫어져라 바라보는 총각. 참 꼬인다. 오늘 정말 짜증날 정도로 많이 꼬인다.

"아줌마, 이 병원 영안실 자리 남았어? 오늘 초상 치러도 돼?!"

퍽―!!

"꺄악! 저 학생이 쓰레기 치우랬다고 환자를 때려눕히면 어쩌자는 건데?!"

총각은 시퍼런 쓰레기통을 집어 던지고 날 현석 오빠한테서 떨궈낸 뒤 왼발로 현석 오빠의 가슴팍을 쳐 바닥으로 넘어뜨렸다. 총각의 돌발 행동에 간호사들과 의사들은 물론이고 화장실에서 유유히 걸어 나오던 정희까지 모두 입을 쩍 벌린 채 미친 듯이 뛰어오기 시작했다. 난 몇 달 만에 보는 현석 오빠에게 너무 미안해서 그냥 눈물이 났다. 병실 바닥에 내팽개쳐진 현석 오빠는 뭐 때문인지 몰라도 왼쪽 눈에 안대를 차고 있었고 보기 안쓰러울 정도로 몹시 말라 있었다.

퍽—!!

"나보고 어쩌라고!! 어디까지 참으라고!!"

그래도 환잔데… 그것도 자기가 저렇게 만들어났으면서… 다시 한 번 주먹을 들이대는 총각의 모습에 화가 났다.

짜악—!!

박지민. 이건 개깡의 수준이 아니라 정말 미친 거다. 하하. 나… 뺨을 때려 버렸다.

"미안, 근데 때리지 마. 한 번으론 부족해? 사람을 어떻게 저 지경으로 만들어놔? 그래 놓고 또 때려? 지훈 오빠 깡패야?"

"큭! 뭐?"

"비켜요!! 환자한테 지금 이게 뭐 하는 짓이에요!! 이 환자 한쪽 시력이 급격히 떨어져 안정에 안정을 취해야 되는데 폭력을 휘둘러요? 미쳤어요!! -0- "

"아, 시끄러!! 박지민, 너 지금 저 새끼 편드는 거네? 어? 병문안 온 거 가지고 쪼잔하게 지랄한 거 미안하게 생각하고 있었는데… 눈 앞에서 저 새끼가 널 껴안고 있는데 눈이 안 뒤집혀?"

"왜 눈에 보이는 것만 보고 화부터 내는 건데? 씨, 나도 나를 안 믿어주는 사람 믿기 싫어. 아니, 이제부터 안 믿을래."

"장난해?"

박지민, 이 못 되어먹은 여자야. 너 방금 지나치게 오버했어. 바보

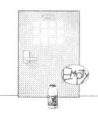

머저리 같은 게. 못 믿으면, 아니, 안 믿으면 그냥 깨질래? 어떤 자식이 엎질러진 물은 주워 담을 수 없다고 속단을 내렸더란 말인가. 비록 물의 양은 반으로 줄어들겠지만 엎질러진 물을 마른 걸레에 흡수시켜 다시 컵 안에 쥐어짜 비틀어주기만 하면 엎질러진 물도 주워 담을 수 있다. BUT 제 아무리 계룡산에서 도를 닦은 도인이라 할지라도 한 번 뱉어버린 말은 다시 입 안으로 집어넣을 수가 없다.

"이 환자 몇 호실 환자예요?! 사단나기 전에 후딱 데리고 병실로 올라가요!!"

"어머! 현석 오빠, 괜찮아? 어떡해!! 난리났네, 난리났어!"

터져 나오는 웃음을 애써 참아보려 어금니를 꽉 깨문 채 호들갑을 떨어대는 정희. 왼쪽 눈을 가로막고 있는 허연 안대를 거칠게 벗겨내 저 멀리 집어 던져 버리는 현석 오빠. 그리고 내가 뺨을 후려친 덕분에 지난밤 경찰서에서 아빠에게 맞아 곪아 있던 상처가 터진 건지 피가 배어 나오는 입가를 매만지며 바닥에 침을 뱉는 지훈 총각… 지훈 오빠… 서지훈. 뒤로 자빠져도 콧대에 들어 있는 실리콘이 주저앉는다는 현대 퓨전 속담이 불현듯 머리 속을 슥 스쳐 지나갔다. 난 때늦은 후회와 미안함에 고개를 숙여 버렸다.

끔찍한 1분 동안의 침묵이 흘렀다. 총각은 다시금 소량의 피가 섞여 있는 침을 바닥에 내뱉으며 입을 떼어본다.

"성깔있네? 뺨도 때릴 줄 알고. 너한테 처음 키스하고 맞았을 땐 이렇게 아픈지 몰랐는데. 이거 봐. 씨, 피 봤다. 큭!!"

웃었다. 이 심각한 분위기 속에서 급기야 웃음을 내비치는 총각.

"아줌마, 어떡하냐? 쓰레기통 박살나 버렸는데. 내 얼굴로 어떻게 커버 안 되냐? 큭! 나 끝장나는데. 큭! 근데 애인이라는 저 기집애는 내 매력을 모르네."

"이 버릇없는 학생이 증말! 환자 내팽개쳐 놓고!! 쓰레기 주우랬더니 쓰레기통 산산조각 내놓고!! 그래놓고 지금 웃음이 나와? -0- 이봐, 여학생! 이 학생은 몇 번 더 때려줘야 정신을 차리겠어!! 더 힘을 실어서 왼쪽 뺨도 날려 버려!!"

"……."

이 난잡한 와중에서도 난 새로운 사실 하나를 발견했다. 감당할 수 없을 정도로 슬프거나 꼭지가 돌았을 때 그럴 때면 지훈 총각은 늘 웃곤 했다. 지금처럼… 아주 싸늘히…….

쑥떡쑥떡—

"시상에, 시상에… 뺨을 맞았어. 저 조막만한 얼굴 때릴 데가 어딨다고. 저 여자, 지가 뭔데 뺨을 후려? 야야, 혜림아. 근데… 아으, 저 남자 아주 그냥 짜증나게 스타일 죽인다."

"내가 아까부터 쭉 봤는데 저년, 저 환자복 입은 남자랑 들러붙어서 껴안고 히히덕거리더니 저 봐. 애인한테 딱 걸려서 무안하니까 싸대기 날린 거라니까. 짜증나. 양다리 아냐?"

몰려 있던 구경꾼들의 오가는 대화 속에서 하나둘 내 험담이 들려오기 시작했다. 늘상 그래 왔듯 그들에게서 난 어느새 나쁜 년이 되어 있었다. =__=

"아씨, 구경났어?! 여자한테 맞는 새끼 첨 봐?! 뭘 수군대!! 집에서

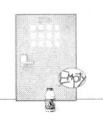

아비가 병동에서 떠들면 뒈진다고 안 가르치디?!"

 아들에게 그런 교육 이념을 심어준 건 그분 자신이 의사셨기 때문일 테지. 서 영감님은 병동에서 떠들어대는 걸 정말 싫어하시나 보다. 그런데 그런 줄도 모르고 지난날 병동에서 괴성을 내지르며 날뛰던 나였다. 그런 짓 하면 뒈지는구나. 그랬어. 그랬었어.

 우리를 빙 둘러싸고 쉬지 않고 쑥덕대던 구경꾼들은 총각의 노한 발광에 저만치 뿔뿔이 흩어져 갔다. 따귀를 후려치는 중범죄를 저질러 버린 난 암 말도 못한 채 그렇게 입술만 깨물며 작은 한숨을 내쉬어야 했다. 생각없이 올라간 내 오른손을 저주하며… 닥치는 대로 막말을 내뱉어 버린 내 주둥일 원망하며… 그렇게 끊임없는 한숨만 되풀이할 뿐.

 "죄졌냐? 그 딴 미안한 표정 지으면서 변태같이 한숨 쉬지 마. 내 눈치 보지 말고 저 새끼나 부축해 주라고!! 아~ 내가 방해돼? 꺼져 줘? 박지민, 나 오늘 비참할 만큼 비참했거든? 더 비참하게 만들지 마, 기집애야."

 "그런 거 아니란 말야."

 틀어져도 단단히 틀어져 버린, 꼬여도 단단히 꼬여 버린 총각의 가시 돋친 말들. 내가 무어라 말을 내뱉으려는 찰나, 의사와 간호사들 틈에 둘러싸여 있던 현석 오빠가 앞서 입을 열었다.

 "그냥 비켜요. 병실 혼자서 찾아갈 수 있으니까. 서지훈, 너한테 앵기는 여자들 많다며. 너한테 목매는 여자들 많다며. 그 여자들한테 나 가지, 두 번이면 우연치고 너무 더러운 우연 아냐?"

"병신!! 너무 오래되어서 기억이 안 나? 하씨, 어이없는 새꺄! 니가 쟤 버렸잖아! 버리고 니 옆에 있는 그 기집애한테 가버렸다며! 니가 봤을 땐 내가 니 여자를 뺏은 죽일 놈이고 빌어먹을 새끼 같지? 나도 네가 내 여자를 울리고 버린 빌어먹을 놈으로밖에 안 보여. 꼴 보기 싫으니까 닥치고 꺼져라."

한순간 얼어버린 분위기라는 표현이 적격일 듯. 그러나 그 얼어버린 분위기도 그리 오래 가진 않았다.

"그래, 닥치고 나가서 우리 쓰레기나 주워보자. 학생, 따라나왓!! 삽질 잘한다고? 그래, 좋아. 내친김에 병원 화단에 삽질 좀 해주고 갈래? 차 하루 동안 주차해 두고. 응?"

"이 아줌마가 미쳤나?! 왜 이래! 이거 안 놔요? 아씨, 좀 놔! 상황 파악 안 돼요?! 아, 좀 놓으라고! 차 뺄 거니까!! 갈 거니까 인제 놔요!!"

우리 곁에서 팔짱을 낀 채 대화를 도청하고 계시던 간호사 아줌마는 바람에 펄럭이는 새우깡 봉지가 자신의 얼굴 위로 날아들자 더 이상 참을 수 없다는 듯 총각의 뒷덜미를 잡아끌었다. 속수무책으로 끌려가며 발악을 해대는 총각을 도와주기 위해 선뜻 나서는 이는 아무도 없었다. 총각을 뒤쫓아가려는 내 손을 꽉 잡고 놓아주지 않는 이 남자.

"미안한데 나 갈래. 손 놔줘. 너무 미안해. 나 때문에 너무 미안한데, 나 갈래. 지훈 오빠한테 갈래. 손 놔줘."

"일주일만… 일주일도 안 돼? 서지훈한테 20년이든 30년이든 양

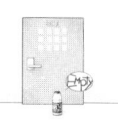

보할 테니까 일주일만… 나 입원해 있는 동안만 나 좀 봐주면 안 돼?"

"그 일주일 안에 지훈 오빠 가버리면? 나 버리고 가버리면?"

"그럼 내가 안 보내."

한참을 끌려가는가 싶던 총각은 간호사 아줌마의 팔뚝을 다시금 세차게 떨궈내 버리곤 차를 타고 시동을 건다. 그러곤 먼발치서 현석 오빠와 날 기분 나쁘게 노려보다가 주차 금지라고 써놓은 표지판을 고의로 들이박아 버린다. 그리고는 경악하는 간호사 아줌마를 뒤로한 채 그렇게 병원을 빠져나가 버렸다.

"미안. 일주일이든 하루든 이제는 말이 안 돼. 미안. 안녕. 빨리 나아. 나 갈게. 미안해."

"어. 기다릴게. 내일 보자, 박지민."

싹뚝— 싹뚝—

"안 된다고 말했는데 기다린대. 가면 나 나쁜 년이지? 하아, 그리고 나 오늘 미친 짓 여러 번 했다? 뺨 때렸어. 휴… 저기 지영아, 잔인한 짓 고만 하고 내 얘기에 집중 좀 해줘. 어? 나 어떡해 어? 지영아아!!"

병원을 빠져나와 버스를 타고 곧장 달려온 에바 커피숍. 지영이는 병원에서 있었던 이야기를 줄줄이 풀어놓는 나에게는 일말의 관심도 보이지 않은 채 모형 작두로 바비 인형의 모가지를 댕강댕강 자르는 잔인한 짓을 하며 이를 갈고 있었다.

"후니 애인!! 코코아 위에 생크림 얹어 달라 그랬는가?"
"예."
"잠시 기다리그라. 후딱 갖고 갈 테니까. 아이고, 이 봉다리 안에 생크림 천지구만. 이 참에 아예 직종을 바꿀까나? 흥얼흥얼."
"정지영, 이 영업장에선 생크림 취급 안 한다며."
"미친… 시끄러. 서지훈이든 양정희든 죄다 꼴 보기 싫어."
내가 커피숍에 도착했을 때 앞치마를 질끈 동여매고 걸레로 커피숍 바닥을 닦고 있는 정만 군이 날 반겨주었다. 커피숍 사장은 정만 군의 등쌀에 쫓아 고대로 커피숍을 박차고 나갔다고 했다. =__=
달그락—
"자, 원샷! 표정이 왜 이리 구려!! 확 안 펴? 후니랑 싸웠으? 아따, 진짜. 뜨거울 때 입 안에 털어 넣어!! 기분 전환도 할 겸 깔끔하게 원샷 때려!!"
모락모락 김이 피어오르는 코코아 잔을 내 앞으로 들이밀며 원샷을 하라고 강요하는 구정만 씨. 덕분에 그날 난 펄펄 끓는 코코아를 깔끔하게 원샷했고 입천장이 다 헐어버리는 짜릿한 경험을 맛볼 수 있었다. ㅠ_ㅠ
싹뚝— 싹뚝—
쉬지 않고 모형 작두로 바비 인형의 목따기 게임을 즐기는 지영이.
"겁나게 재밌나 보네. 선물 준 보람 생기게스리."
"예, 재밌어 죽겠네요. 순수한 어린 시절로 돌아간 것 같아요."
언밸런스 속의 묘한 조화를 이루는 정만 군과 지영이. 그들과 담소

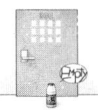

를 논하다가 어느덧 그들에게 동화되어 병원에서의 일도 잠시 잊은 채 모형 작두를 타며 즐거운 한때를 보내고 있을 즈음, 탁자 위에 올려져 있던 정만 군의 핸드폰이 쿵짝대는 나이트 음악을 흩뿌리며 요란하게 울어댔다. 외형적으로 봤을 땐 유행을 전혀 타지 않는, 그래서 벨소리 역시 구식 단음을 고집할 것 같은 이미지를 풍기는 그였지만 예상외로 유행에 민감한지 빵빵한 40화음을 자랑하는 아주 작고 깜찍한 핸드폰을 소지하고 있었다. =___=

쿵짝쿵짝— 쿵짝쿵짝— 턱—

"여보쇼? 후니여? 왜? 정훈이 자슥 잡으라고? 무신 일로?"

전화를 걸어 온 사람은 총각인 듯했다. 괜스레 콩딱대는 심장을 움켜잡으며 입술을 꽉 배어 물었다. 바꿔달라고 해서 미안하다고 그럴까?

"정훈이 자슥 일본에 너네 엄마 집 비면 거기서 산다고 그러지 않았는가? 아침에 봤다고? 서류 땜에 온 거 아녀? 그보다 네 목소리 살벌허네. 애인 바꿔줘? 어잉? 지금 여기 있는디? 뭔 주일? 어. 그려."

분위기로 봐서 총각이 날 바꿔보라고 말한 듯했고 난 미안했노라는 말을 내뱉기 위해 목소리를 가다듬었다.

"흐음, 흐음."

"자, 한번 봐라."

정만 군은 내게 핸드폰을 건네줬고 난 떨리는 목소리로 입을 떼어봤다.

"여보세요? 여보세요? 저기 있잖아."

"시방 뭐 혀? 종료 버튼 눌렀어, 방금. 통화는 디엔드된 거여. 내 배경 화면 이쁘니 구경해 보라고 준 거잖여. 이쁘냐? 으잉? 지영아, 너도 봐봐라. 이쁘냐?"

"나 바꿔달란 소리 안 해요? 아니, 나 있단 소리 안 했어요?"

"했는디? 일주일이든 이주일이든 알아서 하라나? 이상한 소리 지껄이드니 콱 끊어버리더만. 쓰읍. 목소리 살벌하든데? 후니 애인!! 설마가 사람 잡는다고 발정난 수컷하고 바람났는가?"

하하. 일주일이든 이주일이든 알아서 하라고? 결론은 하나구나. 발정난 수컷이 아니라 발정난 암컷 하나가 총각에게 상황 보고를 전했나 보다. 양정희, 감히 이간질을 해? 언제 정신 차릴래? 나 더 이상은 못 참겠다 꾀꼬리. 물론 내가 그짓말을 해서 총각을 속인 것이 화근이 되긴 했지만 오늘 일도 어찌 보면 양정희 너 땜에 벌어진 일이었어.

"후우. 지영아, 니 얼굴에 그 반창고 정희랑 싸우다 그렇게 됐다며? 아니, 정희한테 맞아서 그렇게 된 거라며?"

난 외쳤다. 정만 군이 토시 하나 틀리지 않고 똑똑히 들을 수 있을 정도로 똑똑 부러지는 목소리로 크게 외쳤다.

"므? 정희? 저번에 나이트서 나 엿먹인 그 계집? 후니한테 주둥아리 갖다 부딪친 그 간 큰 가시내? 밑에 애들 풀어서 너 밟은 고 계집애 말하는 거지?! 고 발칙스러운 계집이 밑에 애들 풀어서 네가 생매장한 거 아니었냐? 아직도 활개치고 당겨? 으잉?!"

"밑에 애들을 푼 게 아니라 동무나 친구라는 표현을 써보는… 아

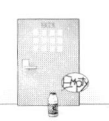

니에요. 네, 그래요. 밑에 애들 푼 그 여자요. 그 여자가 지영이 얼굴에 생채기를 냈어요. 후우, 지영아!! 내 말 맞지? 너 맞았지, 어?!"

 박지민, 지금 너에게 나쁜 년이라 돌을 던질 자는 없어. 언제까지 그 지겨운 여자가 하라는 죽순 구우면 말없이 타버리고, 삶으면 고대로 쫄아버릴래? 넌 당해줄 만큼 당해줬어.

 분노로 꿈틀대는 정만 군의 눈썹. 다부지게 두 주먹을 꽉 진 이 남자의 살벌하게 씩씩한 모습에 대차게 입을 놀려 버린 난 극도의 공포감을 느껴야만 했지만 지영이를 굳건히 믿었다. 그랬기에 저 작두 타는 여인네가 정만 군의 분노를 극대화시킬 수 있는 촉매제 역할을 할 것이라 믿어 의심치 않았다. 말해, 지영아. 세차게 뚜들겨 맞은 거라고 말해 줘! 우린 눈빛만 봐도, 말하지 않아도 통하는 초코파이 같은 달짝지근한 친구 사이잖아. =__=

 "지영아, 보복을 두려워 마. 사건을 은폐하려 들면 못 써. 정희한테 어디어디 맞았어? 응? 구체적으로다가……."

 "미친 거 아냐? 내가 때렸음 때렸지, 그 허접한 년한테 미쳤다고 맞고 돌아댕기겠냐!! 하는 짓이 같잖아서 몇 대 토닥여 줬다."

 "그런 거여? 허허. ─,.─ 으이고, 맞은 게 아니라 패준 거구만. 복수의 칼날을 갈지 않아도 되는 거고만. 아참, 후니 애인 잠깐. 이거 갖고 가서 후니 주믄 알 거여."

 이간질을 이간질로써 처절하게 응징하려는 사악한 앙심을 품고 있던 난 결국,

 "어쭈, 이 잡스런 년! 딱 걸렸어! 저번에 너 나가고 바로 사장이 들

어와서 내 돈으로 코코아 값 냈어!! 이게 어디라고 고개 빳빳이 쳐들고 와서 헛소리나 해대고 있어?! 친구고 뭐고 없어!! 돈 내놔!"

지난날 코코아 샀을 지불하지 아니하고 튀어버렸다는 죄목으로 호주머니에 꼬깃꼬깃하게 구겨져 있던 천 원짜리 지폐 세 장과 오백 원짜리 동전 하나를 지영이에게 갈취당한 뒤 쓸쓸히 집으로 걸음을 옮겨야만 했다. 왼손에는 정만 군이 총각에게 갖다 주라며 한사코 내 손에 쥐어준 우리 동네 찜질방 무료 이용권 다발이 쥐어져 있다. 어디서 난 걸까? 하아, 이건 정말 아니다.

"아아!! 그리고 박지민! 뭐? 장현석 병문안을 가? 너 그 자식 다시 만나면 친구고 뭐고 없어! 너랑 쫑!! 끝인 줄 알아!! 갈팡질팡할 거 없이 깔끔하게 딱 한 사람만 봐, 이년아!! 너 한 사람만 보는 바보 같은 짓 잘하잖아!! 니 전문이잖아!!"

커피숍 계단을 내딛으려는데 작두를 내동댕이쳐 버린 뒤 날 향해 튀어와 바락바락 언성을 높이는 지영이. 내 말 안 듣는 척하더니 야시같이 죄다 듣고 있었나 보다.

"나 지금도 지훈 오빠 한 사람만 보잖아."

"지금 니가 해대는 짓거리가 깔끔하지 않잖아!! 깔끔하게 한 사람만 보라고!! 니가 그 딴 식으로 나오면 니 옆에서 빌빌거리는 그 새끼는 불쌍해서 어떡하냐!! 넌 봐주지도 않는데 몇 년 동안 말도 못하는 그 새끼는… 하, 됐다. 그리고 양정희 한 번만 더 알짱대면 면상을 진짜 확 갈아버린다고 그래라. 딱 그 딴 식으로 살아봐. 죽여 버린다고 그래!"

　악에 받친 목소리로 뜻 모를 말을 해대는 지영이의 괴기스런 목소리에 온몸에 싸악 돋아오른 닭살을 매만지며 쫓겨나다시피 커피숍에서 굴러 나왔다.
　내 마음을 들여다보는 것같이 시내 거리에는 시꺼먼 어둠이 깔리기 시작했다. 두더지 새끼들마냥 낮에는 건물 안에 콕 처박혀 있던 삐끼들이 이 시간을 기다리고 있었단 듯 두 눈을 번뜩이며 까만 양장을 차려입고 떼로 거리에 몰려나와 명함 쪼가리를 나눠 주는 아름다운 풍경을 연출했다.
　"누가 갈팡질팡했다고 그래? 미안하다는 말뿐이 안 나오는 그 사람을 애인이라는 놈이 개 패듯이 패버렸다는데, 거기에 대고 또 주먹을 휘둘러 버리는데 그 상황에서 내가 어떻게 편을 드냐? 씨이, 쪼잔하게 전화도 콱 끊어버리고… 궁시렁궁시렁."
　톡톡—
　"뭐여?"
　조잘조잘 혼자 궁시렁대며 거리를 휘젓고 있는 내 어깨를 살포시 두드리는 누군가의 보드라운 손길에 투박스레 고개를 돌렸다. 상태가 매우 불량한 웨이터 배용준. =__=
　"짝짝! 누나!! 오늘 우리 나이트 물 죽여. 장담하는데 아주 그냥 작살이라니까, 응?"
　눈가에 자글자글한 주름은 무엇으로 해명하려고? 쪼글쪼글한 아저씨가 날 보고 누나란다. 가라앉을 대로 가라앉아 버린 지금 내 기분으로는 설령 진짜 배용준이 눈앞에 있다손 치더라도 달갑지 않았을 텐데, 저 짝퉁 배용준이 내 심기를 너무도 불편하게 만들어 버린다.

"배용준 씨, =_= 이 어깨 좀 놔주실래요?"

"이따 댄스 페스티발도 하는데 일행 없어? 짝짝! 혼자야? 오늘 경품으로 승용차 한 대 걸려 있거든? 짝짝! 생각없어? 땡기면 이따 친구들 데리고 입구에서 배용준을 불러!! 배용만 부르면 죽어!! -0-"

난 명함 쪼가리를 대충 호주머니에 구겨 넣은 뒤 땀 쫙 빼고 주름 좀 펴시라는 헛소리를 내뱉어 버리고 찜질방 무료 티켓 뭉탱이 중 한 장을 삐끼의 손에 쥐어주었다. 멍하니 찜질방 이용권을 바라보고 있는 이 남아가 욕지거리를 내뱉기 전에 상상을 초월하는 스피드로 버스 정류장을 향해 미친 듯이 내달렸다.

잽싸게 96번 버스에 몸을 싣고 맨 뒷좌석으로 구겨져 들어가 자리를 잡고 앉아 핸드폰을 두 손에 꽉 움켜잡았다.

띠리딩동~

―이번 정차할 곳은 명현 노인정, 명현 노인정입니다.

두 정거장 뒤면 내려야 되는데… 날 오해한 게 아니라면 버스에서 내리기 전에 전화해 주라. 제발. 제발.

띠리딩동~

―이번 정차할 곳은 경원공고, 경원공고입니다.

다음에 내리는데… 씨이, 손가락 부러진 거 아니면 전화 좀 해주지.

띠리딩동~

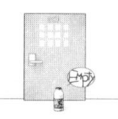

―이번 정차할 곳은 대현 아파트, 대현 아파트입니다.

아니야. 오해했다고 해도 전화해 줘. 버스가 서기 전까지만. ㅠ_ㅠ

끼익―!!

"내릴 거야, 말 거야?! 시간없어 죽겠는데 고 끄트머리에서 뭐 하는 거야!! 아, 학생! 안 내려?! 화나게 만들 거야?"

"아저씨, 아저씬 사랑이 뭐라고 생각해요? 버스 내리기 전에 전화 좀 기다리면 안 돼요?"

"이런, 젠장! 사랑이 밥 벌어 먹여줘? 땅바닥에 나뒹굴고 싶지 않다면 후딱 내려!! 쓰읍!! 등판을 확 밀어버리기 전에 냉큼 내리지 못해?!"

우우웅―

내리지 아니하고 버팅기고 있던 난 기사 아저씨의 떠밀어 버린다는 엄한 협박에 결국 몸뚱이를 싣고 왔던 96번 버스에서 내려 버렸다. 버스가 내 시야에서 완전히 사라질 때까지 버스 정류장에 꼼짝 않고 서 있었다. 그때까지도 내 만신창이 핸드폰은 울어주지 않았다. 그렇게 터덜대며 집으로 올라가다 돌부리에 걸려 바닥에 나자빠진 덕에 바지엔 주먹만한 구멍이 뚫려 횡한 바람이 내 무릎을 간지럽혔다. 열심히 다림질을 하다 날 발견한 청명 세탁소 아저씨의 퀭한 두 눈은 그런 날 너무도 비참하게 만들어 버렸다. =___=

"학생!! 오랜만이야아아아아! 눈가가 빤짝빤짝한데? 울어?"

난 가식적인 미소를 지어줄 힘도 다 소진해 버린 탓에 간만에 본 세탁소 아저씨의 인사에 변변찮은 대꾸도 해주지 못한 채 그 길로 후닥닥 집으로 튀어가 버렸다.

"헉헉! 헉헉!"

까져서 피가 흐르는지 따끔거리는 오른발로 망둥이처럼 날뛰어댄 다는 건 말 그대로 미친 짓이었나 보다. 더럽게 아프구나. ㅠ_ㅠ 거친 숨을 몰아쉬며 원룸에 다다랐을 즈음,

딩동딩동—

"헉헉! 어? 여보세요? 헉헉!"

그토록 기다렸던 핸드폰이 울렸고 헐떡거리는 거친 호흡을 진정시 킬 새도 없이 무작정 플립을 열어 통화 버튼을 눌러 버렸다.

[……]

내 헐떡거리는 거친 숨소리에 놀란 듯 통화 저편의 이는 아무 대답 이 없다. =__=

"허.억. 허.억. 지훈이 오빠… 오빠야? 허.억. 허억."

찬찬히 거친 숨을 자제시켜 가며 또박또박 되물어봤다.

[……]

30초가량 이어진 님의 침묵.

"그쪽이 지훈 오빠가 아니면 내가 뭘 어쩌라고요. 끊습니다."

이미 내 변태스런 헐떡거림에 놀란 듯한 통화 저편의 그는 약 30초 간 내 대답을 모질게 씹어줬고 지훈 총각이 아닐 것이라는 확신을 얻 은 내가 종료 버튼을 누르려던 찰나, 들려오는 피노키오의 음성.

[아우, 짜증나. 발정난 돼지 새끼마냥 어디다 대고 다 죽어가는 신 음 소리를 내서 사람 기분을 잡치게 하고 지랄이야?]

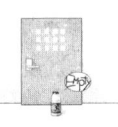

코가 길어 슬픈 짐승. 그짓말을 하면 코가 늘어나는 짐승. 그 짐승의 이름은 서노키오.

"한인촌이라며? 시차 땜에 졸리다며? 이 사기꾼아! 너 아침에 아주 도망 잘 치더라?"

[쯧쯧. 저저, 옷 입고 다니는 꼬라지 좀 봐. 웃기네, 웃겨. 구녕 뚫린 바지 입고 돌아댕기면 쪽팔리지도 않냐!! 이 그지 근성이 덕지덕지 배어 있는…….]

탁—!!

서노키오, 너 딱 걸렸어. 난 고대로 핸드폰을 끊고 원룸 앞으로 성큼대며 걸음을 옮겼다. 우편함 쪽에서 들려오는 괴성 소리로 인해 모든 실타래는 풀려 버렸다. 더 이상 핸드폰을 붙잡고 있을 이유 따윈 없었다.

"뭐야? 웃기네, 웃기네!! 이 그지 같은 게 나보다 전화를 먼저 끊었어?!"

내가 집 앞에 다다랐을 때 우편함 앞에 쪼그려 앉아 핸드폰에 욕질을 해대고 있는 정훈이를 만나볼 수 있었다.

"숨으려면 제대로 숨던가. 너 남의 집 앞에서 무슨 추태야, 이게!!"

"앗!! 발정난 팬더 새끼다! >_<"

"언제는 발정난 돼지 새끼라며? 하아, 일본에서 눌러살 거란 애가 여기에는 왜 왔는지 모르겠지만 나 들어가게 다리 좀 치워줄래?"

"추잡해! 멀리서 봤을 땐 발정난 소, 돼지 새끼로 보이더니 가까이서 보니까 콧물에 마스카라 번져서 팬더 새끼야! 이 그지 같은 게 아주 그냥 씻지도 않고 나돌아댕기냐? 드러워 죽겠어!! 니깟 게 우리 형 새끼 애인이란 게 수치스러!!"

내가 자신을 싸늘히 외면해 버리고 집 안으로 걸음을 옮기려 하자 이 서노키오 녀석은 갑자기 다리를 쭉 내밀어 내 통행을 가로막아 버리는 말종 같은 짓을 한다. =__=

"그래, 후회 마. 니 다리 밟고 지나가 버릴 거니까. 너 집에 형 있는 거 모르지? 올라가서 다 불어버릴 거다. 너 잡으라고 정만이 형한테 전화한 것도 모르지? 죄다 불어버리기 전에 다리 치워."

"흥. 웃기고 자빠졌어. 형 새끼 차 주차 돼 있나, 안 돼 있나 확인해 봤어? 어? 확인해 봤냐고!"

"화, 확인… 안 했어도… 근데 어디다 대고 화, 화를 내……."

"안 했지? 그래, 형 차 지금 없어. 그 말은 여가를 즐기러 외출을 했다는 증거야. 그러니 괜히 오늘은 형 새끼 집 앞에서 알짱대지 마."

"그래, 너 똑똑하다. 그리고 누가 집 앞에서 알짱댄다 그래?"

"내 앞에서 형을 미끼로 개수작 마. 아, 옛다. 나 코 풀려고 들고 다니는 휴지인데 제발 그 눈에 콧물 좀 닦을 수 없어? 추잡해서 눈뜨고 못 보겠어!"

이 바보 같은 게. 내 눈가에 고여 있던 눈물을 왜 자꾸 추잡스레 콧물이라는 거야. 누가 들으면 진짜 눈에 콧물 묻은 더러운 아이라 그러겠다, 이 망할 놈아!!

"형 없는 거 알면서 집 앞에 쪼그려 앉아서 뭐 하는 건데? 니 말대로 이거 콧물이야. 눈물 아니고 콧물. 요새 니네 형이랑 나 너무 행복

해서 흘린 성스런 콧물이야. 휴지는 됐어. 비켜. 나 졸려."

톡— 톡— 톡—

이를 꽉 깨물고 가식적인 미소를 지어 보이려는데 내 신발 위로 한 방울, 밑에서 날 올려다보고 있는 정훈이의 손등 위로 두 방울, 그 손에 쥐어져 있는 키티 문양의 티슈 위로 세 방울의 눈물이 흘러 버리고 말았다.

"으아. 콧물이 왜 흐르지? 그 휴지 도로 집어넣어. 나 수능 볼 때 시험장에서 그 휴지로 눈물 닦아내고 또 닦아냈었단 말이야. 그런 재수 옴 붙은 휴지 가지고 지훈 오빠처럼 나 쳐다보지 마!"

"웃기네. 내가 언제 형 새끼처럼 너 쳐다봤는데? 우리 형 새끼 표정이 얼마나 건방지고 띠껍고 아니꼬운 줄 알아? 으악!! 더러워 죽겠어. 니 콧물이 내 손등에 묻었어!! 병균 옮은 것 같아!! 벌써 몸이 근질거려!!"

꾸욱—!!

"꺄아아아아! 미쳤어!! 이 기집애가 누구 병신 되는 꼴 보고 싶어서 내 쭉빠진 다리를 밟아?! 어딜 가?! 못 서?!"

난 원룸 입구에 반쯤 드러눕다시피 해서 날 가로막고 널브러져 있던 정훈이의 발모가지를 그야말로 뼈가 으스러질 정도로 꾹 눌러버렸고 그 길로 위층을 향해 곧장 내달렸다.

"허억. 허억. 저 망할 놈. 열쇠, 열쇠, 내 열쇠……."

가빠오는 숨을 고를 틈도 없이 가방 속을 뒤적대며 열쇠를 찾아봤지만 보이지 않는다.

턱턱턱—

"너 아리따운 내 다리를 밟아? -0- 웃기네, 웃기네!! 나 금방 일본으로 돌아갈 건데!! 내 바디에 치명적인 흠집이 생기면 일본 기집애들이 슬퍼할 거란 말야!! 잡히면 죽었어!"

"저 자식 뭐라니. =_="

짤막한 한숨을 내쉬고 집 앞에 털퍼덕 주저앉은 채 301호 문패를 바라보았다. 아무도 없다던 총각네 집에서 누런 불빛이 새어 나와 어두운 복도를 희미하게 밝혀주고 있었다.

턱턱턱—

"헉헉. 2층! 너 기다려. 헉헉. 한 층만 더 가면 넌 죽었어."

점점 더 가깝게 들려오는 정훈이의 헐떡대는 숨소리와 목소리. 난 고개를 갸웃대며 자리를 털고 일어났다. 내 손은 혹시나 하는 마음에 어느새 301호 벨을 세차게 누른 뒤였다.

띠— 띠—

"불을 켜고 나간 건가?"

턱턱—

"허억. 이 기집애가 허억. 이 기집애가 무슨 짓을 한 거야! 벨 눌렀어?"

"어. 왜?"

덜컥—

"누구예요?"

"······."

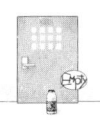

 헉헉대며 계단을 튀어온 정훈이가 내 앞에 모습을 드러냄과 동시에 301호 문이 벌컥 열렸다. 내 또래쯤 되어 보이는 귀엽게 생긴 여자 아이 하나가 고개를 빠꼼히 내밀어 크디큰 두 눈을 이리저리 굴리며 얄밉게 입을 달싹였다.
 "저기 지훈이 오빠 찾아온 사람이면 지금 자거든요? 방금 잠들었는데 누구라고 전해드려요?"
 "……"
 "있잖아요. 별일 아닌 거면 문 닫아두 돼요? 나 추운데… 어? 눈물 흐른다. 뚝뚝뚝! 울지 마요. 왜 울어요?"
 내가 누구인지도 모르면서… 이 여자는 내가 누구인지도 모르면서 낯익은 신발 하나를 질질 끌며 호들갑스레 뛰쳐나와 자그마한 손으로 내 눈물을 쓱쓱 닦아주었다. 지훈 총각이 청바지를 입을 때 자주 신던 운동화를 아주 귀엽게 구겨 신은 채.
 "끅! 그쪽 나 알아요? 내가 누, 누구인지 알아요? 누군지 알고 이렇게 눈물을 닦아주는 거예요? 지훈이 오빠 사귀는 사람 있는 거 끅! 몰라요?"
 "헤헤. 나 너 몰라요. 사귀는 사람? 음, 지훈이 오빠 여자 친구한테만 안 걸리면 되는 거 아녜요? >_< 이 남자는 지훈 오빠랑 딥따 많이 닮았다. 그래도 지훈 오빠보단 덜 쌔끈해."
 하! 안 걸리기만 하면 된다고? 안 걸리기만 하면? 그래, 나한테 걸리지만 않았더라면 완전 범죄로 마무리될 수도 있었겠다. 우리 집 문 앞에 아예 자리를 잡고 다리를 쭉 편 채 숨을 헐떡이며 기대앉아 있던 정훈이는 팔뚝만한 황소 개구락지 뒷다리 쳐다보듯 혐오스런 표정으로 이 여자의 위아래를 기분 나쁘게 훑어댔다. 결정적으로 덜 쌔끈하다는 소리에 심하게 흥분하며 이 여자에게 달려들었지 싶다.
"이 식인종 같은 게 배고파서 혓바닥 반은 씹어먹었냐? 아— 해봐. 웃기고 자빠졌네!! 어서 되지도 않는 혀 짧은 목소리로 귀여운 척하고 지랄이야!! 띨빵아, 거짓말 보태서 니가 백 배는 더 귀여워!! 저거 순 니코틴에 조작된 목소리야!"
 거짓말 보태서… 거짓말 보태서… 눈에선 눈물이 펑펑 흘러내려 내 시야를 밑도 끝도 없이 차단해 버리는데 이 눈치없고 개념없는 머리통 안에선 거짓말 보태서란 말이 수없이 반복되며 내 골 안을 울렁울렁 헤집고 다닌다. ㅠ_ㅠ
 "우앙~ 나 귀여운 척한 적 없어!! 날 때부터 이 목소리였단 말야. 씨이, 자세히 보니까 별루 닮지도 않았네 뭐! 지훈 오빠보다 배는 못났고 배는 괴팍하다!! 베에—!!"
 쾅—
 두 눈을 찡긋대며 혀를 쏙 내밀어 보이고 집 안으로 후다닥 튀어 들어가 버리는 몸에 배인 듯한 이 여자의 상상을 초월하는 귀여운 몸놀림에 난 그저 멍하니 할 말을 잃어버렸다.
 쾅쾅—
 주먹으로 현관문을 두들기고, 오른발로 현관문을 걷어차는 동생 놈. 정작 화나서 울고 싶은 사람은 난데 서정훈, 니가 왜 난리야.
 "웃겨, 웃겨. 거짓말하지 마!! 이 노망난 기집애. 조작된 가식적인

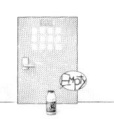

귀여움 집어치워!! 너 밤마다 거울 앞에서 잡스럽게 아양 떠는 연습 하지?!"

이 난리를 피워대는데, 동생이란 놈이 집 앞에서 이렇게 난잡하게 난동을 피워대는데 밖에 나와 보지도 않는다. 자폐아 아니랬으니까 인형이 아닌 그 귀여운 여자앨 끌어안고 곤히 잠드셨겠지. 눈뜨기 싫겠지. 깨기 싫겠지.

"서지훈 망할 새끼. 띨빵이 내동댕이쳐 버릴 거야? 아, 억울하다. 형이고 뭐고 다 엿 바꿔 먹으라 그래라! 서지훈, 너 재수없어. 아주 그냥 뒈져 버려라!!"

그렇게 5분. 난 고 자리에 쪼그려 앉아 닭똥 같은 눈물을 뚝뚝 흘려댔다. 서정훈은 301호 현관문에 수차례 가혹한 발길질을 퍼부어 대는가 싶더니 결국 신축 건물의 강철 현관문을 아주 흉측스럽게 오그라뜨려 버렸다.

토닥— 토닥—

"에씨, 허리야. 문짝 하나 아작 냈는데 삭신이 다 쑤씨네. 하하! 집 안에 있었다 이 말이네? 저 조작된 가식쟁이 혼자서 개집 지키고 있는 줄 알았는데… 저 새끼는 술만 처먹으면 기집애를 끼고 집에 들어온다니까!! 울지 마, 이 약해 빠진 기집애야!! 내 콩팥에 물 차 오른단 말이야."

콩팥에 물 차 오르면 죽어, 이 무뇌아야. 집 앞에 쪼그려 앉아 끅끅 대며 오열하던 난 정훈이의 드센 손길에 휘어잡혀 눈물을 훔쳐 낼 틈도 없이 정처없이 어디론가 끌려가야 했다.

정훈이가 개 끌듯 거칠게 날 이끌고 도달한 곳은 원룸과 그리 멀지 않은 곳에 있는, 우리 집과 그리 멀지 않은 곳에 있는 대현 아파트 앞 놀이터 백사장. 학교 다닐 때는 교복을 입고 지영이랑 애들하고 자주 놀러왔던 데다. 언제였더라? 며칠 전 우리 집 앞에서 만났던 정현이란 놈이랑 여기서 자주 만나서 놀기도 하고 또 여기로 불러내서 깨지자는 고백도 들었는데… 그래서 지영이의 교복 품에 뎁힐 대로 뎁혀 있던 깡소주를 끄집어내 나발을 불며 엉엉 울던 기억이 어렴풋이 난다. 그랬었다. 지영이의 교복 안주머니 혹은 그녀의 신발 주머니에는 늘 손바닥만한 플라스틱 소주병이 분신처럼 자리하고 있었었다. 용도는 다양했다. 오리 걸음으로 운동장을 도는 날이면 심신이 고달프니 한 잔, 출석부로 뒤통수를 가격당하는 날이면 기분이 구리니 두 잔, 시험이 끝나면 끝자리 등수를 면해 기쁘니 세 잔. =_= 그녀는 뭐든지 만일을 대비해 준비하는 자세가 아름다운 그런 여자였다.

끼익— 쿵—! 끼익—

"아싸! 오, 죽여, 죽여!! 에이씨! 근데 이 돼지 같은 게 살 못 빼? 내가 왜 하늘에 붕 떠 있어야 돼?! 나 땅 밟게 만들어! 일 초 만에 살 빼서 나 내려가게 만들어!! -0-"

"훌쩍! 나는 끄트머리에 앉아 있고 너는 시소 맨 앞부분에 앉아 있으니까 내가 가라앉는 거잖아. 훌쩍."

시소의 끝자락에 대롱대롱 매달려 울고 있는 나와는 달리 이제는 씩씩의 선을 넘어서 미친 망둥이 같은 폼으로 내려달라며 시소 위에서 팔딱팔딱 날뛰는 저 망할 놈. 그나마 흐르던 몇 방울의 눈물이 저

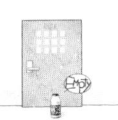

인간의 망할 추태에 정색을 하며 쏙 들어가 버린 지는 옛날 옛적 호랭이 담배 피우던 오래된 전래 동화다.

"이씨, 무게 안 맞아서 재미없어. 나 내려놔, 이 기집… 꺄악!!"

철푸닥―!!

내가 갑자기 일어서는 바람에 허공에 있던 시소가 급하강해 버렸고 시소에서 떨어져 백사장을 두어 번 뒹구는 중상을 입은 그가 다음으로 날 거칠게 이끈 곳은 그네.

끼이익― 끼이이익―

"그 슈퍼 학주네 슈퍼라는 거 알고 있으면서 형 새끼한테 담배 사려면 거기로 가라고 내가 등 떠밀었거든. 다음날 학생과로 끌려가서 1교시부터 6교시까지 아주 그냥 개 패듯이 맞더라. 더 꼬신 얘기 해 주까?"

"아니. 지금은 니네 형 얘기 듣기 싫어. 안 들을래. 너도 니네 집에 가. 나도 열쇠 잃어버려서 바로 우리 집 갈 거야."

"응, 그래. 술 처먹고 개구멍으로 집에 들어와서 3학년 누나 끌어안고 자다가 아침에 아빠한테 딱 걸려서 골프채로 맞아 죽을 뻔한 얘기 알아? 형 새끼 술 처먹고 집에 들어왔다고 고자질한 거, 것도 내가 그런 거였다? 그때 남은 흉터 어깨에……"

털퍽―

더 이상 못 듣고 있겠다 싶어 그네를 박차고 발딱 일어섰다.

"그래? 니네 형은 학교 다닐 때도 아무 여자나 집에 들이고 그랬나 보네? 지금 내 앞에서 그런 소리 하는 이유가 뭔데? 나 더 올라고?

정 확 떨어지게 해서 그냥 깨져 버리라고?"

 이놈은 싹퉁머리없는 내 말에 장난기를 그득 머금은 얼굴을 일 초도 안 돼 남김없이 싹 지워 버린다. 그리고 처음 보는 낯선 얼굴과 지나치게 진지한 표정을 지어 보인 채 입을 떼어 보인다.

 "그 새끼 버릇이란 말이야!! 맨 정신으론 지가 좋아하는… 아씨, 그러니까 미란이 누나같이 지가 좋아하는 여자 말고는 형 새끼 집에 여자 멋대로 안 들여."

 "……."

 "술 꼴으면 옆에 누가 들러붙어도 잘 모른다고. 그래서 무작정 데려가는 게 자기네 집이고. 그래 놓고 병신같이 다음날이면 필름이 끊기네? 그 덕에 기집애들한테 자기 책임지라고 데인 적 한두 번이 아니라고!!"

 오늘 보니 너 서지훈 동생 맞구나. 푼수 서 씨 집안 돌연변이가 아니라 지금 너 니네 형이랑 무서우리만치 많이 닮아 있어. 지금 내 심정이 어떤지 알아? 보고 있어도 보고 싶은 사람. 저번에 그랬잖아. 얼굴만 닮으면 조건없이 그 사람 좋아할 수 있다고. 근데 아닌 것 같다. 닮은 니 얼굴을 보고 있어도 지금 난 지훈 오빠가 더럽게 보고 싶거든.

 "서지훈이랑 거의 20년 동안 나고 자랐어. 우리 형 더럽게 여자 갖고 노는 그런 새끼 아냐. 몸뚱어리에 같은 핏덩이 달고 사는 형이래도 원래 그렇고 그런 엿 같은 놈이었으면 방금 나 문 부수고 들어가서 우리 형 새끼 반 죽여놨을걸? ^—^ 그 새끼처럼… 하! 달 떴다."

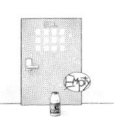

"뭐?"

"이제는 우리가 헤어져야 할 시간 다음에 다시 만나요~"

하늘 한 번 보고, 땅 한 번 쳐다봐 주고, 그렇게 뒤돌아서 나 한 번 쳐다보다 못 박힌 듯 꼼짝도 않은 채 자신의 뒷모습을 바라보고 서 있는 내 모습에 화들짝 놀라 재빠르게 멀어지는 서정훈. =_= 그는 오늘 확실히 평소의 그가 아니었다. 오늘 내 눈에 비친 이놈은 평소의 늑대의 발을 쓴 늑대가 아닌 양의 탈을 쓴 한 마리의 늑대 새끼 같았다. 그리고 지금 내 고개가 갸웃거려지는 건 서정훈 저놈이 구석탱이 외진 곳에 자리 잡은 놀이터임에도 불구하고 너무도 익숙하게 나 여기 자주 드나들었소라는 노련한 몸놀림으로 날 데려왔다는 거다. 그리고 보면 저 인간이 어딘가 조금은 낯익어 보이기도 하다.

"야, 잠깐만! 넌 여기에 놀이터 있는 줄 어떻게 알아? 웬만하면 아파트 안에 있는 놀이터밖에 모르는데. 게다가 이 놀이터는 후진 데 있어서 사람들이 잘 모르는데 여기 어떻게 알았어?!"

"웃기네, 웃기네!! 바지 가랑이에 구녕 뚫린 주제에 빨리도 물어본다, 이 둔해 빠진 곰가죽!! 나 이 근처 잘생긴 새끼들만 다닌다던 해산고 나왔다, 이 기집애야!! 사랑해!! 그러니까 더 이상 많은 걸 알려고 하지 마. 닥쳐!"

"닥쳐가 아니라 다쳐겠지. 해산고. 음… 해산고? 해산고?! 너… 너 그럼 조정현 알아?! 피노키오야!! 양치기야!! 무뇌아야!! 잠시만 서 봐!! 몰라? 이번에 너랑 같이 졸업했는데 조정현이라고 몰라?! 어?"

더럽게 바닥에 침을 탁 뱉고 더 더욱 속력을 붙여 내 시야에서 사라져 버리는 정훈이를 한동안 멍하니 바라보다 스산한 바람이 내 온몸을 휘감을 때쯤, 돌연 횅한 놀이터에 오한과 두려움을 느끼고 집으로 떼어지지 않는 걸음을 옮겼다.

박지민, 내일은 현석 오빠한테 병문안 못 가게 됐다고 깔끔하게 거절하자. 그리고 믿자. 한 번만 더 지훈 총각 믿자. 그리고 까짓 거 피노키오 말도 어디 한번 믿어보자. 양치기 소년이라는 동화책에도 숱한 사기를 치다 마지막엔 진실을 말했는데도 아무도 믿어주지 않아서 양떼들이 개죽음을 당한 거잖아. 정훈이 말도 믿어보자. 정희는… 하아, 생각하지 말자. =_=

몇 분을 걸어 도착한 우리 집 앞. 그리고 나의 아빠.

"응차! 분명 그 현미 반점의 벗겨진 그놈 짓이야. 짬뽕에 오징어 딸랑 두 개 넣어줄 때부터 진작이 알아봤지. 딸! 바지에 구녕은 일부러 뚫은 거야? 불량스러워 보이네, 우리 딸."

집 앞에는 늦은 시간에 츄리닝 차림으로 나와 조금은 추잡스레 전등을 입에 물고 드라이버를 돌려가며 초인종을 분해하시는 아빠가 바지에 구멍 뚫린 걸들 패션을 선보이는 딸을 반겨주었다. =_=

띵똥~

악—

"내가 못살아, 진짜!! 또 쌌어!! 하이고, 야, 이년아!! 집에 왔으면 기척을 내야지!! 어디서 그지 꼴을 해서 엄마한테 눈을 부라려!!"

몇 발 더 걸어 현관문을 열고 집으로 들어오자 며칠 전부터 심하게 빠져 있는 고스톱 게임에 열중하다 게임이 잘 풀리지 않는지 엄마한

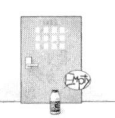

테 눈을 부라린다는 덧없는 누명을 뒤집어씌워 딸의 등짝을 후려치는 엄마. =__=

"악! 엄마, 왜 이래? 악! 아파. 잠깐, 엄마!! 이거 찜질방 무료 이용권. 이거 엄마 다 줄게!! 요 앞에 새로 생긴 찜질방인데 정희 엄마만 빼놓고 동네 사람들이랑 단체로 갔다 와. 응?"

그날 밤 난 정만 군이 총각에게 갖다 주라고 내 손에 쥐어준 찜질방 무료 이용권을 다발째 엄마에게 갈취당한 뒤, 멍든 등을 매만지며 훌쩍댔다. 그리고 총각네 집에서 나왔던 조작된 가식녀의 모습을 떠올리며 또 훌쩍댔다. 그러다가 이내 서러움이 복받쳐 이불을 푹 뒤집어쓰고 오열하다… 오열하다… 잠이 들었다.

내일은 내일의 태양이 뜨듯 오늘이 지나고 어김없이 내일은 찾아왔다.

딩동딩동—

벌컥—!!

"지민아! 아이고, 우리 딸. 전화 오네, 응? 핸드폰 액정이 망가졌으면 진작 말을 하지. 이그, 찬찬히 놀다가 원룸으로 올라가, 응? 찬물에 손 담궈서 설거지할 생각 말고. 그럼 딸! 엄만 정희 엄마 쏙 빼놓고 동네 아줌마랑 찜질방 갔다 올게. 오호호호~"

딸깍—

사람이 종이 조각 하나에 저렇게 변하나? 그래 봤자 이미 내 등짝은 시퍼런 배춧잎보다 더한 진녹색을 띠며 시퍼렁딩하게 멍이 들어버렸는데.

딩동딩동—

지겨워질 대로 지겨워진 벨소리. 세차게도 울린다.

"으……."

등판을 부여잡곤 방바닥을 나뒹굴고 있는 핸드폰으로 손을 쭈욱 뻗어 플립을 열었다.

"여보세요?"

[내 꼴 보기 싫어서 해 뜨자마자 석이 새끼 보러 병원으로 출근했냐?]

가라앉을 대로 가라앉은 호러스런 목소리. 지훈 총각이다.

콩닥— 콩닥—

불현듯 엊저녁 여자 친구에게 들키지만 않으면 되지 않느냐라는 엄한 발언을 내뱉던 조작된 가식녀의 음성이 내 머리를 혼란스레 뒤죽박죽 버무려 버렸다. 무슨 말이라도 해야 되는데 도무지 입이 떼지지 않는다.

"저… 그… 하아……."

어제 집에 있던 그 여자는 도대체 누구냐는 소리가 죽어도 입 밖에 나오지 않는다. 답답해.

[너랑 나 사귀긴 하는 거냐? 아니, 무지하게 쪽팔리는 얘긴데 너 나 좋아하긴 하냐? 딴 놈도 아니고 석이 그 자식을 간호한다고? 참으려고 했는데 짜증나 미치겠다. 하! 간호사들은 다 얼어 죽었대?]

● 제13장

흑… 죽지 마!!

제13장.
흑… 죽지 마!!

   대한민국 국보급 뻬딱표 승질 머리라고 칭하고 싶다. 이 남자 맘속에 비집고 들어가 있던 나란 인간에 대한 일말의 믿음과 신용마저 땅구덩이에 꼭꼭 파묻어 버린 듯한 발언. 좋아하긴 하냐니. 그 딴 바보 같은 말이 총각의 입에서 튀어나올 정도로, 그 정도로 내가 억세게 못나게 굴었나 보다. 좋아하지도 않는데 목소리 하나 땜에 가슴이 콩닥대고 팔딱거린다는 거 미치지 않고서야, 그래, 심장이 미치지 않고서야 가능할 리가 없잖아. 바보! 그런데도 내 입에서 나오는 말이라고는 고작,
   "입가 터진 곳에 약은 발랐어? 사심없었어. 감정없었는데 어쩌다 보니 손에 힘이 팍 들어가 버렸어. 으아. 하하. 휴우."

란다. 그리고 어이없는 내 답변에 총각은 20초 동안 침묵.

[…그래서?]

라는 말을 아주 심각하게 내뱉었다.

"그렇다고."

[지금 농담 따먹기 하자고? 너 미안해 죽으라고 일부러 약 안 발랐어. 까짓 세수할 때, 양치질할 때, 키스할 때 아주 돌아버리게 쓰라리기밖에 더 하겠……]

[여자 친구야!! 나 지훈 오빠네 집이다~ 부럽지이이?]

[하아. 야!! 너 돌았지? 미쳤지?]

통화 저편에서 잡음처럼 난잡하게 총각의 목소리와 뒤섞여 들려오는 조작된 가식녀의 재수 닭털 날리는 가증스런 음성.

[헤헤. 나 여기서 느네 오빠랑 으스라지게 껴안고 잤어. 샘나… 꺄아악! 딥따 섹시하다! 웃통 벗었어!! >_< 콰당! 와장창! 뚝! 뚜뚜뚜뚜—]

세간사리가 부서지는 소리를 끝으로 전화는 뚝 끊어져 버렸다. 그래도 난 애써 아무렇지 않은 척, 어디 한번 믿어본답시고 두 주먹까지 꽉 움켜쥐고 비집고 나오는 눈물을 참아냈다. 진짜 김새게 한다, 저 여자.

내 핸드폰은 아침나절 내내, 뻐꾸기 시계가 12번 소리 내어 울어대는 점심나절 내내 울리지 않았다. 문자가 오는 건지 간간이 문자 수신음이 들려오긴 했지만 갈 데까지 가버린 만신창이 액정에서 문자를 확인할 수 있는 방법 따윈 없었다.

"흐윽! 이 썩어 문드러진 인종아. 다시 전화해서 그 여자랑 아무 일도 없다고 왜 말 못하는 건데! 흑!"

등 푸른 생선의 몰골을 하고 있는 등짝을 어루만지며 침대에 고개를 처박고 서러움에 복받쳐 엉엉대며 눈물을 흩뿌려 댔다. 하지만 지금 이 순간마저도 배고픔을 느껴야만 하는 난 진정 한낱 인간 나부랭이에 불과한 나약한 존재였던 것일까?

딸그락— 딸그락—

쓱싹— 쓱싹—

허기짐에 뱃가죽이 당겨옴을 느끼고 훌쩍대며 부엌까지 기어갔다. 솥뚜껑만한 양푼에 밥 한 소쿠리와 냉장고 속 먹다 남은 반찬들을 죄다 탈탈 털어 쓱쓱 비볐다. 오열하며 소맷자락으로 눈물을 훔쳐 대며 맛나게 꾸역꾸역 목에 밥알을 집어넣어 삼켰다.

촉촉하게 젖은 시뻘건 토끼 눈알을 이리저리 굴리며 눈물을 쓰윽 닦아내고 있을 때쯤, 양푼 속 밥알들이 남김없이 깡그리 뱃속으로 사라졌을 때쯤, 나지막이 내 눈에 들어온 시퍼런 배춧잎 석 장과 물 대접 밑에 깔려 있는 쪽지 하나.

그동안 엄마가 우리 딸한테 참 무심했지? 맛난 거 사먹고, 이쁜 봄옷 하나 사고, 핸드폰 액정이 그지 꼴이더만 액정도 좀 갈고, 그리고 오천 원 거슬러 와라. 응? 웬만하면 돈 좀 아껴라.

—엄마가.

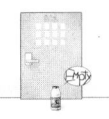

"훌쩍. 이 아줌마! 날 복계천 다리 밑에서 주워온 거야, 뭐야!!"

찜질방 무료 이용권 한 다발에 대한 보상이랍시고 남겨둔 배춧잎 석 장. 안 받은 것만도 못한 이 찜찜함. 돈 받고도 이렇게 기분이 더러웠던 적은 내 생애 처음이었으리라. 정점에 치달은 우울함을 꾹 누르며 양푼을 싱크대에 확 집어 던졌다. 요란한 소리를 내며 찌그러져 버린 양푼.

화들짝—!!

짖지도 않고 하릴없이 땅바닥만 긁어대는 우리 집 마당의 개가 생각났다. 스러져 가는 개집 앞으로 걸음을 떼어 바닥에 나뒹굴고 있는 개 밥그릇과 바꿔치기 해서 사건을 은폐시키고자 했다. 하지만 이런 내 행동을 첨부터 끝까지 찬찬히 다 지켜보았다는 구린 눈빛으로 날 노려보는 해피였기에 그놈의 머리통을 양푼으로 한 대 쥐어박아 버렸다. 돌연 죽은 척을 하며 드런 땅바닥에 털푸덕 쓰러지는 개새끼.

=＿=

탁탁—

"해피! 쫑쫑. 내가 니 머리 치니까 기분 나빠? 어? 너도 기분 드럽지? 미안한데 나도 지금 기분 별로야. 고개 들어."

컹. -_-

"개들의 세계에서도 자폐아가 있고 그런 거야? 그런 거면 너도 자폐아쯤 되겠다. 정신 챙기고 못 인나? 개 밥그릇에 새 것, 헌 것이 어디 있어!! 찌그러져도 밥만 잘 받아먹으면 된 거지."

"하! 삽질하고 있네. 개새끼 앞에서 뭐 하는 짓인데, 박지민?"

화들짝—

개집 앞에 쪼그려 앉아 해피 머리통을 탁탁 쳐대고 있을 때 우리 집 담벼락 너머에서 들려오는 목소리. 내가 고개를 들어 치켜 올렸을 때 찢어진 입가에 보일 듯 말 듯한 살색 밴드를 붙인 껄렁한 포즈의 총각이 담장에 팔을 걸치고 날 내려다보고 있었다.

"어? 여, 여기는 어떻게 왔는데?"

"정만이가 나 주라던 그 찜질방 티켓."

"어?"

"거기 정만이 놈 엄마가 이번에 개업한 데거든? 박지민, 오늘 아침에 나 그 새끼한테 죽을 뻔했어. 웬 아줌마가 찜질방 티켓 한 다발 들고 동네 사람 죄다 끌고 와서 오늘 장사 공쳤대. 그래서 나보고 어디다가 팔아넘긴 거냐고 하더라. 정만이 놈한테 찜질방으로 끌려가서 된통 깨지고 있었는데 큭! 거기 있던 우리 장모님이 나 살려줬어."

정만이네 엄마가 개업한 찜질방. 하아. 어디서 난 건가 싶었더니……. 엄마, 도대체 몇 명을 끌고 간 거야? 얼마나 개떼처럼 몰려갔으면 고 구정만이 놀라서 자기 친구를 죽이려 들었냔 말이야. 쪽팔려서 그냥 죽고만 싶다.

"금붕어 새끼 저리 가라네. 얼마만큼 울어 젖히면 사람 눈이 그 지경이 되냐? 어린 게 병원에 있다고 사기나 쳐대고… 그짓말이 아주 입에 붙었구나."

"나, 남이사. 눈이 금붕어든, 은붕어든……. 병원은 이제 챙겨서 나가려고 그랬어. 안 간 게 아니라 옷 갈아입고 이제 나갈 거야."

흑… 죽지 매! 197

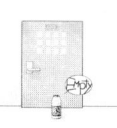

"너 아주 깨지려고 작정한 애 같다?"

"내가 하고 싶은 말이다. 깨지려고 작정을 했으니 집에 딴 여자를 들인 거 아냐? 나는 그래도 믿어보려고 그랬는데. 여기엔 뭐 하러 왔는… 흑! 데?!"

"어제 집 앞에 왔다는 여자가 너였냐?"

손에 들고 있던, 이젠 개 밥그릇이 된 양푼이 손에서 미끄러져 발밑에 널브러져 있던 해피의 머리통 위로 떨어져 버렸다. 급작스레 자신의 머리에 떨어진 철뭉치에 놀라 아프다고 오열하며 울어대는 해피를 뒤로한 채 고대로 문을 닫고 집으로 들어와 버렸다. 생각지도 못했는데 불쑥 집으로 찾아와 날 또 한 번 울리는 저 망할 놈. 이거 반가워서 우는 거 아냐. 너무 약아 빠진 총각한테 화가 나서, 그래서 우는 거야. 그 여자가 너였냐니. 너였냐니. 식탁 끄트머리에 나풀거리고 있던 삼만 원을 지갑 안에 집어넣은 뒤, 후다닥 옷을 갈아입고 현관문을 발로 쾅 차고 집을 나서본다. 담장에 팔을 괴고 있던 총각은 보이지 않았다. 대신 개집 앞을 나뒹굴고 있는 담배 한 개비. 그리고 그 담배 한 개비에 눈이 홱가닥 뒤집혀 며칠 배를 곯아 담배를 먹어보겠다며 물어뜯고 쥐어뜯으며 무섭게 달려드는 저 망할 개새끼.

=___=

"해피!! 먹지 마!! 뱉어!! 이거 누가 줬… 서지훈! 씨이."

탁탁—

"뱉어. 먹지 마!! 씨, 나 나간다. 엄마 오면 무조건 세차게 짖어!! 그럼 밥 많이 줄 테니까. 이딴 거 누가 던져 준다고 숨 헐떡대면서 집어

먹지 마! =_="

컹!

끼이이이—

사랑과 굶주림에 환장한 해피를 뒤로한 채 부실하기 짝이 없는 문짝을 조심스레 열고 집을 나서자 집 앞에는 웬 하얀 차 한 대가 떡하니 불법 주차되어 있었다. 고 하얀 차 운전석에는 차창에 머리통을 기댄 채 담배를 피워대는 새파랗게 젊은 놈 하나가 보인다. 이런 말 할 처지는 아니지만 정말 더럽게 잘.났.다. 스포츠카는 어디다가 팔아 씹어먹은 건지, 아님 나 같은 몰상식한 인간이 또 미친 듯이 차를 긁어서 병원에 보낸 건지. 내가 나오자 피우던 담배를 밖으로 날리더니 이리 오라며 손짓을 해 보이는 총각. 자주 봐왔던 저 모습. 평소의 나라면 무서운 기세에 팍 눌려 간이고 쓸개고 다 빼줄 듯한 가식적인 표정으로 쪼르르 달려갔을 테지. 버릇처럼 손가락을 까닥대는 지금의 저 행동은 어찌나 괘씸해 보이던지 나는 고 자리에 우뚝 서서 총각을 바라보다 휑 하니 외면해 버렸다. 그리고 사거리로 내려가는 택시를 잡아타 버렸다. 어차피 현석 오빠한테 미안하다는 말을 하고 깔끔하게 모든 걸 정리하기 위해 오늘 오후쯤 병원에 들를 작정이었기에.

"아저씨, 중앙 병원요."

"쉬엄쉬엄 걸어가면 중앙 병원인디. 허허. —,.—"

신경이 한껏 곤두서 있던 난 남이사란 말을 소리내 외치고 싶었지만 심성이 고와 보이는 아저씨께 차마 싸가지 밥 말아먹는 소리를 내

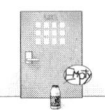

뱉을 순 없었다. 택시가 골목에서 내려와 사거리 횡단보도에 신호가 걸려 잠시 대기하고 있을 때 그저 이유없이 한 방울, 두 방울의 눈물이 바지 위로 투두둑 떨어져 내렸다. 나야말로 왜 이렇게 자꾸만 삐딱하게 구는 건지 모르겠다.

"아이쿠! 왜 운댜? 울지 말어. 중앙 병원 금방 데려다 줄 거이니 울지 말어. 누가 심하게 다쳤나 보네. 쯧쯧."

"흐윽! 그런 거 아니에요. 그런 거 아니에요. 보고 싶었던 주제에… 서지훈 보고 싶어 죽는 줄 알았는데……."

탁탁—

"어이고! 뭐여뭐여!! 이 학생이 왜 이런댜? 도로에서 뭐 하는 짓이랴!!"

"아저씨, 잠깐 창문 좀 내려봐요!! 박지민, 너 내려!!"

화들짝—

눈물을 쓱쓱 훔쳐 내고 고개를 들어 운전석을 바라보자 언제 택시 뒤를 쫓아온 건지 신호가 걸려 있던 택시 바로 옆에는 총각이 몰고 온 하얀 차가 역시 신호에 걸려 멈춰 서 있었다. 그 틈을 타 겁없이 차에서 내려 내가 타고 있던 택시로 걸어온 총각이었다.

쾅쾅—!!

"아, 창문 깨버리기 전에 좀 내려봐요!!"

"아, 알았당께. 거참……."

스르륵—

심성 고운 아저씨는 겁에 질려 차창을 스르륵 내렸다. 난 눈에 괴인 눈물을 들키지 않으려 고개를 돌려 먼 산을 바라보며 총각의 시선을 애써 회피해 버렸다.

"야! 내 얼굴 한 번 봐줘, 이 기집애야!! 이렇게 짜증나게 막 나가면 깨지기밖에 더 하냐?! 아저씨, 얘 어디로 가재요?"

"아, 그게… 중앙 병원이라더만. 아, 학생. 위험하게 도로에서 뭐 하는 짓이여, 응? 신호 풀리기 전에 후딱 차 안으로 들어가잉, 응?"

"집에 있던 그 여자 땜에 이래? 그래, 나도 지금 그 새끼 만나라, 만나지 마라, 입 놀릴 처지는 아니야. 나 더러운 개자식이라고 욕해도 뭐라고 할 말은 없어. 지금 오해라고 해봤자 변명으로밖에 안 들릴 거란 것도 알아. 근데 이 짓거리 이제 끝내면 안 되겠냐?"

띠띠—

빵빵—

"아, 거기 뭐여! 좀 갑시다!!"

"앞에 차 빼요, 차!! 거기 흰색 차랑 택시!! 멈춰 서서 뭐 해요!! 저 새끼는 저 도로에서 뭐 하는 짓이래!! 죽으려고 환장한 건가? 쯧!"

신호가 풀리자마자 기다렸다는 듯 이곳저곳에서 끊임없이 자동차 클랙슨 소리가 들려왔다. 하지만 꿈쩍도 않고 날 바라보는 총각.

"아, 아가씨. 뭔 일인지는 모르겠다만 거 웬만하믄 사과 좀 받아줘, 응? 하이고! 지금 이게 뒤에서 난리랴, 아주 그냥! 학생도 위험하게 뭐 하는 짓이여, 증말! 허허 참!"

띠띠띠—

띠이—

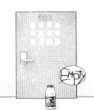

"나 석이 오빠 병문안 가려고 가는 게 아니라 그냥……."

"됐다. 아저씨, 중앙 병원 가줘요. 박지민, 그 새끼가 안아달란다고 안아주지 마. 키스도 하지 마. 갈 데까지 가면 그 새끼 죽여 버릴 거야. 알았지?"

"자, 잠깐만!!"

그 말을 마지막으로 총각은 택시에서 멀어져 갔고 아저씨는 뒤차의 성화를 끝내 이기지 못하고 차를 출발시켜 버렸다. 내 눈에서 멀찌감치 멀어져 가는 총각은 한동안 움직이지 않은 채 그렇게 우두커니 자리를 지키고 서 있었다.

"저저… 저러다 사고나겠네그랴. 왜 저러고 서 있댜?"

"아, 아저씨, 잠깐!! 저 내려주세요!"

"아이고, 아까 진작이 사과 받아주지. 쯧! 지금 차를 어찌 세운단가. 바로 앞이 중앙 병원인디 그냥 거기서 내려서 걸어."

끼기기익— 쾅!

끼이익— 턱—

"어이쿠! 뭔 소리랑가, 이게?"

"꺄아아악!"

"아이고, 시상에! 저 피 좀 봐라. 아이고나, 저걸 어쩌……."

끼기기익— 띠띠— 빠앙—

도로를 내달리던 차량들이 급정거를 해대며 다급하게 클랙슨을 울려대는 난잡하고 시끄러운 소리가 끊임없이 내 귀를 자극해 댔다. 한술 더 떠 동네가 떠나갈 만치 소름 끼치게 들려오는 여자들의 찢어지는 비명 소리에 중앙 병원으로 내달리는 택시 안에 있던 난 그 순간 헛웃음이 나와 버렸다. 너무 어이없음에 기가 차서, 별 시덥잖은 끔찍한 상상을 해대는 내 꼴통 같은 뇌가 너무 바보 같아서 그냥 웃음이 나와 버렸다. 그런데도 내 몸은 본능적으로 매고 있던 안전 벨트를 거칠게 풀고 뒷좌석 차창 너머에서 벌어지고 있는 광경을 확인해 볼 작정으로 한 치의 망설임도 없이 잽싸게 몸을 확 틀었다. 횡단보도 앞을 빙 둘러싸고 모여 웅성대는 사람들. 도로에 아무렇게나 차를 세워놓고 하나둘 달려와 입을 틀어막고 발만 동동 굴러대는 사람들. 그 사람들이 내 시야에서 조금씩 조금씩 작아져 간다.

"아저씨, 왜 저래요? 저기… 저기 지훈 오빠가 서 있던 데잖아요. 금방까지 지훈 오빠가 차 세워둔 데잖아요. 저 사람들은 왜 저렇게 몰려 있대요? 하. 웃기지도 않네. 꼭 사고라도 난 것처럼."

애꿎은 손톱을 따딱따딱 깨물어 대며 지나치게 덜덜 떨려오는 오른손을 애써 감추어본다.

타앙—

돌연 운전대를 거세게 내려치며 백미러를 통해 힐끔힐끔 멀어져가는 횡단보도 쪽으로 눈을 돌리던 기사 아저씨는 잔뜩 일그러진 얼굴로 낭패라는 듯 혀끝을 끌끌 차시며 횡설수설 입을 떼셨다.

"저런 젠장할!! 내 저럴 줄 알았다니까! 사고난 거 맞구먼!! 사고가 나버렸다니께!! 아까 아가씨랑 얘기하던 그 남학생이 결국은 사단이 나버렸네!! 그러게 도로에서 위험하게 뭐 하는 짓이냔 말이여어!"

내가 애써 부정하려 했던 사실을 단박에 사실화시켜 버린 기사 아

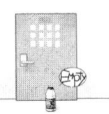

저씨의 한마디에 난 힘없이 무너져 버렸다. 그와 동시에 꼭 잠가뒀던 내 눈물 꼭지는 또 한 번 맥없이 풀려 버렸다.

"아저씨!! 세워주세요. 차 세워 주세요. 으윽! 아니, 세우지 말고 다시 되돌아 가주세요. 네? 흐윽!"

"이 바보 같은 아가씨야. 질기고 질긴 게 사람 목숨이여. 큰 사고 아닐 텐께 울지 말고, 으잉? 뚝혀!! 이런 염병할 놈의 차들이 많아서 유턴도 못허겄고 일단 저기 저 육교 앞에서 어찌 유턴혀 가지고 차 돌려서 후딱 갈 테니께. 쯧쯧."

"으흑. 나 왜 이렇게 재수가 없어요? 내 주위에 있는 사람들은 하나같이 흐윽! 나 땜에 울고… 화내고… 나 땜에 비참해져요. 흐윽! 빨리요… 빨리 가주세요… 흑!"

"이게 뭔 난리래? 방금까지 멀쩡하던 인간이."

사람 일은 한 치 앞도 내다볼 수 없단 말 빈말 아니네. 빈말 아니었네. 지금… 지금이 딱 그 꼴이다. 지훈 오빠가 우리 집 앞에 찾아온 지 한 시간도 채 지나지 않았다. 도로 한복판에서 짤막한 얘기를 끝으로 택시가 먼저 출발한 지도 몇 분이 채 지나지 않았다. 그런데 전혀 예상하지 못했던 믿을 수 없는 일이 지금 내 눈앞에 일어났다. 더더욱 속력을 내 육교까지 내달려 유턴을 한 택시는 다시금 왔던 길을 되밟아 불과 몇 분 전에 사람이 치였다는 것을 증명이라도 하듯 횡단보도 위 하얀 백색 선을 시뻘겋게 물들여 버린 그곳으로 날 데려다 줬다.

끼익—

택시가 멈춰 서고 택시비를 지불해야 된다는 사실도 잊은 채 택시를 박차고 뛰쳐나왔다. 웅성대는 사람들 속으로 비집고 들어가 봤지만 바닥을 적시고 있는 시뻘건 핏자국과 여기저기 난잡하게 널브러진 플라스틱 조각들만이 거친 숨을 몰아 쉬는 날 반겨줄 뿐, 지훈 오빠와 차는 그 어디에도 보이지 않았다.

"장난 아니었다니까. 퀵서비스 오토바인가? 암튼 뒤에 싣고 있던 짐짝이 한쪽으로 쏠려서 중심을 잃고 고대로 잘생긴 남자애를 단박에 치이게 했다니까! 어. 사거리 지금 난리났……."

오토바이?

"저기, 잠시만요!! 봤어요? 아니, 어디 갔어요?! 흐윽! 오토바이에 치였다는 그 남자 어디 갔어요? 네? 금방 여기 서 있던 사람 흐으윽! 어디 갔어요?! 많이 다쳤어요?!"

웅성대며 쑥덕대는 무리 속에서 핸드폰으로 친구에게 사고가 난 상황을 전달하는 한 여자를 발견한 난 무작정 그 여자에게 달려들어 옷자락을 잡고 늘어졌다.

"저 일단 옷 좀 놔주실래요?"

"으흑! 피만 났죠? 몸에서 피만 났죠? 심하게 다친 거 아니죠? 그냥 부딪쳐서… 조금 부딪쳐서 피만 난 거죠? 흐윽!"

울며 매달리는 내 모습에 적잖이 놀란 듯한 이 여자는 핸드폰을 끊지도 못한 채, 잠시 날 바라봤다. 내가 어느 정도 눈물을 닦아냈을 때쯤 잠시 입술을 깨물다 조심스레 입을 떼었다.

"나도 자세히 본 건 아니구요. 오토바이에 남자 하나가 치인 건 확

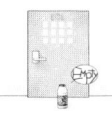

실하구요. 오토바이에서 구른 그 남자는 별로 다친 것 같지 않고, 치인 그 남학생이 좀 심해 보이던데…….”

“…….”

“너무 놀라서 오래 보진 못했는데, 같은 또래쯤 되어 보이던… 학생이려나? 암튼 웬 남자 하나가 쓰러진 남자를 들쳐 업고 차에 태워서… 아마 조기 중앙 병원에 갔지 싶어요.”

내 사고 회로는 오토바이에 치인 남자가 좀 심해 보인다는 그 한마디에 이미 정지해 버린 지 오래였다. 내게 이런저런 사고 상황을 얘기해 준 여자에게 고맙단 인사도 지대로 건네지도 못한 채 그렇게 다시 흘러내리는 눈물을 닦아내고 또 닦아내며 미친 듯이 뜀박질을 했다.

중앙 병원 앞. 하얀 차. 하얀 차. 하얀 차. 그리고 병원 입구와 좀 떨어진 구석 자리에 주차된, 운전석이며 차 유리며 피로 범벅이 된 낯익은 차 한 대가 내 눈에 들어온다. 더 생각할 겨를도 없다. 누군가의 도움으로 이곳에 총각이 왔다는 사실을 확인한 난 소맷자락으로 터져 나오는 흐느낌을 억지로 틀어막으며 병원 안으로 뛰어들어 갔다. 바닥에 뚝뚝 떨어져 있는 피를 밀대로 닦아내고 있는 경비원 아저씨가 두 눈을 땡그렇게 뜨고 날 멀뚱히 바라봤다.

“아저씨, 여기 방금 피 많이 흘리고 들어온… 그러니까 키 크고… 으윽! 오토바이에 치였다는데… 방금 병원에 들어온 사람… 없었어요? 흐윽!”

“아… 그 등에 업혀 온 학생? 이 보라니께, 내가 지금 걸레로 피를 닦아내고 있잖소. 저쪽으로 갔지, 아마?"

울부짖는 날 보며 당황하는 듯하더니 손가락으로 저 끝 응급실을 가리키는 경비 아저씨. 그러고 보니 핏방울은 응급실로 들어가는 문까지 병원 입구와 쪼르륵 연결되어 있다.

"으흐흑! 아저씨, 정말 많이 다쳤어요? 저기 무서운 데잖아요. 되게 위급하고 많이 다친 사람들이 가는 데잖아요. 흐흑!"

"에휴… 업혀 들어온 남학생이 좀 많이 다친 것 같더만. 업고 들어온 그놈아가 어린애처럼 징징 짜면서 반쯤 미쳐 있었으니까. 일단 학생이 확인해 봐. 이러코롬 울고만 서 있지 말고."

모두 짠 것처럼 불쌍해 죽겠다는 표정으로 날 보며 말끝을 흐린다. 그 덕에 내 억장은 저 깊은 곳으로 한없이 무너져 내려 버린다. 제대로 가눌 수 없을 만치 떨려오는 두 다리로 한 걸음 떼어내다 바닥에 떨어진 핏방울을 보고 겁에 질려 두어 발 뒤로 물러났다. 다시 걸음을 떼어내기를 수차례 되풀이하던 난 한참의 시간이 지났음에도 제자리걸음을 반복하고 있었다. 차마 응급실까지 다가가 보지도 못한 채 눈물만 훔쳐 내다가 결국 병원 입구에 퍼질러 앉아 지나는 사람들이 수군대든 말든 어깨를 들썩이며 엉엉 울었다.

"흐윽! 꼭! 나와. 그 안에서 너무 오래 있지 말고 나와. 흐으윽! 나는 무서워서 못 들어가겠단 말이야. 꼭!"

걸레질을 하던 경비 아저씨가 이런 날 보며 불쌍하고 안됐다는 듯 연신 혀끝을 찼다.

또다시 난 얼마간을 울었을까? 누군가 내 어깨를 마구 잡아끌며

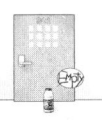

내 이름을 불러댔다. 이제는 더 흘릴 눈물이 남아 있지 않을 법도 한데, 난 쉴 새 없이 눈물을 짜내며 열리고 닫히는 분주한 응급실 문만 가만히 노려보고 있었다. 가만히 서지훈이라는 이름만 중얼거리고 있는 날 아무 말 없이 꼭 안아주는 이 남자.

"여기서 뭐 해? 멋대로 오라고 해서 미안해. 그러니까 울지 마. 박지민, 울지 마. 서지훈 그 자식이 너 여기 왔다고 뭐라고 그래? 내가 변명해 줘? 어? 하. 바보같이 울지 마."

차디찬 병원 입구에 주저앉아 엉엉 울던 난 환자복을 입고 있는 남자의 품에 안겼다. 이러면 안 되는데… 이러면 이 남자가 상처받을 걸 뻔히 알면서도 서지훈이라는 이름을 소리내어 부르며 끝을 알 수 없는 눈물을 흘렸다. 토할 정도로 울었다. 정말 목 안에서 무언가 치밀어 올라올 만치 처절하게 울고 또 울었다.

드디어 응급실 문이 활짝 젖혀지고 의사와 간호사들이 언성을 높이며 누군가와 실랑이를 벌이는 난잡한 소리가 병원 가득 쩌렁쩌렁 울려 퍼진다.

타앙—

"이러시면 곤란해요!! 당장 환자를 내려놔요! 응급 조치는 끝났다고 해도 지금 바로 수술하지 않으면 저희도 장담 못한다 이 말입니다!"

"하! 이 새끼들 더럽게 아는 척하네? 씨, 이 손 놔! 놔달라고. 나도 웬만큼 알 건 다 아는 놈이란 말야!"

"아시는 분이 이러시면 돼요?! 어딜 간단 말이에요, 지금!!"

"아빠한테 데려다 줘야지. 지금 믿을 사람이 아빠밖에 없는데 나보고 어쩌라고……."

현석 오빠의 품에 안겨 울고 있던 내가 낯익은 그 목소리에 얼어 꼼짝도 하지 못하고 있을 때 점차 가깝게 들려오던 다급한 발소리는 병원 입구에서 우뚝 멈췄다. 내가 찬찬히 고개를 들어 올렸을 때 내 눈에 들어오는 저 남자는 눈물 한 방울을 바닥에 툭 떨어뜨렸다. 그 사실이 창피했는지 얼굴을 보이지 않으려 고개를 돌리고 꽉 깨문 입술 새로 힘겹게 한마디를 내뱉어낸다.

"비켜. 못 본 척해줄 테니까 비켜. 흐윽! 씨발, 우는 개 같은 나의 꼴 보기 싫으면 비키라고! 내 동생 죽어. 이 새끼… 내 동생 아프다고!! 으윽!"

지금 나는 웃어야 하나, 울어야 하나. 차갑게 식어버린 내 심장은… 눈물로 얼룩져 버린 내 심장은… 말짱하게 내 눈앞에 모습을 드러낸 지훈 총각의 모습에 환하게 웃어 보이다가 처음 보는 이 남자의 눈물에 다시금 차갑게 식어버린다. 그리고 그런 그의 등에 업힌 채 추욱 늘어져 형이 입고 있는 니트며 바지를 새빨갛게 물들이는 저 몹쓸 모습에… 죽은 듯이 눈을 감고 있는 저 망할 놈의 낯선 모습에… 내 심장은 나와 함께 울어버리고 말았다.

"두 다리도 말짱한데… 두 팔도 말짱한데… 흐윽! 그래서 다행인데… 지훈 오빠 안 다쳐서 다행인데… 근데 왜 지훈 오빠의 두 눈은 아픈 건데… 흐윽! 정훈이는 또… 왜 그래? 흐윽!"

"귀 막혔어?! 비키든 꺼지든! 박지민, 짜지 말고 손으로 눈 가리고,

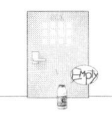

피 같은 거 보지도 말고, 이 새끼 보지도 말고, 내 눈앞에서 그 새끼랑 같이 있는 거 보이지 말고, 으윽! 가!"

탁탁탁—

자존심 빼면 죽은 송장이나 다름없는 이 남자는 끝까지 눈물을 보이지 않으려 입술을 꽉 깨물어 보지만 눈물은 또 한 방울 볼을 타고 흘러내린다.

덜컹— 덜컹—

"얼씨구? 이제 보니 저번에 쓰레기통 뒤집어엎던 그놈 아냐?! 쓰레기통 변상 안 하고 튀어버린 거!! 주차 금지 푯말 차로 들이박고 튀어버린 거!! 그거 죄다 용서하겠는데 이 응급 환자 데리고 튀는 건 용서 못한다, 이 자식아! 윤 선생님, 환자는 제가 업을 테니까 침대나 일루 끌고 오세요, 일루!"

어느새 문까지 달려온 흰 가운의 머리가 벗겨진 남자 의사와 드센 간호사 아주머니, 몇몇의 다부진 간호사들이 거친 손길로 지훈 총각 등에 업혀 있는 혼수 상태의 정훈이를 떼어내려 안간힘을 쓴다.

"아줌마, 나 학교 너무 많이 빠져서 하씨, 그래서 피 때문에 등이 다 젖어버렸는데… 동생 새끼 숨소리가 안 들리는 것 같은데… 병신같이 기껏 한다는 짓거리가… 의대 다닌다는 새끼가 아빠한테 데리고 가서 살려내라고 하려고 이러고 있네? 하, 큭! 흐윽!"

"이러고 있다가 과다 출혈로 잘못되기라도 하면 어쩌려고 그러쇼!! 내려놓으쇼!! 언능!!"

웃다, 울다, 그러다 다시 웃다… 자신의 등에서 강압적으로 떼어져

이동식 침대에 눕혀져 어디론가 다급하게 실려가는 동생을 바라본다.

콰창―

병원 입구 유리문은 총각의 꽉 쥐어진 주먹에 의해 산산조각이 나 버렸다.

"꺄아악!!"

웅성대는 사람들. 너무 놀라 흐르던 눈물이 쏙 들어가 버린 채 멍하니 굳은 나. 그리고 밀대 걸레를 빨다가 유리창이 박살나는 소리에 화들짝 놀라 물이 뚝뚝 떨어지는 걸레를 머리 위로 빙빙 돌리며 넋 나간 표정으로 뛰어오시는 경비 아저씨.

"또!! 또 핏방울 튀기고 있어!! 죽으려고 아주 용을 쓰네, 용을 써! 청년!! 그게 지금 병원에서 행해도 될 올바른 행동이라 생각하는가?!"

하루도 성할 날이 없는 지훈 총각의 몸은 오늘도 왼손을 피로 물들었다. 이런 복잡한 상황을 쉽사리 받아들일 수 없는, 아니, 납득할 수 없는 난 바닥으로 툭툭 떨어지는 핏방울을 바라보며 그저 울어버리는 수밖에. 왜 그러는 거냐고 다그치며 우는 것. 지금 내가 할 수 있는 건 고작 눈물 빼는 일밖에 없었다. 장현석이란 남자가 날 끌어안고 있다는 사실도 망각한 채 또 한 번 눈치없이 눈물을 흘리던 난 바보같이 곱지 않은 총각의 시선을 미처 알아차리지 못했다. 그리고 그런 총각을 올려다보며 입을 열어 보이는 현석 오빠.

"서지훈 친동생이란 말이네. 니 동생이란 말이네. 지금 이런 말 해

서 미안한데 난 닮은 놈인 줄 알았거든. 황당하네. 하. 그거야? 형제가 한 여자 놓……."

탁—

"쯧쯧. 손에 박힌 유리는 잘못하면 흉진다, 흉져!! 가자, 이놈아!! 얼굴은 곱상허니 얄쌍하게 생긴 게 승질은 괴팍이네, 괴팍이야!"

현석 오빠가 말을 끝내기도 전에 무서운 기세로 돌진해 온 경비 아저씨는 밀대 걸레를 바닥에 내팽개치고 용감하게 지훈 총각의 왼손을 덥석 잡아 올린다. 그런 자신을 기분 나쁘게 노려보다가 차갑게 외면해 버리는 총각의 서늘한 반응에도 아랑곳 않고 들어주는 이 하나 없는데도 불구하고 걱정스레 혀끝을 차 보였다.

"핏방울 주룩주룩 흘려대면서 병원으로 튀어 들어오던 그놈아가 너지, 응? 기분이 구리고 그지 같아도 기물을 파손하면 쓰냐, 응? 저번에 내가 잠시 자리를 비웠을 때도 웬 놈이 쓰레기통을 뒤집어엎었다드만. 쯧쯧."

"장현석. 그래, 다 죽어가던 방금 그놈이 내 동생이다. 어쩔래, 새. 꺄. 한 여자 뭐?! 박지민, 언제까지 그러고 있을래? 나 지금 돌아버리는 거 아님 미쳐 버리기 직전인데 언제까지 그 새끼한테 안겨 있을 건데!"

"아."

그래, 빈말 아니네. 지금 정말 반 미쳐 있는 사람 같다. 금방이라도 엄청난 짓을 저지르려고 작정한 사람 같아서 무섭기까지 하다. 작은 한숨을 내쉬며 내게서 살포시 떨어져 나가던 현석 오빠는 고개를 두어 번 끄덕이는가 싶더니 헛웃음을 보인다. 그리고는 내 귓가에 노골적으로 입술을 바짝 들이밀고 말한다.

"미안. 나 이제 니 애인 아니다, 그치? 저 자식 말대로 너 먼저 차 버린 건 나다, 그치? 서지훈 너한테 미운 털 박히라고 그냥 다물고 있었는데 저 새끼가 나 때린 거 아냐. 봐줘라."

"어?"

지훈 총각이 보는 앞에서 내 귓가에 나지막한 속삭임을 남긴 뒤 엘리베이터 앞으로 찬찬히 멀어져 갔다. 지훈 총각한테 맞은 게 아니라니? 봐주라니?

"얼마나 슬펐으면 유리짝을 깨사버릴까? 쯧쯧. 아이고마, 이 선생님! 후딱 데리고 치료하러 가셔야지!! 의사란 분이 바들바들 떨고 서 있으믄 우짜잔 말이오!"

쉴 새 없이 중얼거리시는 경비 아저씨 옆에 서서 현석 오빠와 내 모습을 무섭게 노려보다가 끝내 구슬픈 웃음을 내비치던 총각.

"박지민, 서정훈 저 자식 피 많이 흘렸다? 정신 못 차리고 눈도 못 뜨고 실려갔다? 그렇게 싫어도 도로 한복판에 서 있는 제 형 보고 놀라서, 저 미친 게 도로로 튀어 들어오네? 나 때문인데… 미안해 죽어도 시원찮을 판국에 지금 내 눈은 박지민 너만 본다? 저 새끼랑 있는 거 보면서 한심하게 질투나 하고 있다고!!"

나 또 미안한 짓을 벌여놓고 말았나 보다. 이 순간 정희가 내게 했던 말이 떠오르는 건 왜일까?

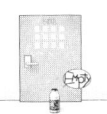

네 깟 게 뭔데 너 땜에 여러 사람 아프게 해?

맞는 말 한 거네. 맞는 말이다.
"다친 놈이 동생인가 보네 그래. 동생은 동생이고 너도 좀 살자, 응? 이 선생님, 이놈 좀 데리고 가이소!!"
 의사의 한쪽 팔을 잡아 억지로 끌어당기는 경비 아저씨의 애절한 몸놀림 덕인지 이 선생님은 엄청난 괴력을 발휘하여 지훈 총각을 반항하지 못하도록 결박한 뒤 거친 손길로 응급실로 끌고 가려 했다. 총각은 신경질적으로 흰 가운 의사의 손을 뿌리치기를 수차례.
 "거기!! 아까 그 교통사고 환자 보호자 맞지요?! 일루 와보쇼!!"
 아까 정훈이를 침대에 눕혀 끌고 가던 머리가 반쯤 벗겨진 의사 선생님이 다급한 손짓으로 총각을 불러 세웠다. 울듯 말 듯한 얼굴로 날 쳐다보며 아무 데도 가지 말라는 한마디를 남긴 채 이 선생님과 경비 아저씨의 손을 매정히 뿌리치고 다급하게 손짓하는 의사 선생님에게 달려가던 지훈 총각. 의사 선생님과 잠시 심각한 얘기를 나누더니 웬 방으로 사라져 버렸다.
 쓰윽— 쓰윽—
 "이 선생님, 뭐 허요!! 쳇, 일이나 보시오! -0- 오늘은 전멸이야, 전멸. 피바다구나. 불쌍한 놈들을 너무 많이 봐서 이 짓도 오래 못해 먹겠네. 에휴… 나쁜 놈들이 득실득실한 데서 일을 하면 그놈들 뒤에서 씹어대는 재미도 쏠쏠할 꺼인데… 어서 인나! 뭐 해!"
 밀대를 주워 들고 바닥을 적시는 핏방울들을 다시 닦아대던 경비 아저씨는 문간에 주저앉아 눈물을 훔치는 나를 일으켜 세워주는 친절함을 보여주셨다. 친절한 어드바이스까지 곁들여 주신다.

"쯧, 처자가 애인이지? 저 청년 처자 앞에서 눈물 안 보이려고 참 고생하더만. 부모님한테 연락할 정신머리가 어디 있겠어? 처자가 부모한테 대신 연락 좀 해주, 응? 남의 일 같지가 않아서 신경이 쓰인다오. 응?"

"예?"

"미안하지만… 그래, 막말로 저러다 골로 가면 어째? 내 말 기분 상하게 듣지 말고. 꼭 골로 간다는 소리가 아니라 말이 그렇다는 거지, 으응? 그래, 부모를 부르는 것이 인지상정이잖소!!"

그래, 엄마는 일본에 있으니까. 영감님, 영감님한테 정훈이 많이 아프다고, 사고났다고 말해 드려야겠다.

"윽! 고맙습니다. 아저씨, 지훈 오빠… 그러니까 방금 그 남자… 윽! 나오면요, 아빠 병원에 갔다고 말 좀 전해주세요."

"응. 알았어, 알았어. 아참, 깜빡할 뻔했네. 이거 아까 병원에 동생 업고 올 때 바닥에 떨어진 건데 처자가 건네줘, 응?"

경비 아저씨가 건네준 건 허리에 차는 조막만하고 귀엽게 생긴 돈주머니를 연상시키는 까만 크로스 백. 정훈이 것으로 추정되는 니뽄 필이 물씬 풍기는 가방을 손에 꼭 쥐고 병원을 뛰쳐나와 무작정 택시를 잡아탔다.

20여 분가량 내달려 도착한 심히 낯이 익은 또 다른 병원 앞. 집어 던지듯 만 원짜리 한 장을 기사 아저씨의 손에 쥐어주었다. 평소의

나라면 감히 상상도 못할 일이었을 테지만 다급한 마음에 거스름돈을 받을 생각도 못하고 병원 안으로 무작정 내달려 내친김에 원장실까지 쉬지 않고 뛰었다.

벌컥—

노크도 하지 않은 채 문을 벌컥 열어버리는 몰상식한 짓을 저질러 버렸지만 아들이 아프다는데 그게 대수야?!

"허억! 허억! 저, 저기요!"

"그리하여 지금 보시는 것과……."

딸그락—

추잡한 몰골로 급작스레 등장한 내 모습에 심하게 놀란 듯 들고 있던 볼펜을 바닥으로 툭 떨어뜨리고 말을 잇지 못하는 영감님.

"지, 지민이 학생! 지난밤 경찰서에서 내가 다신 마주치지 말자고 그러지 않았습니까?! 아, 죄송합니다. 설명은 앞서 드린 것과 같고… 네, 그럼 그때 다시 뵙죠."

달칵—

조신하게 앉아 의사의 설명을 듣고 있던 환자가 나의 등장에 소스라치게 놀란 나머지 쫓기다시피 방에서 빠져 나가 버렸다. 껄끄러운 시선으로 날 노려보는 총각의 아버님을 향해 두 눈을 부릅뜨고 주먹을 꽉 움켜쥔 뒤 병원이 떠나갈 만치 애절하고도 커다란 목소리로 소리를 내질렀다.

"저, 정훈이가 아파요! 방금 크게 사고났어요! 제 말이 믿기지 않을지도 모르겠지만 피, 피 많이 흐르구요. 의식도 없어요!"

"네, 믿지 않아요. 정훈이가 시켜서 왔어요? 아침에 만우절의 부활이라고 지껄여 대더만… 일본서 일본 여자랑 살 거라고 아비 앞에서 사기치다가 얻어터지고 나간 지 몇 시간도 지나지 않았어요, 지민이 학생."

나는 할 말을 잃어버린 채 너무도 어이없음에 또 한 번 눈물이 났다. 방금 내 눈으로 봤는데… 정훈이… 정훈이가 의식을 차리지도 못하고 온몸에 구멍이 뚫린 것처럼 피를 뚝뚝 흘리고 있었는데…….

"진짜예요!! 내 옷에 이거 안 보여요? 이 피 안 보여요?"

"아주 드러워 죽겠어요, 지민이 학생!! 옷에 그건 초장이요? 고추장이요? 케찹이요? 그리고 댕기는데 지훈이 자식이 좋다 그러더이까?! 지훈이 놈 드러운 여자 아주 싫어해요! 몰랐소?!"

내 옷에 묻은 피를 힐끔 바라보다 고개를 돌려 서류 더미들을 뒤적거리며 내 존재 자체를 아예 무시해 버리는 망할 영감님. 이처럼 거대한 용기와 깡이 나란 인간에게 있다는 건 미처 깨닫지 못했어.

"허, 허구한 날 골프채만 휘두르면 다예요! 골프채에 맞으면 얼마나 아픈지 알아요?! 흐윽. 정훈이… 내 눈으로 보고도 안 믿기는데… 정훈이 죽으면… 그땐 어쩔래요!! 흐흐윽. 지훈이 오빠 우는 거 봤어요? 울었단 말이에요. 왜 내 말 안 믿어줘요!"

탁—

"뭐랬어요? 누가 울어? 서지훈이 울어? 그 독한 자식이 울었단 말이요?! 어느 병원이오!!"

지훈이가 울었다는 말에 고개를 번쩍 치켜세우고 흰 가운을 벗어

던지는 영감님은 내 손을 거칠게 낚아채 지하 주차장에 주차되어 있던 자신의 고급 승용차 안으로 날 확 밀어 넣었다. 난 구겨지다시피 뒷좌석으로 나뒹굴어야만 했다.

"어느 병원이냐니까, 지민 학생!"

"중앙 병원요."

누가 아비 아니랄까 봐 영감님은 도로 교통법을 철저히 무시한 채 속력을 냈다. 핸즈프리에 꽂혀 있던 핸드폰을 사납게 떼어낸 뒤 어디론가 전화를 걸었다.

"윤 선생!! 나 서주환!! 서주환입니다!! 그래요, 그래!! 혹시 그 병원에 오늘 이송된… 젠장!! 보호자라는 그 서지훈이 내 아들내미라 이 말이오! 실려 들어왔든 업혀 들어왔든! 그 서정훈이는 내 둘째 놈입니다! 앞에 있으면 지훈이 그 자식 좀 바꿔주십시오!"

뚜루뚜루— 친친칭— 삐뽀삐뽀—

뒷좌석에 앉아 초조하게 손톱을 깨물어대며 통화 내용을 엿듣고 있던 그 순간. 내 손에 꼭 쥐어진 정훈이의 가방 속에서 울리는 난잡하기 그지없는 핸드폰 벨소리.

뚜루뚜루— 친친칭— 삐뽀 삐뽀—

차가 중앙 병원에 거의 다다랐을 무렵 내 손은 정훈이의 가방 속에서 핸드폰을 꺼내 들었다. 발신자는 메두사. 통화 버튼을 꾹 누르자 들려오는 낯익은 목소리.

[서정훈! 너 어디야!! 죽고 싶어?! 왜 안 와! 너 지금 내가 너 좋아해 준다니까 기가 팍 살았다 이거야?! 어디까지나 미운 정이야!!]

메두사… 좋아해? 양정희?

"……"

[어쭈? 내 말 씹어? 입 다물고 있어줬더니 너 너무 기어오르는 거 아냐?! 너 자꾸 이딴 식으로 나오면 나 박지민한테 다 불어버린다! 나도 참아주는데 한계가 있어! 이 호랑 말코 같은 자식아!!]

"……"

[뭐야? 하! 박지민? 씨. 짜증나. 너 뭐 하는 년이야? 니가 왜 남의 전화를 받아서 껴들고 지랄인데! 아, 됐어. 너한테 불고 말고 할 거 없으니까 닥치고 옆에 서정훈이나 바꿔봐.]

"너랑 서정훈이 어떻게 아는 사인 줄은 모르겠는데 정훈이 없어. 정훈이 아프다. 그러니까 정훈이 괴롭히지 마, 양정희."

[짜증나게 이게 어디서 거짓말하고 있냐?! 넌 이제 내가 찐하게 엮어줄 테니까 장현석한테나 가버리란 말이야! -0- 그리고 내가 언제 정훈이를 괴롭히디?! 니 입에서 정훈이를 괴롭힌단 말이 나오니까 웃겨 죽어! 너나 잘해라, 어? 짜증나, 박지민!]

내 말에 10초간 침묵을 유지하다 돌연 귀청이 찢어질 정도의 째지는 목소리로 고래고래 괴성을 내지르는 정희. 그녀의 지나친 발광은 혼란스럽기 그지없는 내 마음을 난잡하게 헤집어댔다. 바보 같은 지민이는 불쑥 어젯밤 놀이터에 앉아 자지러지게 웃고 떠들며 망언을 퍼붓던 그 망할 놈의 얼굴이 떠올라 습관처럼 또 눈물이 흐른다.

끼이익―

어느덧 차는 중앙 병원 앞에 멈춰 섰다. 통화 너머에서 들려오는

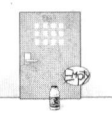

정희의 욕설을 동반한 망언도 몇 마디 말을 더 내뱉고는 뚝 끊겨 버린다.

[니가 안 바꾸는 거야, 아님 서정훈 그게 안 받는다는 거야! 사고는 얼어죽을 사고야! -0- 그 자식이 시켰어?! 아파트 앞 놀이터에서 내려오는 길이라고 30분 전에 전화 왔었단 말야!!]

"그래, 양정희. 믿지 마. 누가 믿어달래? 내 말 안 믿기면 믿지 말란 말야!"

[어. 안 그래도 니 말 안 믿고 있었어. 내가 너한테 사기치는 거랑 니가 나한테 사기치는 거는 달라도 너무 달라, 알아? 넌 아주 삼류유치코미디지.]

"양정희."

[다 시끄럽고 서정훈 니 옆에 있는 거 아니까 그 자식한테 꿔준 돈이나 달라고 말해 볼래? 방 빼라고 한번 말해 볼래? 얼굴이 허옇게 질리지? 더 붇기 전에 빨랑 우리 집으로 튀어오라고 그래. 아아~ 니 목소리 들으니까 어젯밤에 먹은 등심이 올라오려고 그래. 웩! ^—^ 뚝!!]

"돈 꿔줬어? 무슨 방? 양정희!!"

[뚜뚜뚜뚜뚜—]

서정훈. 양정희. 니 네 둘 뭐냐? 특히 서정훈 너 말야. 니 인생이 무슨 미스테리 엽기 단막극인 줄 알아? 이 세상엔 비밀이 없다는데 넌 감추고 사는 비밀이 어째서 한 푸대냐? 내가 모르는 비밀이 덕지덕지 천지야!

"후딱 폴더 닫고 내려!"

"에?"

쾅—!!

차 문이 부서져라 세게 닫곤 내 손을 잡아끌고 중앙 병원으로 내달리시는 영감님의 발걸음은 깃털처럼 가벼웠으며 총알 택시보다 빨랐다. 굳이 비교를 하자면 말이다. 그만큼 절박하고 다급했으니까.

콰지직— 콰지직—

"이놈의 병원은 왜 이런답니까! 환자들 들락날락거리는 병원 입구에 웬 유리 조각이요? 위험하게 덜 배워먹은 어느 건방진 놈이 병원 문을 부셔!! 누구 다치기 전에 이거 치워요, 어서!"

병원 입구에 도착하자 청소부 아줌마와 힘을 합쳐 두 팔을 걷어붙이고 쓰레받기로 유리 조각을 치우는 경비 아저씨가 눈에 들어왔다. 아저씨는 다시 병원으로 뛰어들어 오는 날 발견하고 환한 미소를 짓는다. 그러다 영감님의 냉정한 말에 일순 표정을 딱딱히 굳어져서 멀어지는 영감님과 나를 향해 거품을 물며 꽥꽥 고함을 치셨다.

"옳다구나. 처자, 아까 실려온 그놈아 아비지?! 후읍, 에라이!! 니 아들 놈이 문짝을 다 깨부쉈다, 어쩔 것이야!! 문 값 물어내라! -0- 드런 내 팔자. 내가 무슨 동네 북이당가! 상욕은 내가 다 들어먹고 살아야 허니. 에잉, 쯧쯧! 아들이 아파서 내가 봐줬다. 에잇!"

끊임없이 궁시렁거리는 경비 아저씨 말을 한 귀로 훌훌 털어버리고 영감님의 우악스런 손길에 인도되어 수술실 앞에 도착했다. 수술실 앞 간이 의자에 반쯤 드러누워 불이 붙어 있지 않은 담배 한 개비

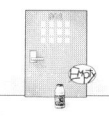

를 입에 물고 있는 길쭉한 사내가 눈에 들어왔다. 영감님은 그 광경을 바라보며 입을 쩌억 벌린 채 경악하다, 분노하다, 몸을 부르르 떨어대더니 두 눈을 부릅뜨고 사내 앞으로 달려가 멱살을 잡아 올린다. 그리고는 사내의 입술 끝에 물린 담배를 바닥에 내팽개쳐 버린다.

"동생 관수를 이따위로 할래?! 건방지게 입에 담배나 꼬나 물고!! 그래, 어쩔래? 어? 갈 데까지 가보자 이거야? 금연 딱지 붙은 병원 안에서!! 니 동생이 들어가 있는 수술실 앞에서 담배를 피우려고? 어?!"

망할 영감님, 피우고 싶어도 차마 불은 붙이지 못하고 그냥 입에 물고 있는 거잖아요. 괴로우니까… 초조하니까… 담배 태우고 싶은데 차마 그러지 못하고 있는 거예요.

"건빙진 놈, 간통죄니 뭐니 그 딴 추잡한 죄나 들먹이면서 경찰서로 불러들이지를 않나. 하! 아주 집안 잘 돌아간다, 잘 돌아가!! 그냥 일본에 있는 니네 엄마한테 다 가라, 가!"

하아, 영감님, 말 참 쉽게 하신다. 말 정말 솔직하게 하신다. 애가 타 죽겠는 건 알지만 참 너무하신다.

정훈이가 수술실 안으로 들어간 지 벌써 몇 시간째. 왼손에는 피가 배어 나오는 하얀 붕대를 돌돌 감고 긴 다리를 수술실 앞에 놓인 간이 의자에 축 늘어뜨려 내 무릎을 베고 반쯤 드러누워 버린 지훈 총각은 아빠의 계속되는 노한 다그침에도 몇 시간째 묵묵부답. 초조함을 견디지 못하고 또 한 방울의 눈물이 내 볼을 타고 흘러 무릎을 베고 누워 있는 총각의 얼굴 위로 흐르자 눈썹을 찡그리며 감고 있던 두 눈을 떠 날 올려다본다.

"참 말 많다, 저 아저씨. 안 그냐? 드럽게 너 서방 얼굴에 소금물 흘리고 그러냐? 한 방울 더 떨어지면 저 아저씨 앞에서 입 막아버린다. 아! 나 아파 뒈질걸? 이거 봐, 이거!"

눈썹을 찡그리며 입가에 붙어 있는 반창고를 가리킨다. 내 귀를 쭉 잡아당겨 내 귀에만 들릴 만치 조용히 속삭인다.

"울지 마."

끄덕— 끄덕—

"흐윽."

영감님은 아들내미가 자신을 아저씨라 칭했다는 사실에 두 눈을 번뜩이며 어느 환자가 놓고 간 목발을 주워 들고 한 대 날릴 기세로 총각을 노려봤다.

타앙—

그 순간 목이 타고 피가 바싹바싹 마르는 긴 침묵을 깨뜨리고 굳게 닫혀 있던 수술실 문이 벌컥 열렸다. 잔디밭 풀푸래기색 수술복을 입고 있는 의사 한 분이 마스크를 거칠게 벗겨내며 고고히 걸어나오신다.

째깍째깍—

탁탁—

"사진으로 보다시피 운이 좋아서 골절된 가슴 뼈가 심장을 관통하고 지나진 않았수. 심장뿐만이 아니라 아슬아슬하게 지나쳐 장기를 뚫는 아찔한 상황도 없었지요. 흐음! 이노옴, 시선 좀 거두어라! 내가

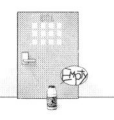

사고 냈냐?! 아까부터 왜 날 째려봐?! 사고 낸 오토바이 운전수는 다른 병실에 입원했다, 이놈아!"

혼비백산하여 자신에게 달려드는 세 명의 무리를 거칠게 떼어놓은 뒤 우리를 자신의 방으로 이끈 윤 선생님.

째깍째깍—

벗겨진 머리를 쓱쓱 긁어대며 정훈이의 상태를 찍은 시끄믄 엑스레이 사진을 모여주며 증상을 대충대충, 몹시 건성건성, 건들거리며 설명하는 윤 선생님이었다. 그런 의사 선생님을 곱지 않은 시선으로 노려보던 총각이 입을 뗀다.

"그 깟 거는 다 알아먹으니까 됐는데요, 왜 수술 끝난 그 자식을 못 본다는 거……"

퍽—!!

"아!! 씨, 머리는 때리지 말라고!"

"씨? 아비한테 씨? 이 망할 자식이 약을 잘못 처먹었나! 고생해서 수술 끝내고 온 의사한테 무슨 노망난 추태야! 버릇이 없으면 예의라도 있어야 될 거 아냐, 이 빌어먹을 놈아!! 아아, 미안해요, 윤 선생. 그래, 보이는 대로 저렇게 늑골 몇 개 나간 게 전부더이까?"

영감님이 책상 위에 널브러져 있던 서류 뭉치를 돌돌 말아 총각의 머리를 거세게 내리찍자 흠칫 놀라던 윤 선생님이 한 발 뒤로 물러섰다. 바닥을 난잡하게 뒤덮고 있는 서류 뭉치들을 탈탈 털어 주워든 뒤 다시 말을 이어가신다.

"흐으흠! -_- 뭐, 단순히 뼈 몇 개 나간 거라고 보면 그럴 수도 있겠지요. 뇌도 불행 중 다행으로 충격을 덜 받아 그다지 큰 손상이 없소. 때마침 저 청년이!"

분노로 떨려오는 손가락을 쭈욱 뻗어 무섭게 총각의 면상을 가리키며 삿대질을 한 번 하신다. 그런 윤 선생님을 기분 나쁘게 노려보다가 차갑게 외면해 버리는 총각. 먼 산을 보며 쉬지 않고 입을 떼신다.

"흠흠! 그러니까 저 청년이 잠시 우리 병원의 의료진을 신용하지 못해서 난동이 있었고, 출혈이 몹시 심해서 피범벅이 된 환자를 처음 보았을 때 모두 놀라긴 했지만 생각보다 그리 위험한 상태는 아니었고, 어찌 됐든 수술은 무.사.히. 끝났소이다. 문제는……."

째깍째깍—

순간 정적이 감도는 방 안. 째깍대는 시계 소리만 조용한 방 안에 울려 퍼지며 긴장을 고조시켜 주었다. 총각의 이마가 짜증으로 반쯤 구겨지기 시작했다.

"수술은 아주 자알 끝이 났는데……."

짜증날 정도로 뜸을 들이시던 윤 선생님은 씩씩한 한편으로 안쓰러움이 잔뜩 배어 있는 목소리로 목청을 높이셨다.

"수술이 끝났는데… 그것도 아주 자알 끝이 났는데… 환자가 헤어나질 못하고 있수다! 이유가 뭐라 생각하슈?!"

헤어나지 못한다고? 수술이 잘 끝난다면서 왜 못 깨어난다는 거야?

"뭐, 다른 문제라도 있는 겁니까? 윤 선생, 그런 겁니까?! 대답해

보시오!!"

어둠이 드리워진 표정으로 뒷짐을 진 윤 선생님. 그분은 1분간 침묵으로 일관하시어 모두의 애간장을 녹일 대로 녹이다가 노한 음성으로 입을 떼셨다.

"이 환자에게 부러진 뼈보다 더 심각한 건… 밥!!"

"하씨, 뭐라는 거야! 밥통이 고장났다는 거야, 뭐야!!"

"흠흠! 밥 말이요, 밥! -0- 이 환자가 영양실조라는 것도 몰랐지요! 전쟁 고아가 무어다요!! 영양 상태가 판잣집 난민 수준이라고!! 밥 대신 소주 대 병을 꼬박꼬박 챙겨주었나 보지? 간이 아주 부을 대로 부었어!!"

모두 두 눈을 땡그렇게 뜨고 자신을 주목하고 있다는 사실을 느꼈는지 어깨에 힘을 팍 주고 더 더욱 목청 높여 소리를 내질러 보시는 윤 선생님.

"서 선생, 자네가 그러고도 진정 부끄럽지 않은 낯짝으로 아비라 말할 수 있수?! 교통사고는 후유증이 무서운 법이거늘! 겉으론 말짱하다 해도 몸 상태가 안 좋은 이런 놈일수록 더 위험하다 이 말이지요! 말 좀 해보쇼!! 내 말의 요지는 방금 사고난 상처 부위보다 몸 상태가 아주 그지 꼴이요, 그지 꼴! 그래도 줄줄이 의학을 공부했으면 내 말에 그렇다고 고개를 끄덕여 보쇼!! 허공에 혼자 삽질하는 것 같잖습니까!"

윤 선생님의 말에 모두 멍하니 굳어버렸다. 최악 가라앉은 목소리로 총각이 입을 열어 보인다.

"하아! 더럽게 어이없는데… 그래도 다 알아먹겠는데… 왜 못 깨어나는 건데? 요? 예?"

윤 선생님이 먼 산을 바라보시다 심각하게 답변하시고.

"후우… 수면 부족으로 잠이 들었수다. 마취 풀리고 잠 달아나면 깨어날 테니 안심하쇼."

윤 선생님의 조금은 김새는 대답에 누구보다 황당한 건 물론이요, 눈물까지 흘린 총각은 실성한 듯 웃음을 내비쳤으며.

"하! 그래? 요? 수면 부족? 크큭! 하, 그래서 결론은? 요?"

"깨어나면 밥부터 먹이쇼. 난 이 말이 하고 싶었수."

쾅—

"윤 선생, 수고했소. 우리 아들은 내가 데리고 갈 테니까 잠 깨면 흐음! 구급차에 실어 보내주십시오."

아버님이 냉랭한 한마디를 남기고 부서져라 문을 닫고 고대로 나가신다. 이건 다행이라 웃어넘겨야 하는 상황이란 말인가? 몸 상태가 좋지 않다는 그놈을 측은하게 여겨야 하는 상황이란 말인가? 몹시 혼란스럽다.

그날 중앙 병원 모 의사의 방에선 두 눈이 풀리고 이성을 잃은 고삐 풀린 호랭이 새끼 한 마리가 거대한 난동과 폭동, 폭언, 욕설을 흩날리며 방 안 구석구석을 광란의 도가니로 몰아넣어 버렸다.

다음날. 억울해. 억울해. 억울해서 죽을 것만 같아. 누구를 위하여 종은 울리고, 누구를 위하여 가슴을 졸였던 걸까? 엄청난 치유 능력

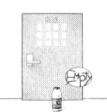

을 가지고 있는 썩을 놈 하나에 울고 웃어야 하는 지긋지긋한 현실. 정말 세상 살기 싫어지는 절박한 순간이다. ㅠ_ㅠ

"형 새끼, 이거 해외 트로피감 아니야? -0- 사랑하는 형을 보고 기겁을 하며 도망을 치다. 이런, 생각해 보니 열받네. 그 퀵서비스 운전수 새끼는 왜 나한테 달려들고 지랄이야!"

해외 트로피가 아니라 해외 토픽이겠지. 말을 들어보니 형을 구하기 위해 도로로 뛰어들어 간 것도 아니라더라. 인간이 인간에게 몹시 징그럽단 말, 지금 이놈에게 꼭 해주고 싶지 않을 수가 없다.

"이 살인자들, 나 영양실조 걸렸다는 비참한 스토리는 다 들었지? -_- 하아, 팔자도 드세지. 쪽팔리게 영양실조에 걸렸… 콜록. 콜록. 이 늑골 뼈 새끼, 말하기도 힘들어. 참, 띨빵아! 이 오빠 오토바이에 치였을 때 재수없게 니 생각 많이 했어."

"고마워서 눈물이 나. 뼈 접착시킨 지 얼마나 됐다고 무리하게 입 놀리지 마. =_="

"갈아버릴 자식아, 어제 교통사고난 새끼답게 행동하란 말야! 어제 수술하고 방금 눈뜬 환자답게 행동하라고, 이 미친놈아!"

"저 봐, 저 봐. 저 가식적인 거 좀 봐. 형 나 땜에 울었다며? 하아, 아까워라. 저 우는 꼬라지 죽기 전에 내 눈으로 꼭 보고 싶었는데. 형, 난 평생 안 죽어. 사랑해."

"씨발, 영양실조 재수없어. 쪽팔려. 꺼져."

쾅—

아따~ 문짝 절단날라. 아직 총각과 나 사이엔 정리해야 할 너무 많은 짐들이 어깨를 짓누르고 있는 탓일까? 정훈이가 의식을 차리고 난 뒤에도 조금은 서먹한 우리 사이. 소심한 난 아직도 조작된 가식녀를 잊지 못하고 있다. =＿＿=

"봉봉 쌕쌕이 사 오랬잖아! 그거 왜 안 사 왔어!! 이 잡종들! 콜록콜록… 띨빵아, 너도 울었어?"

어제 그렇게 울 땐 내일의 태양이 뜨는 오늘의 이런 어이없는 일이 발생할 줄은 상상도 못했거든.

"쌕쌕이는 뼈 제대로 아물면 그때 마셔."

"회피하기는. 나 맨날맨날 아플까 봐 형 새끼도 울어주고, 띨빵이도 울어주고, 새누나도 울어주고, 친구 새끼들도……."

다음날 새벽, 잠에서 깨어난 정훈이는 눈을 뜬 고 순간부터 영감님네 병원 205호 병실로 이송되어 침대에 안착되어진 지금까지 벌어진 입을 다무는 방법을 잊은 아이처럼 쉴 새 없이 조잘거려 댔다. 발랄함이 도를 지나쳤으며, 수술 후 상상을 초월하는 회복 속도로 보는 이들을 깜짝 놀라게 한 끔찍한 녀석. =＿＿= 눈을 뜬 이 녀석에게 하고픈 말, 묻고픈 말이 참으로 많도다. 제일 묻고 싶은 건 정희와 너의 관계. 니네 둘 도대체 뭐 하고 놀던 애들이니? 모든 자료들이 그렇듯 인간 관계도 반드시 출처를 밝혀야 해.

뚜루뚜루— 친친칭— 삐뽀삐뽀—

때마침 내 가방 속에서 추잡하고 조잡하고 난잡하기 그지없는 정훈이의 핸드폰 벨이 다시 한 번 들려온다. 아아, 이 메두사의 전화질은 새벽 내내 나의 달콤한 단잠을 깨웠었지. 물론 난 전화를 받지 않

았다. 아침에 보니 부재중이 69개나 떴더라.

"아참, 니 가방을 경비 아저씨가 주워서 나한테······."

"이 스토커!! 내 핸드폰이 왜 니 가방에서 울리는 거여!! 날 사랑한다면 당당하게 말을 했어야지!! 어디서 뒤로 호박씨를 까고 자빠졌어!"

"영양실조, 입 다물어. 너 정희랑 어떻게 알아? 꿔준 돈이 어쩌고, 방을 빼니 어쩌고, 이상한 말을 하던데? 혹시··· 정말 혹시··· 너 정희 등쳐먹었니?"

등쳐먹었냐는 내 말에 갑자기 허옇게 굳어버리는 이놈. 수상해. 내가 모르는 뭔가가 그 둘 사이에 일어나고 있는 게 분명해. 정말 이놈은 정희를 등쳐먹은 것일까? =__=

뚜루뚜루— 친친칭— 삐뽀삐뽀—

"왜 말이 없어? 진짜 정희 등쳐먹었어? 돈 꿔준 거 들고 튄 거야? 형 카드처럼, 내 지갑처럼 들고 튄 거야? 그래서 정희가 자꾸 전화하고 그러는 거야? 어? 아, 널 좋아한다는 소리는 뭔데?"

뚜루뚜루—

"우리 띨빵이, 보기보다 말이 참 많구나. 닥치면 내가 영원히 사랑해 줄 텐데. 모시모시? 응, 메두사. 어디냐고? 어디긴 천국의 문지방이지."

침대에 자빠져서 입만 움직이는 저 꼴이란.

"사고났대? 누가? 어머, 세상에··· 내가? 글쎄다. 응응, 나두 너 싫어해. 응, 뭐어? 나랑 이 밤을 불태우고 싶··· 콜록! 다고? 절루 꺼져.

응응, 나도 네 머리의 뱀을 사랑해. 뭐어? 정말? 죄다 불어버린다고?! 그땐 내가 너 죽여 버릴 거야. 사지를 절단 내버려야지! 먹고 죽으려 해도 니가 꿔준 돈을 갚을 능력이 없어. 어쩌지? 방은 그대로 두고 100년 후에 갚으면 안 되냐? -0-"

귀를 쫑긋 세우고 잠시 이놈의 전화를 도청한 결과 정희 돈을 등쳐 먹은 게 맞구나. =__= 그래서 정희가 널 그토록 애타게 찾아 헤매었던 거였구나. 철없는 놈.

"난 이만 가볼 테니 몸조리 잘해. 넌 영원한 나만의 양치기, 만인의 서노키오야. 인생 그렇게 살지 마."

"어? 잠깐. 메두사, 끊어!! 띨빵아! 나 아픈데, 아픈데 내 옆에 있어 주면 안 되나? 내가 사랑한단 말 천 번 해주……."

쾅―!!

양치기 새끼는 에덴 동산에서 양몰이나 하렴. 사랑은 얼어죽을! 문을 세차게 닫고 병실 밖으로 나와 버렸다. 말종 같은 놈, 싸늘히 식어버린 나의 얼굴. 그나저나 지훈 총각은 아직도 석이 오빠에 대해 그릇된 오해를 하고 있는 것일까? 주위를 두리번거려도 총각은 보이지 않았다. 한숨을 푹푹 내쉬며 엘리베이터를 향해 걸어가는 순간, 내 귀에 포착된 아녀자들의 넋 나간 음성 나부랭이.

"어? 어디 갔지? 아까 요기 창틀에 턱 괴고 붕대 감긴 손으로 담배 피우고 있었단 말이야!! 나 쳐다보면서 담배 연기를 내뿜었는데!! 분명 나한테 관심이 있는 듯했단 말야! -0-"

"잡스런 것! 매직으로 도배된 니 다리의 붕대를 본 거겠지. 어? 저

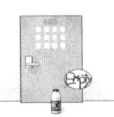

남자 아냐? 병원 앞에서 세차하고 있는 저 잘빠진 남자. 팔에 붕대도 감았네! 올~ 죽이네!! 여기 올려다본다, 야!"

병원 앞에서 세차? 그렇겠지. 죽이겠지. 나는 보지 않아도 알 수 있어. 팔에 붕대를 감은 잘빠진 남자. 특히 영감님 병원 앞에 차를 대놓고 버릇없이 세차를 해댈 깡을 소유하고 있는 남자는 이 병원 안에 서지훈밖에 존재하지 않는다는 걸 잘 알고 있다. 엘리베이터를 타지 않고 뛰어내려 가 볼까도 했지만 요 며칠 놀라운 경험을 많이 겪은 탓인지 몸에 피로가 많이 누적되어 엘리베이터를 타야만 했다.

띵동—

촤르르륵—

엘리베이터 문이 일층에서 스르륵 열렸다.

"빨리도 내려온다. 난 밑에서 널 쳐다봤는데 왜 기분 더럽게 무시하고 안 쳐다보는 건데!"

"나 쳐다본 거였어?"

"이거 하나 땜에 진짜 돌아버리겠다. 몸까지 팔고. 씨!"

"모, 몸을 팔아?!"

시간은 흘러 어둠이 깔리고 두리둥실 누런 달이 하늘에 치솟아오른 그날 오밤중의 일이었나 보다. 힘없고 부실한 우리 집 대문 구석에 콕 처박혀 있는 나와 입가에 붙은 반창고까지 떼는 열의를 보이며 자신의 특기와 능력을 한껏 보여주는 이 남자.

크릉. 왈! 왈! 와아아알.

히바리없이 풀 죽은 해피의 울부짖음이 간간이 귓가를 맴돌았다. 나이트 댄스 경연대회에서 일등을 먹고 경품으로 받은 하얀 승용차를 엄마에게 선물한다는 목적으로 우리 집으로 와준 총각, 스테이지에서 열심히 춤을 춘 것을 몸을 판 것이라고 표현하는 총각이었다. 조작된 가식녀가 총각네 집에서 걸어나왔던 그 시각. 내게 삐끼가 명함을 주며 조잘거렸던 바로 그 나이트에서 총각은 자신의 특기인 나이트 댄스를 취대며 차를 향한 의지를 불살랐다고 한다. 조작된 가식녀가 어떻게 집으로 들어온 건지에 대한 정확한 경위는 모른다고 하니 믿거나 말거나. 하지만 어느덧 벌써 총각의 말을 믿어버린 박지민.

벌써 10분째다.

"입에서 피 맛이 나! 이건 아니지 않을까?"

"그래서? 내 피 맛없어?"

"나는 드라큘라가 아닌데. =_="

"내 머리 안에서 석이 새끼 생각 안 날 때까지 할 거거든? 아씨!! 또 그 새끼 생각났어!"

"얼마만큼 하면 생각이 안 나는 건데?"

"평생."

난 다시 초인종이 있는 벽에 밀쳐진 채 집 앞에서 엄마와 아빠의 도끼눈을 피해 총각과의 밀회를 나누고 있었다.

"글쎄! 이년 이게 일본어 학원 수강비 떼먹은 게 확실해. 내일 지민이 년 재수 학원 보내게 여보, 돈을… 얼씨구! 뭐 하는 거야?!"

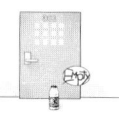

"재수 학원? 참, 비디오 가게에 비디오를 그냥 두고 왔네. 에이, 아이고마! 뭐야, 저게? 참, 쯧쯧! 민망해라. 찐하네, 찐해. 요새 어린것들은 발랑 까졌다니깐. 늬집 아들, 딸인지… 쯧쯧!"

"여보, 저 발정난 것들 뒤통수도 낯익고 무엇보다 대문도 참 낯익은 것 같지 않아요?"

"우리 딸은 저렇게 안 키웠지. 쯧쯧! 그래, 우리 딸은 안 저래. 우리 딸은 저렇지 않… 지민아! -0-"

"흐음! 서 서방! 입술에 피가 나네. 휴지 줄까, 응?! 꽤 열정적으로 보이던데, 응?! 찜질방에서 봤을 때까진 내 아주 좋은 감정으로다가 자넬 대했건만……."

하얀 줄, 까만 줄이 오묘한 조화를 이루는 개성 강한 얼룩무늬 티셔츠를 도도하게 차려입고 눈을 부라리는 엄마, 남색 츄리닝 잠바를 몸뚱이에 걸치시고 담배 연기를 뻐끔대며 언제라도 총각의 곱디고운 얼굴에 담배 불을 지져 버릴 의사가 충분히 있다고 잔인하게 은근히 내비치시는 아빠. 여자 친구네 집 앞에서 키스를 하다 그 부모에게 발각되어 장인어른에게 멱살을 잡힌 채 집 안으로 끌려 들어오는 경우도 드물 거야. 드물어. 그래, 드문 게 정상이여. ㅠ_ㅠ 분노와 배신감에 부르르 떨어대는 아버지의 패션을 찬찬히 훑어보던 총각이 내뱉은 그 말은 한순간 우리 가족을 너무도 비참하게 만들어 버린다.

"어? 옷? 이거 고등학교 때 우리 학교 체육복인데. 박지민, 니가 내 꺼 갖다 드렸어?"

"아, 아니다, 이놈아! 이게 학교 체육복이란 증거 있냐! -0-"

우리 아버지의 지나친 과민 반응에 총각은 실눈을 뜨고 아빠가 입고 있는 체육복을 뒤비적거리다 학교 마크를 턱 가리켜 보인다.

"체육복 오른쪽에 한자 마크. 해.산.고. 제가 그 학교 나왔는데요."

"여봇! 아유~ 쪽팔려 죽겠네, 증말! 몇 년 전부터 입던 그 츄리닝이 학교 체육복이었어욧?! 그럼 어디서 주워 입었다는 소리야, 뭐야! 아유~ 여보오오오오옷!"

온몸을 바들바들 떨며 총각을 쩨려보다 조용히 입을 다물어 버리는 우리 아빠. 아빠, 그런 거야? 몇 년 전부터 아빠와 동고동락하며 입어왔던 그 바랜 남색 츄리닝 잠바. 그거… 지훈 총각네 학교 체육복이었어? 엄마 말대로 정말 주워온 거야? =__=

"주운 게 아니라… 어, 얻은 거야."

"주운 거나 얻은 거나 똑같지, 뭘! 증말 내가 못살겠네, 진짜! 다 나가!! 다 나가!! -0-"

창그랑—!!

꺄우우울!

개 밥그릇이 또 한 번 해피의 머리통을 치고 바닥을 나뒹굴던 그날 밤. 나와 지훈 총각, 그리고 우리 아빠는 대한민국 아줌마 온라인 고스톱 지존이라 불리는 울 엄마의 손에 내쳐져 집 밖으로 쫓겨나는 수모를 겪어야 했다. 문을 열어달라며 스러져 가는 대문을 벅벅 긁어대는 나약한 아빠도 울었고, 갑작스레 머리통에 날아든 개 밥그릇에 심한 충격을 받은 해피도 울었고, 미처 신발을 신지도 못하고 맨발로 소스라치게 놀라 도망쳐 나온 난… 웃었다. =__= 우리 총각. 못

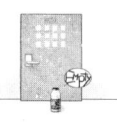

하는 게 없는 우리 총각은 나이트에서 몸을 팔아 경품으로 얻은 자동차 키를 아빠의 손에 꼭 움켜쥐어 준 뒤 맨발인 날 등에 업고 원룸으로 향했다.

"그렇게 살고 싶든?"

"어? 살어? 아… 어."

"더럽게 맨발로 뛰쳐나올 만큼 살고 싶든?"

"어? 어… 으응."

"기집애가 맨발로 날뛰고 댕기는 게 습관이 되어가지고……. 잘생긴 놈 등에 업히니 그저 좋단다."

"내려줘."

"내리면? 내리면 맨발로 튀어갈래? 드럽게."

이 인간이 아까부터 드럽다, 추잡하다, 오만 망언을 다 퍼부어대는구려.

"나 어차피 원룸 가봤자 열쇠 잃어버려서 집에 들어가지도 못해. 이만 내려줘. 드러운 나는 추잡하게 걸어서 아빠랑 집 앞에서 밤을 지새울래. 그럴래. 그러는 게 좋을 것 같아. 내려주지 않을래?"

"이제 싫은데? 보내주기 싫은데? 생각해 보니까 억울해서 못해먹겠더라? 어? 이 잔인한 여자야, 술 먹으면 니 생각밖에 안 나고 더럽게 보고 싶어도 붙잡는 거 쪽팔려서 못했는데… 이젠 붙잡을래."

"어?"

"한 번에 못 알아먹지? 아무 데도 안 보낸다고. 나 버리고 석이 새끼한테 가버리면 깽판쳐서라도 도로 빼앗아올 거고, 나 질려서 딴 새끼한테 가버리면 다시 나 봐줄 때까지 기다릴게. 박지민은 나한테 이제 그런 여자, 붙잡고 싶은 여자, 놓치기 싫은 여자, 울리기 싫은 여자… 아씨, 그리고 사랑하는 여자야. 좋냐?"

울렁울렁 감동의 물결이 밀려오는구나. 개인적으로 사랑하는 여자란 그 마지막 말은 몹시 낯간지럽지만 내 맘 저 깊은 곳까지 와 닿아 버린다. ㅠ_ㅠ

"어… 나도. 서지훈은 나한테 그런 남자, 붙잡고 싶은 남자, 놓치기 싫은 남자, 석이 오빠랑은 비교도 안 되게 좋아져 버린 남자, 춤 잘 추는 남자, 잘생긴 남자, 키스 잘하는 남자……."

"그래, 갈 데까지 해봐라."

"성격만 온화하면… 아니여, 그대는 내 사랑하는 남자야. 좋냐?"

"큭! 기어오르네? 막 반말하네? 좋냐고? 그래. 죽여준다, 어쩔래? 근데 니가 보기에도 내가 키스 잘하디?"

와장창—

한순간에 팍 깨어진 분위기, 깨어진 로맨스, 깨어진 무드, 기타 등등.

"앞서 나갔으면 앞서 나갔지, 결코 남들에게 뒤떨어지지 않는 다는 걸 본인이 더 잘 알잖수."

"니가 못하니까 요새는 나까지 버벅대거든."

하하. 허허. 후후. 젠장. =__= 그래, 무어라 날 갈궈도 나는 그저 좋은데 어쩌냐? 달무리가 깃든 달덩이마저 아리따워 보이는 청아하고 운치있는 밤이로세. 오랜만에 속내를 드러내 보여준 자네의 모습

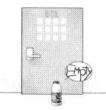

에 내 머리 속에 박혀 있는 조작된 가식녀의 실루엣도 믿음이란 것에 의해 조용히 먹혀 들어가고 있어. 그렇게 사그라들며 너의 죄를 용서하나니, 날 영원히 사랑하라. 아멘.

총각의 등에 업힌 난 이 남자의 럭셔리한 향수에 취해, 옷에서 배어 나오는 기분 좋은 피죤 향에 취해 스르륵 눈이 감기며 아주 깊고 깊은 잠의 나락으로 빠져들고 말았다.

땡볕에 이글이글 타오르는 해수욕장의 달궈질 대로 달구어진 모래사장. 웃통을 벗고 작살나게 잘빠진 몸매를 드러내 보이며 여름 그 바닷가의 뭇 여성들의 마음을 울렁이게 한 나의 것, 서지훈.

"이 문제에서는 요기 요 공식을 이용해서… X는 마이너스 2……."

파도에 휩쓸려 숙을 뺀했던 끔찍했던 그 바닷가. 지영이, 정욱 군, 일본에서 날아온 니뽄 필 남아, 개떼처럼 몰려온 총각의 친구들과 보냈던 즐거운 한때. 자신의 어깨 친구들을 불러 모아온 정만 군 덕에 우리 텐트 주위 반경 10m 이내로는 개미 새끼 한 마리도 얼씬하지 않았다. 그래, 정만이가 가스불을 잘못 켠 덕에 밥 해먹다 사망할 뻔도 했었다. 잊지 못할 올해 여름, 모 해수욕장 피서지에서 있었던 일.

딱딱—!!

"이건 매년 수능 때마다 안 빠지고 출제되는 단골 수학 공식이라잉. 형광펜 꺼내 들고 밑줄 치이쇼잉. 달달달 외우쇼잉. 쯧쯧! 오늘도 이 선생님을 실망시키지 않고 고개를 처박고 디비 자는 학생이 있지

요잉? 수능도 일주일 반밖에 안 남았당께!! -0-"

"으음."

[나 형 후배로 내년에 대학 들어가면 어쩔래? 같짢은 엘리트 새끼들은 다 형처럼 온몸뚱어리가 재수로 도배되어 있어? -_-]

"삽질하네. 너 들어오는 즉시 나는 자퇴할 거야."

[나는 형 새끼가 한다면 하는 놈이란 걸 알기에 세상 살기 참 무서워. 근데 나 형 새끼랑 똑같은 학교 들어갈래다. 지금은 내가 아주 한심해요. 수능 끝나고 보자고. 너보다 더 쌔끈한 남자 될 거라고요. 그러면 뒤돌아 봐줄래나? 딸빵아, 수능 날 아침에 봐요. 일본이 날 불러요. 사랑해. 안녕! 안녕! -0-]

메두사와 사귀게 됐다는 개 풀 뜯어먹는 충격 선언으로 모두를 경악과 충격의 도가니로 인도해 주었던 정훈이. 정훈이는 한 달 정도 병원에 입원해 있다 퇴원하자마자 뭐에 쫓기듯 정희를 버리고 일본으로 건너가 버렸다. 정훈이는 일본에서 수능 공부를 하고 수능 날에 올 것이라고 한다. 풀리지 않는 미스테리만 잔뜩 남겨놓고 한 달 만에 파토나 버린 정희와 정훈이의 교제 사건. 서정훈, 아련히 네 녀석이 그리워지곤 해. 공항에서 짐을 끌고 멀어져 가던 너의 뒷모습이 아직도 눈에 밟혀.

딱—!!

"아아악!"

"박지민!! 수능 볼 거야, 말 거야잉?! 학원이 무슨 여관인 줄 알아잉?! 학원비 내고 자러 왔냐잉?!"

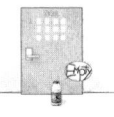

내 마빡을 정확히 조준해 한 치의 오차도 없이 중앙을 향해 달려드는 하얀색 분필 토막. 아함~ 꿈을 꿨다. 몇 개월 전에 일어났던 일들이 파노라마처럼 휘릭 스쳐 지나가는 아주 찜찜하고 더러운 꿈을 꿨어. =__=

"울먹! 수학 시간만 되면 잠이 오는 걸 어떡해요? ㅠ_ㅠ"

"얼씨고? 거짓말할래? 으잉? 내 딴 선생들한테 다 들었어잉! 넌 매 수업을 죄다 졸음으로 때운다는 소리를 말이야!!"

몇 개월 동안 나란 인간에 대해 너무 많이 알아버린 저 상한 돼지. 늘 지진아 상담이란 타이틀을 내걸고 학원에서 뒤떨어지는 애들을 모아 상담실로 끌고 간다. 그리고는 개기름이 낀 얼굴을 들이밀며 넌 세상을 왜 사냐고 노골적인 추궁을 하곤 하지. 그 지진아 상담에 늘 빠지지 않고 날 참석시키는 저 유통기한 지난 상한 돼지 수학 선생.

띠이— 띠이—

"박지민!! 1분 뒤에 종친다. 침 닦고 일어나라, 어?!"

이마에 붙은 분필 가루를 탈탈 털며 상한 돼지를 잘근잘근 씹어대고 있을 때 학원 바깥에선 상식과 버릇을 상실한 인간이 클랙슨을 시끄러이 울려댔다.

"오오~ 지민이 애인 떴다. 야, 저 목도리 이쁘다. 머리통이 작아서 목도리에 얼굴이 가린다, 가려. 쯧쯧! 저 복받은 년. -0-"

"아직 내 수업 1분 남았오잉!! 일주일 뒤면 수능이요잉!"

"지극 정성이다. 몇 개월째 하루도 안 빼먹냐? 지훈 씨는 하루가 다르게 멋있게 성장하는구나. 인터넷에 떠도는 사진보다 실물이 배는 낫다, 야."

 추잡하게 창문에 덕지덕지 들러붙어 학원 앞에서 담배를 물고 날 기다리고 있는 총각의 얼굴을 구경하느라 바쁜 여자들.

 "니가 보기에도 잘생겼든? 스포츠카 하나는 째끈하니 잘생겼더만. 저런 재수없게 생긴 얼굴이 뭐가 좋다고 지랄들이여? 내가 더 낫고만."

 "저 형이 인터넷에 박지민이랑 키스하는 사진을 누가 올려서 떴다는 그 서지훈이란 놈 아냐? 미친놈, 너보다 배는 잘났더라."

 남자들은 쑥덕대며 소심하게 뒤에서 욕을 해댄다. 지보다 잘난 것이 설치고 생난리를 피워대는 꼴을 가만히 보고 앉아 있으려니 질투란 것이 나겠지. 하하! 그러면서도 대놓고 총각에게 달려드는 남자는 보지 못하였다. 간에 바람 빠진 것들. =__= 이번 여름, 놀러간 해수욕장에서 총각과 내가 키스하는 사진을 몰래 훔쳐다 모 인터넷 까페에 올려놓은 장본인은 정지영, 고 나쁜 년의 만행이렷! 그 덕에 정보의 바다 속을 떠돌아다니던 그 키스 사진 조각 하나로 지훈 총각은 인터넷에서 떠버렸다. 그야말로 유명 인사가 되어버리고 말았다. ㅠ_ㅠ

 "상한 돼지 새끼가 오늘도 너 지진아 교육시켜? 아프다고 하고 빨리 내려와!!"

 총각의 음성을 들은 상한 돼지 수학 선생님이 몸을 부르르 떨어대며 뚜벅뚜벅 창가로 걸음을 옮긴다. 고개를 불쑥 내밀고 분필을 토막내어 총각의 애마 위로 숙달된 손놀림으로 아주 노련하게 슉슉 집어

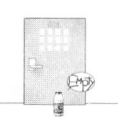

던진다.

"아씨! @#$%^&*()@#$%^&*!!"

총각은 입에 걸레를 물고야 만다. 욕하지 말어, 제발. 나는 상한 돼지 선생의 보복이 두렵단 말이여. =__=

"너 이 자식, 너 왜 맨날 내 수업 시간에 학원에 찾아와서 난동이여잉?!"

"박지민 지진아라는 말, 그거 빼줘요. 상한 돼지라고 안 부른다니까요, 에? 아님 학습 부진아라 부르던가!! 쪽팔리게 지진아라 그러니까 내가 무슨 진짜 덜떨어진 애랑 사귀는 것 같잖아요! 암튼 박지민 내려보내요!"

"내 맘이다, 이놈아!! 내 표현 자유여잉!! 지진아든, 학습 부진아든, 박지민은 올해도 대학 가망없어잉?!"

타앙—!!

그럼 난 이쯤에서 교실을 박차고 세차게 뛰어야 한다. 몇 개월째 반복하고 있는 목숨을 건 도주 놀음. 그렇게 도주 놀음으로 도주해 온 곳은 베스킨라빈스 앞.

투둑— 투둑—

시끄믄 하늘에선 한 방울, 두 방울 빗방울이 떨어지며 한겨울 체감 온도를 급격히 낮추고 있다.

"아, 추워 죽겠는데 비가 내리고 지랄이네. 얼어 뒈지려고 환장했다. 그치, 어? 진짜 저걸 목구멍에 넘겨야 돼? 나 엿 먹이려고 그러는 거지, 어? 사실 안 먹고 싶지?"

"저걸 먹지 아니한다면 난 이번 수능에서 정훈이보다 못한 점수를 받아내고 충격에 허덕이다가 죽을지도 몰라."

쾅―!!

정훈이보다 못한 점수가 과연 몇 점이길래 저다지도 예민하게 반응하는지는 모르겠지만, 난 간사하게도 정훈이보다 못한 점수란 말을 자주 애용하곤 한다. 비 맞기 싫다는 표정이 역력한데도 목에 휘감고 있던 목도리를 풀어 내 모자지에 돌돌 매준 뒤 베스킨라빈스 안으로 쏙 뛰어들어 가는 총각. 참 많이 변했다. 얼굴만 더 새끈하게 변한 게 아니라 성격도 참 많이 죽었지. 암. =__=

훌쩍 지나가 버린 반년 사이 많은 일들이 있었다. 변한 건 비단 지훈 총각뿐만이 아니었다. 툭하면 세차해 대던 엄마의 보물인 황금색 마티즈가 어느 순간 종적을 감추었고 그 빈자리를 총각이 선물한 하얀 차가 대신하여 엄마를 기쁘게 해주었다. 지금 우리 엄마에게 가장 좋아하는 사람, 가장 믿음이 가는 사람, 다시 태어나 이 남자에게 시집가고 싶다는 질문을 넌지시 건네면 서지훈이란 이름을 1초도 안 되어 들을 수 있다. 그리고 결국 지영이에게서 걷어차이는 어느 정도 예상되어 왔던 일에 식음을 전폐하고 앓아누워 버린 정만 군은 보는 이들을 안타깝게 했었지. 몇 달 전부터 하나씩 하나씩 야금야금 없어지는 요구르트 도둑을 응징한답시고, 유력한 용의자인 민우를 잡아들여 개 잡듯이 패버린 일. 그러고 보면 시간이 참 빠르다. 죄다 엊그제 있었던 일이었던 것 같은데 벌써 반년이란 시간이 흘러버리고 말았다.

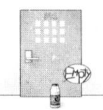

"상한 돼지가 내일 학원 가면 또 죽이려 들 거야. ㅠ_ㅠ 근데 수능 일주일하고 쬐끔밖에 안 남았는데 왜 술 처먹고 또 국제 전화질이니?!"

[안 봐도 그 선생 새끼 어떻게 생겨먹었는지 감이 오거든. 후아, 퉁퉁하지? 키 작지? 추잡하게 얼굴에 개기름 좔좔 흐르지? 크크큭!]

"잘 아네. 응, 더럽게 개기름이 흘러. 서정훈. 일본에도 비 와? 빗소리 들리네? 개새끼도 짖는 거 같고. 그건 그렇고 대한민국 수능 시험 공부를 왜 일본에서 하냐! 그리고 정희 요새."

[일주일 뒤에 우리 딸빵이 얼굴 볼 수 있겠네!! 웬수 같은 화상. 나 다쳤을 때 병문안 한 번 안 온 매정한 화상. 그래도 사랑해 줄게. 네 꼬락서니 보기 싫어서 일주일이 천천히 왔으면 좋겠는데. -0-]

"말 돌리기는. 너한테 차인 충격인지 너 일본 간 다음날부터 양정희가 변해 버렸단 말이야! 엄마 말이 우리 집 담벼락에 하루에 한 개씩 돌멩이를 쌓아놓고 도망가는 말종이 하나 있는데 그게 양정희 같다 그러더란 말이여. 사악한 저주를 빌면서 돌탑을 만들고 있다고 엄마가 혼 나간 목소리로 정색을 하며 전화를 걸어오질 않나. 지나가다 나랑 마주치면 더러운 기생충이라도 본 듯 화들짝 놀라 후닥닥 도망을 가질 않나. 정신적으로 방황하는 몹시 우울한 아이로 전락해 버렸단 말야."

[우리 미니 아파서 병원 가는 길이었는데 비 오고 지랄이야! 나 머리 새로 했다? 휘얼 쌔끈하게 변해 버렸어. 거울 보면서 서정훈 잘난 새끼한테 반해 버렸지 뭐니?]

"……."

[아씨, 비 다 맞았다. 하아, 지영이 그 기집애 죽는다 그래! 아이스크림 파는 기집애도 나 알아보더란 말이야! 쪽팔려서 면상 들고 나다니질 못하겠다고!!]

"전화해? 누구야?"

"어. 정순아, 머리 이쁘게 새로 한 거 축하하고 니네 형 왔어. 끊는다. 안녕. =__="

탁―!

아이스 박스를 손에 들고 날 흘기던 총각은 내 손에서 핸드폰을 뺏어 들고 말끔하게 고친 액정을 노려보며 이것저것 만지작댄다. 제 뜻대로 이루어지지 않자 내 핸드폰을 고물이라 치부해 버린다. =__=

"황당한 새끼. 형한테는 전화 한 번 안 하는 새끼가 어디 형수한테 허구한 날 전화질이야!! 이거 니 꺼 고물이라 그래? 발신자 왜 안 떠?!"

"얘 맨날 발신자 없음이라고 뜬단 말야. 고물이랑은 상관없단 말여."

"에이씨, 그 자식 생각만 하면 열받아서 생각하기 싫다. 그 자식 작년에 수능 점수 0점이거든? 한 번만 더 정훈이보다 못 친다느니 하는 재수없는 소리 하지 마. 어?"

총각에게 차마 말은 하지 못했지만 작년 나의 수능 점수 역시 0점이었다. 한 문제도 제대로 풀어보지 아니하고 울다 뛰쳐나온 덕분에 나는야, 자랑스런 올 0점 처리.

"하씨, 열쇠 바꾸기도 질렸다. 그 스토커가 오늘도 집에 들어와 있으면 경찰에 신고해 버리고 대신 니가 나 재워줘."

화들짝—

"난 공부 땜에 밤을 새울 작정인데? 웬만하면 그 조작된 가식녀와 진지한 대화를 한번 나눠봐. 도대체 괴롭히는 이유가 뭐냐고 말이야."

"이 여자 더럽게 둔하네. 너 같음 스토커랑 같이 밤새우고 싶겠냐?! 아, 됐어!! 그래!!"

지난날 내 가슴을 아프게 후벼 팠던 그 조작된 가식녀. 이름도 전지민이란다. 술에 취한 총각이 지민이란 이름에 나와 오인한 것이 화근이 되었다고 한다. 총각이 경품을 위해 스테이지 위에서 나이트 댄스를 춰댈 때, 이 가식녀는 총각의 가방을 들고 가방 안 주소에 적힌 원룸으로 달려와 문을 따고 들어와 있었다는 어이없고 엽기적인 이야기. =___= 그리고 그날을 계기로 스토커로까지 발전되어 버린 정희보다 질기고 질긴 여자. 후에 안 사실이었다. 이름뿐만 아니라 조작된 가식녀의 외모가 나의 외모와 몹시 흡사하더란 것을 말이다.

어찌 되었든 어느 순간부터 301호 원룸에 들어앉아 있는 조작된 가식녀를 피해 우리 집으로 와 나와 함께 밤을 지새주었던 총각. 정말 밤만 새워줬다. 나는 수험생이었으니 공부를 하며 모르는 것에 대해 가르침을 받아가며 밤을 새웠다. 사실 그렇다. 그래, 키스도 좀 했다. 조금… 많이……. =___= 그렇게 수능 전날까지.

―올해는 지난 해 수능 날보다 한층 더 낮은 기온 속에서 치러지게 됐는데요. 지금 제가 나와 있는 이곳은…….

"선배님! 잘 치세요!! -0-! 엿 먹고 철썩 붙어요!"

일 년 전이랑 별반 다를 것 없는 수험장 분위기. 작년에 난 교문 안으로 발을 디디는 그 순간까지도 울고 있었다. 일 년 뒤에 이렇게 웃으며 다시 이곳을 찾아오게 될 줄은 꿈에도 생각하지 못했었다.

"이번에도 수능장에서 뛰쳐나오기만 해봐!! 담장 밑에서 기다린다! 담 넘기만 해봐라."

"안 넘어. 어제 석이 오빠한테 전화왔었어. 수능 잘 치라고, 미안하다고."

"재수없어, 장현석."

날 데려다 주기 위해 새벽같이 일어난 총각은 입고 있던 하얀 패딩 점퍼를 벌려 그 속에 날 폭삭 끌어당겨 안아주었다. 교문 안으로 들어가는 나보다 한 살 어린것들이 이런 총각과 내 모습을 부러움이 가득한 눈초리로 힐끔거린다.

"근데 정훈이는 왜 안 와? 어제 한국 왔다고 그러던데?"

"아직 시작할 시간 멀었는데 뭐. 오겠지."

"어. =__="

매정한 형이구나. 까딱 잘못하다 동생이 삼수라도 하면 어쩌려고. 어젯밤 늦게 정훈이에게 전화가 왔다.

"공부 많이 했냐? 기다려라! 으아~ 이 띨빵이, 수능 50점은 넘으려나? 쯧쯧! 나는 서울대가 오라 하네. 사실 하바드, 옥스파드 대학

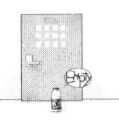
서도 날 스카웃하기 위해 어찌나 생난리던지. 뿌리치느라 몹시 고생했지 무어니? 재수없게 매년 너랑 시험치는 학교가 같고 지랄이야!"

통화 내용의 대부분이 날 농락하는 지껄임투성이였지만. =__=

"깡패는 어디서 치냐?"

"지영이? 음, 다른 학교서."

"야, 먼저 들어가. 정훈이 오면 내가 만나든지 할게."

총각의 뜨뜻한 점퍼 속에서 떨어져 나와 교문 쪽으로 발길을 옮기려 할 때쯤,

"시험 잘 치라는 선물."

교문을 향해 몇 발자국 걸음을 떼려던 내 몸은 다시금 총각의 품으로 당겨졌다. 수능 시험 고사장으로 향하는 수험생들과 교문 앞을 찍던 생방송으로 찍던 MBC 방송국 카메라가 돌아가고 있는 그 상황에서 총각은 내게 평생 잊지 못하고 기억될 열정적이고 정열적인 키스를 선물해 줬다. =__=

"어? 어? 형! 뭐 하자는 짓이에요! -0-"

자존심 상하지만 이번에 같이 시험을 치르게 된 민우의 고함 소리. 야유와 박수 갈채가 뒤섞인 교문 앞은 그야말로 난리 북새통 그 자체였다. 하지만 그 기분이란. 으하~ 이루 말할 수 없이… 죽여줬다. =__=

일 년이 지났나 봅니다. 일 년 전 오늘, 나 많이 울었었는데……. 지금 내 옆에는 이렇게 다른 사람이 서 있고 난 그 사람 옆에서 행복하게 웃고

있습니다. 많이 아팠던 만큼 지금 난 아주 많이 행복합니다.

"아, 오늘 중요한 시험 친다면서 여태까지 개새끼 품에 안고 모래 사장은 왜 뒤적이는 거여!! 싸게 가, 응? 또 뭔 놈의 사내 자슥이 분홍색 가방을 둘러메고 그려, 응?"

"할머니, 비밀인데. 내가 요구르트 안에 오백 원씩 집어넣어서 요기 모래사장에 파묻어 뒀거든? 내가 좋아하는 여자가 있는데… 여기서 처음 봤거든. 되게 귀엽다? 근데 옛날에도 내 꺼 아니었고, 지금도 우리 형이 먼저 채가 버렸어. >_< 아마 평생 나 안 봐줄걸? 사랑한다는 말 수십 번, 수백 번이나 해줬는데… 내가 항상 뒤에 있었는데도 한 번도 돌아봐 주지 않더라. 웃기네, 웃겨."

"못됐네. 이로코롬 잘생긴 서 군 싫다는 여자도 있어? 그나저나 오늘은 방 빼는 거여? 몇 달 새 정도 많이 들었는데……. 이 할미네 집 낡아서 보일러도 고장났고, 뜨신 물도 안 나오는데 할미 전기 장판도 사주고… 우리 손자 같아서……."

"또 놀러오면 되지~ 할머니, 나중에 내가 저번에 사진으로 보여준 귀여운 여자애가 놀러오면 내 얘기 하지 말고 할머니가 오백 원씩 꺼내서 새우깡이나 사줘. 그래 주면 내가 우리 이쁜 할머니 평생 사랑해 주지!!"

사랑해. 사랑해. 오늘도 네 주위를 병신같이 맴돌고 있습니다요오. >_< 이렇게라도 안 보면 죽을 것 같은데 어쩔 수 없잖아요. 사랑하는데

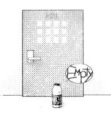

어쩔 수 없잖아요. 나는 늘 한 발 늦게 다가서는 느려 터진 한 마리의 굼벵이 자식. 하하하!! 오른손이 한 일을 왼손이 모르게 하라. 오른손잡이 정훈이가 지민이를 사랑한단 사실을 왼손잡이 지훈이가 모르게 하라. ^—^ 말 안 해야지. 평생 꼭꼭 숨겨야지. 하지만 내가 나 기억해 주면 그 땐 기특해서라도 말해 줘야지. 서정훈이 박지민을 죽을 만큼 사랑했다고.

"웃기네, 웃기네!! 작년에 박지민 너 땜에 수능 다 말아먹었어, 기집애야. -0- 이번엔 수능 치다 튀어가지 마! 이번에는 안 쫓아갈 거다! 니 옆에 우리 형이 있으니까. 올해에는 우리 형이 기도해 주니까! 나 엘리트 대학생 되어서 놀러올게. 바이바이!! >_<"

● 번외

거꾸로 돌아가는 시계

번외! 거꾸로 돌아가는 시계 —10

"아이고, 하하하!! 뭐냐!! 안 그래도 시험 치기 싫어 죽겠는데 아주 염장을 지르네!! 서러워서 제대로 시험 치겠냐! 으으… 더럽게 춥다, 추워!"

띠띠—

빠앙—

"꺄아아! 이건 수능을 치르지 말라는 하늘의 뜻인 게야. 엄마, 나 그냥 수능 포기하고 저 오라버니를 따르고 싶어!! 저 정도 배짱과 얼굴이라면 나의 평생 반려자로서 손색이 없어!!"

"이 미친년! 엄마 손에 죽어볼까? 아이고, 망측해라. 뉘 집 자식인지, 하이고! 넌 침 닦고 후딱 들어가서 한 자라도 더 보란 말여!! 이

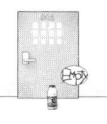

화상아! -0-"

　난잡스럽기 그지없는 계집애들 비명 소리. 교문 앞 도로에 멈춰 서 미친 듯이 경적을 울려대는 동공 풀린 운전수들. 저 어이없는 놈들, 신체 접촉이라면 그저 좋단다. -_- 저 혼 빠진 인간들의 동공을 자극시키는 낯뜨거운 장면을 연출하고 있는 낯익은 떨거지 한 쌍. 니네 눈엔 즐겁고 마음이 후끈 달아오르는 구경거리로밖에 안 비춰질지 모르겠지만 내 눈에는 저 모습이 더럽게 슬프게 박혀서 미치겠거든? 잔인한 말종들, 남의 고등학교 앞에서 뭐 하는 추태냐? 얼씨고! 방송국 카메라 돌아가고 있는 것도 안 보이냐? 잘됐네. 서지훈, 너 이제 아빠한테 뒈졌다. 하하! 뉴스 보다가 우리 아빠 기절하는 거 아냐? 웃기네, 웃기네. 형 새끼, 너 제대로 뒈졌어.

　캑캑! 크르릉… 아우우울!! -0-

　"아, 쉿! 오빠 셤 칠 동안 길거리에 내팽개쳐지기 싫으면 고개 수그리고 가방 안에서 가만히 있어. 이 배은망덕한 메두사의 흔적이 남아 있는 강아지 새끼!! -0- 너마저 이 오빨 외면하는 거야? 몸에 해로운 저 꼬라지가 그렇게 보고 싶어?! 할미랑 놀다가 좀만 더 늦게 올걸. 올해엔 수능 한번 제대로 쳐보려 했는데… 니 오빠 가슴이 아프다. 에씨, 눈 배렸다."

　안녕. 처음 널 만나서 내가 제일 먼저 너에게 내뱉은 그 말… 안녕.
　안녕. 너와의 마지막, 멀어져 가는 너의 뒷모습을 바라보며 혼자서 중얼거린 그 말… 안녕.

안녕. 세상에서 가장 꺼내기 쉽고, 말하기 힘든 그 말… 안녕.
안녕. 웃음으로 시작했다 눈물로 번져 너에게 마지막으로 건네는 이 말…… 지민아, 안녕.

by 정훈 생각.

번외
거꾸로 돌아가는 시계 —9

아리따운 저녁 노을은 오색찬란한 빛을 내뿜으며 텅 빈 놀이터 안을 가득 비추고 있었다. 놀이터 안에는 나이에 비해 몹시 정정해 보이는 할머니 한 분과 어깨까지 오는 까만 머리를 한 조금 어려 보이는 귀여운 소녀 아이 하나가 벤치에 앉아 사이좋게 과자를 나눠 먹고 있다.

부스럭— 부스럭—

"아삭! 아삭! 좀 눅눅하지만 맛있네요. 요새는 이 과자 팔지도 않던데 어디서 사셨어요?"

"뭔 소리당가? -_- 저 앞 삼룡 슈퍼에는 요 과자를 산떠미처럼 재놓고 떠리로 팔던디."

"캑캑. 삼룡 슈퍼요? 나 학교 다닐 적에 그 가게에서 유통기한 지난 과자 자주 팔구 그랬었는데……. =_= 어쩐지 과자가 좀 눅눅하드라니… 그런 거였군요."

홱—

"먹으라고 사줘도 지랄이여! 안 먹을라면 말어라잉. 잘생긴 서 군이 이 할미한테 한 부탁 생각나서 과자 사줬더니… 잉, 쯧쯧!"

"미안해요. 근데 서 군이 누구예요? 승질 드러운 제 애인하고 성이 같네요. =_="

"흥! 뭔 상관이래? -_- 옛날에 이 할미 집 아랫방에 세 들어 살던 잘생긴 학상이라 말헌다고 학상같이 버릇없는 지집애가 누군지 알겄어? 내 입만 아프제."

"할머니, 제가 많이 불쾌한가 봐요? =_= 알겠어요. 오늘 수능 성적표 나오는 날이라 지훈 오빠 피해서 여기로 피신해 온 건데……. 제가 그렇게 불쾌하신 거라면 자릴 떠드리겠어요."

탁—

할머니가 자릴 뜨려는 소녀의 손목을 꽉 붙들어 잡는다. 다시금 앉히고 소녀도 힘없이 자리에 앉는 행동거지를 보아 필히 갈 데가 없는 듯해 보였다. -_-

"할미 심심하우. 승질 안 낼 테니께 좀 더 있다 가, 으응? 벗도 없고… 내 얘기 들어줄 사람도 없고… 휴우……. 학상, 서 군 사랑담이나 들어볼라우?"

"아, 예. 글쎄요. =__= 서 군이 누군지 알아야 듣는 재미가 있을

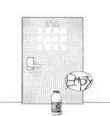

텐데… 전 도통…….″

 "누군지 몰러도 듣는 재미가 쏠쏠 허다우. 들어주우, 으응?"
 입 안 가득 과자 한 주먹을 톡톡 털어 넣으시고 할머니는 아주 쉽사리 입을 여신다.
 "그러니까 일 년 전, 무신 시험이었다 그라던 거 같던디……. 이 할미가 영 기억력이 가물가물혀. 옳다구나! 맞네, 그려. 수능이당가? 그 시험장서 딱 운명적으로 다시 만났었다고 입만 열면 그 못된 지집애 이야길 하고 또 해댔는디…….″
 "웬 수능요? 못된 지집애요?"
 "그러니까… 그 서 군 고등핵교 3학년 그려, 그 일 년에 한 번 치는 시험 때 말이여…….″

 ─일 년 전 수능 고사장.
 내 인생의 태클이 또 여기서 걸리나?
 "후아, 컴퓨터용 펜은 다 챙겼겠지요? OMR용지에다 정신 빼짝 채리고 마킹하이소. -0- 그리고 컨닝했다 걸리기만 해보쇼. 딱 그 날로다가 개망신을 당하게 해줄 테니까. 개망신이 뭐시당가? 영점 처리에다 다씬 수능 고사장에 발도 못 붙이게 될 끼구만!"
 "흐흑. 훌쩍! 흐흑."
 개 끌리듯 끌려온 수능 고사장. 책상에 고개를 처박고 서럽게 울어 젖히는 낯익은 실루엣을 지닌 저 계집애. 하하! 교복도 더럽게 낯익어요. -_-

"거기! 2분단 하나이 두이 서이 너이 다섯 번째서 고개 처박고 훌쩍거리는… 저 어느 핵교 교복이여? 어쨌든 그 분홍 가방! 시험지도 안 노놔줬는데 벌써부터 쥐어짜고 그러나! 눈 부릅뜨고 이 선상님의 맑은 눈을 바라보며 울음 못 그쳐?! 떽!"

"흐흐흑. 장현석 못된 놈… 으으윽!"

지가 지금 수능 치러 왔지 개그하러 겨드러 온 줄 아나 본데… 웃기네, 웃겨. 진짜 가관이고만.

"끅! 흑… 끅! 흐흑!"

저런 가엾기도 하지. -_- 채였구만, 채였어. 저러고 짜대면서 수능 치러 온 것도 용하다, 용해. 근데 저런 황당한 계집애 뒷모습에 내 가슴이 뛰는 건 또 무슨 조화일까? 에비, 수치스럽게시리.

"저거 봐라! 황소인지 돌석인지 현석인지 하는 그 못된 자슥에 대한 증오심은 니 가심에 사정없이 폭 묻어두고! 5분 뒤에 듣기 방송 나올 작정인디 거따 대고 잡음 집어넣으면 신성한 교실에서 즉각 강퇴당할 줄 알어잉!! -0-"

벌떡—

고개를 처박고 서럽게 울어젖히던 계집애. 감독관의 고함 소리에 고개를 확 들곤 눈물, 콧물로 범벅이 된 추잡한 몰골로 택없는 소릴 중얼대는데… 그 얼굴이 낯익어서… 하! 웃음이 나오더라.

"흐흐흑. 어어엉! 그런 게 어딨어요! 사랑하는데 헤어진다는 게 말이 돼요? 흑흑! 구닥다리. 흐흑!"

"하이고! 드럽다, 드러버!! 고 휴지로 당장 콧물 훔쳐 내고 딴 사람

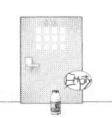

방해하지 말고 사뿐히 묵념해!! -0-"

하아, 내 인생의 태클이 여기서 또 걸리나? 계집애, 머리 많이 길었네. 더 귀여워졌다. 박지민. 웃기네, 웃겨. 이럴 땐 나 어떡하냐?

1교시 언어 영역 시간을 알리는 종소리가 울리고 칠판 위에 달려 있는 스피커에선 듣기 평가 문제가 흘러나오기 시작했다. 내 미쳐 버린 오른손은 답안지 이름란에 박지민이란 세 글자를 또박또박 적어 넣어버리고, 내 멀어버린 두 눈은 눈물을 뚝뚝 흘리고 있는 박지민을 향한 채 멈춰 버렸다.

째깍째깍—

교실의 벽시계는 힘차게 앞으로 나아가는데… 내 손목 시계는 거꾸로 되돌아가는 것만 같다. 널 처음 만났던 그날, 그때, 그 시간으로의 기억을 더듬으며 한 시간 두 시간 거꾸로 돌아가는 시계.

덜컹—

"어? 분홍 가방! 너 뭐여! 제 자리에 못 앉아?! 어?! 거기 못 서?!"

내 오른손에 무의미하게 들려 있던 컴퓨터용 펜이 교실 바닥에 툭 떨어졌다. 자리를 박차고 일어서 교실 밖으로 뛰쳐나가 버리는 어디서 보도 듣도 못한 황당한 장면을 연출해 대는 저 계집애. 박지민, 저 계집애는 분명 미친 거다! -0-

"자자, 술렁이지 말고 문제 풀고 있으시요! 어? 닌 또 므여!! 이 자식들이!! 수능이 장난이여?! 남의 가방 들고 어딜 텨!!"

아씨, 서정훈! 너도 미쳤어? 이 황당한 새끼야!! 3분단 맨 끝자리에서 2분단 4번째 자리로 뛰어가 박지민이 고스란히 남기고 줄행랑친 분홍색 가방을 어깨에 메고 교실을 뛰쳐나가고 있는 내 모습을 보고 학우들의 눈빛이 일제히 합창을 하더라. 저런 미친놈!이라고. 인생이 걸리고 미래가 걸렸다는 그 잘난 수능 시험을 방해해서 더럽게 미안하다, 새끼들아. 지금은 그냥 이대로 끝나 버리면 저 기집앨 다신 못 볼 것만 같아서… 그래서 이런 미친 짓을 해서라도 뒤쫓아가고 싶은 마음을 니들이 아냐? 다 잊었다고, 우연히 다시 만나게 됐을 땐 아무렇지 않게 웃을 수 있을 거라 생각했는데……. 짜증나게 여전히 가슴은 두근거리고, 쪽팔리게 내 눈에선 눈물이 흘러내린다.

　무슨 놈의 계집애가 저렇게 빨라!! 운동장으로 뛰쳐나와 학교 담벼락까지 전력 질주하더만 울고 있는 와중에도 능숙하게 담을 타기 시작했다.

　"헉헉! 박지민!! 잠깐 서봐! 아으… 씨!! 야! 담 넘지 마, 이 계집애야!! 서라니까!! 오, 지져스! 헉헉! 거기엔 우리 형이 자빠져 있다고!! 잠깐 서봐! 아씨, 넌 나란 놈이 누군지도 모르겠지만… 아니, 내가 누군지 알아도 넌 날 싫어하겠지만……. 나… 나 너 좋아했었다고!"

　"거기 서시오. -0- 지금 당신네들 미친 거 아니오? 돌았소? 뭐 하는 짓들이오!?"

　"아직까지… 니가 좋은가 봐. 두근거려. 박지민."

　헐떡대며 내 뒤를 쫓아오는 또 다른 감독관. 혼비백산한 표정으로 날 쫓은 감독관을 피해, 형이 지키고 서 있는 학교 담벼락을 피해, 교문을 향해 달려 나왔다. 내 병신 같은 두 다리는 너무도 허무하게 박지민을 놓쳐 버렸다. 내 손목 시계가 거꾸로 돌아가는 것 같다. 널 처

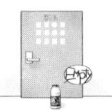

음 만났던 그날, 그때로.

by 정훈 생각.

"그래, 그 중요한 시험장에서 시험 보다 말고 그 못된 지집애 뒤쫓아 서 군도 덩달아 뛰쳐나갔더라 그러더만. 쯧쯧. 그려서 일 년마다 치는 그 시험을 이번에 한 번 더 쳤지 므냐."

"어디서 많이 들어본 이야기 같아유. 수능을 치르다 도망을 갔다는 그 못된 여자의 그릇된 행동이 결코 낯설게 느껴지질 않으네요. 서 군이라는 그 남자, 그 여자랑 무슨 관계길래 그 여잘 뒤쫓아서 같이 뛰쳐나간 거래요? 되게 많이 좋아했나 보네요?"

번외
거꾸로 돌아가는 시계 —8

"그런 조잘시런 것들까정 이 늙은 노파가 어찌 안단 말이누! 좋아 하니께 그런 거겠제. 흠. 그 뭐라든가? 고등핵교… 그래, 고등핵교 1학년 때라 하든가? 찬바람 숭숭 불어대는 겨울이던가? 응, 맞제. 맞다, 그려. 그 겨울 때 처음 만난 지집애라 그라드라."

—3년 전 무지막지한 추위가 엄습해 오던 그 해 겨울.
"머리 꼬라지 이거이거! 교복 꼬라지!! 쿵쿵! 요 봐라. 향수 뿌렸제?! 또 어떤 가스나를 홀릴라꼬! 더 이상의 스캔들은 용서할 수 없다, 이 빌어먹을 자슥!! 서지훈이!"
"집에 세탁기 없어요? 드러워 죽겠네, 진짜. 옷 좀 빨아 입던가."

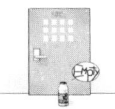

"뭐? 뭐시라꼬? 니 머리 속은 이 선상 엿 먹일 생각으로 가득 차 있제잉? 이 자석!! 니 그래 갖고 대학은 무신 놈의 하이고! 누가 니같이 지랄 같은 놈을 받아주긋노!! 이 타락한 인생아. -0-"

"타락한 체육복. 드러워 죽겠네. 선생님, 1교시 시작하는데 공부하러 가게 교복 좀 놔줘요."

"아주 당당시릅게 지각을 밥 말아먹듯이 히는 자석이 대놓고 선생을 농락해?! 일루 와! 닌 오늘도 내랑 개인 상담 좀 하자!! 아부지 잘 계시제, 엉?!"

"아, 쪽팔리게 계집애들 다 쳐다보잖아요!! 놔요!!"

"선생님. TOT 지훈 오빠 때리지 마요!!"

"이 배은망덕한 것들!! 나의 사랑하는 해산고 제자들아!! 지훈 오빠를 사랑하는 그 뜨거운 열정으로 운동장 오리 걸음 20바퀴!! 실시!! -0-"

항상 저런 식이지. 학주의 저 말도 안 되는 억지에 놀아나야 하는 지긋지긋한 현실. 학교가 붕괴하고 교권이 스러져 간다더만… 저런 식으로 학우들의 원성을 사나? 모든 결과엔 원인이 있기 마련이고, 아니 땐 굴뚝에 연기가 나지 않는다는 건 무식한 나도 알고 있거늘, 저 보라색 조기 축구회 아저씨 말이다. 자꾸 저딴 덧없는 억지를 피우다간 언젠가 필시 대규모 데모나 등교 거부가 일어나지 싶다. -_-

"오예! 야, 지훈이 끌려간다, 끌려가. 들어가자."

불쌍한 형 새끼, 벗을 헛 사귀었군.

형이 처참하게 끌려가는 모습을 희열에 가득 찬 모습으로 바라보던 형의 벗들이 오예~ 끌려간다!를 외치며 하나둘 천진난만한 표정으로 바닥에 담뱃불을 지져 끄기 시작한다. -_- 형 새끼의 잔인스런 희생 덕에 오늘도 형의 벗들과 나의 벗들은 학주가 없는 평화로운 교문을 지나 보드라운 운동장 모래 바닥을 사뿐히 지났다. 9시를 치닫고 있는 죽음의 시간임에도 불구하고 여유롭게 교실을 향해 걸음을 떼었다. 유독 가위바위보를 못하는 바보 같은 나의 형은 낼 줄 아는 것이 다부진 주먹밖에 없다.

오늘도 가위바위보에서 패배의 쓴맛을 삼킨 형이 학주 앞에서 목숨을 담보로 개기다 결국 귓불을 잡힌 채 우리에겐 도살장으로 통하는 학생과로 처참하게 끌려갔다. 학교 담벼락에 기댄 채 그 상황을 숨죽여 지켜보던 열댓 명의 무리들은 오늘도 무사 등교. 유유히 교문을 통과하는 정만 형을 보고 있노라니, 나의 문드러진 입은 기쁨에 겨운 나머지 오늘도 잠자코 있지를 못하였다.

"정만이 형! -0- 바지의 압박이 너무 심해!! 우아! 바지가 터져 버릴라 그래!!"

"뭐여?! 아우우울! 닌 후니 동생 아니었으면 내 손아귀에서 벌써 뒈져부렀어!! 거기 못 서?!"

"꺄아아아!! >_< 구정물 형아 빡돌았다! 야, 다 튀어!"

나의 진심 섞인 발언에 정만이 형은 길길이 날뛰고, 화들짝 놀란 나의 벗 정현이 놈은 도주를 시도하다 정만 형의 거친 손아귀에 붙들려 죄없이 뒤통수를 가격당하며 저주의 눈빛으로 날 죽인다 한

다. =_=

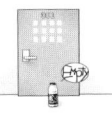

"아, 서정훈! 미친 새끼, 너 죽을래?! 형, 잘못했어요!! 악!"

"으하하. 꺄아아악! 아그들아, 다 튀어. 튀어!!"

"서정훈! 이 개자식아! 아침마다 진짜 이럴래?! 악!! 선배, 교복 잘 어울린다고요!! 압박 같은 거 절대 없다구… 악!"

난 이렇게 친구들의 원성을 샀다.

아침에 정만이 형의 손아귀에 구타를 당한 몇몇 무리들은 그날 점심 시간 무렵, 포크를 들고 도시락을 훔쳐 먹는 날 더러운 돼지 새끼 만지듯 비참하게 끌어다 추잡한 화장실에다 감금시켜 버렸다.

쾅—!!

"웃기네! 웃기네! 문 안 열어? 날 이딴 추잡한 화장실에 처박아놓고 니들이 무사할 줄 알아!! 문 박살 내고 나가면 너 죽는다! 조정현 니가 주전자지!!"

"무식한 새끼야!! 주전자가 아니라 주동자겠지! 아우씨, 무식이 판을 튀기네, 진짜!! 지네형이랑 얼굴만 닮았지 어떤 미친놈이 지훈 형이랑 널 친형제로 보겠냐!!"

"하암, 그래? 그려, 니 멋대로 지껄여 봐라. 졸리다. 난 요서 잘란다. 조정현, 자꾸 이딴 식으로 나오면 넌 매우 곤란한 지경에 이르게 될 테지. 너의 피앙새는 늘 이맘때쯤 추잡한 너에게 전화를 걸곤 하더라?"

포크를 입에 물고 변기통에 자리를 깔고 앉아 교복 안주머니를 뒤적이자 그 속에선 나의 벗, 조정현의 핸드폰이 그 구린 모습을 드러낸다. 오예. =_= 핸드폰 단축 번호 1번을 꾹 누르면 나의 사랑 피앙새라는 역겨운 이름이 액정 화면에 두리둥실 떠오르며 곧 신호음이 들려온다.

"앗! 정현아. 나의 벗, 정현아. 전화가 와버렸어. 너의 피앙새인가 봐!"

"웃기지 마!! 너 학교 끝날 때까지 못 나올 줄 알아!"

이 어병한 새끼. 언제까지 드러운 화장실에 날 가둬놓을 수 있나 보자. 내 추악한 잔꾀에 우리 형이 두 손 두 발 다 들었다오. 뭐, 날 많이 패긴 하더라만.

[떼루루루루— 떼루루루— 딸깍! 여보세요? 정현이야?]

"모시모시?"

[누구… 세요? =__=]

"엉. 나 정현이여, 정현이. 콜록! 나 돌림 감기 걸렸어. 콜록! 우리 자기의 따사로운 손길이 몹시 그리워. 보고 싶다. 콜록! 콜록!"

"저거 봐. 저 새끼 또 쇼하는 것 봐. 야, 서정훈! 넌 항상 그런 식이었어! 아주 오래전부터 그런 식이었어!!"

그래, 난 항상 이런 식이지. 늘 추잡하고 추악한 이런 식이었지.

[감기 걸렸어?! 어젠 말짱하더니만. 심해? 그럼 오늘 지영이랑 애들 만나자는 약속 취소할까?]

"으… 응? 우리 자기랑 내가 무슨 약속 했었나?"

[까먹었어? 오늘 니 친구들하고 내 친구들 같이 만나기로 했잖아. 근데 오늘은 너 감기 걸려서 못 만나겠네. 그럼 그냥 푸욱 쉬고…….]

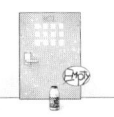

이 조정현 강아지 새끼. -_- 나에겐 지 여자 친구를 만나러 간단 소리 따위 입도 뻥끗 하지 않았었는데… 이런 식으로 내 뒤통수를 치나?

"아… 참, 그랬지. 까먹긴… 분명 그랬었어. 우리 자기야, 못 나가긴. 남아돌고 도는 게 체력뿐인데……. 만나야지. 오늘 우리 어디서 보기로 했더라? 바다? 하늘? 천국? 응응? 아, 그 아파트 앞 후진 데 있는 놀이터? 우리가 거기서 보기로 했다 이 말이지? 엉. 그때 봐, 우리 자기야. 콜록!"

탁—

쾅쾅—

핸드폰 플립을 덮고 잠시 나의 안면 근육이 씰룩씰룩 경련을 일으키기 시작한다. -_-

"이 새끼들!! 니네 다 뒈졌어!! 나만 쏙 빼놓고 니들끼리 여잘 만나러 가?! 저번 대동여상 계집애들이 전부 나 찍은 데 앙심 품고 이번엔 날 떨궈놓고 갈 수작이었냐?! 그래서 일부러 화장실에 처박아놓은 거지?!"

벌컥—

나의 발광스런 고함 소리에 화장실 문이 벌컥 열렸다. 붉게 물든 얼굴로 고래고래 소릴 내지르는 나의 벗 조정현이 씩씩대며 내 손에 들린 핸드폰을 낚아챘다.

"아악!! 내 핸드폰 언제 도적질했어! 내놔!"

"얼굴 잘난 게 죄냐고!! 울 아빠가 좀 잘생겼냐! 울 엄마가 좀 이쁘냐! 아씨, 울 학교에서 내가 젤 잘생겼단 건 나도 잘 알지만……."
"이 중중 자뻑!! 야, 이 자식 밟아!!"
"아악!! >_<"
화장실 구석에 처박혀 친구들에게 집단 이지메를 당하는 그 순간에도 해는 저물고 수업의 끝을 알리는 우리 학교 특유의 돼지 멱따는 난잡한 종소리가 울려 퍼졌다.
"아아, 이 새끼들! 이건 나에 대한 모독이야. 아우, 짜증나! 눈탱이 밤탱이 된 그지 꼴로 계집애들을 어떻게 만나! 쪽팔리게!!"
나의 목숨과도 같은 신이 내린 얼굴에 대걸레를 문질러 대는 소새끼들 덕에 하얗던 눈두덩이가 시퍼렇게 부어올랐다.
"더 밟아버릴 걸 이 엉아의 높은 자비로움으로 참은 줄 알아라, 어?! 새끼, 그래도 모자 쓰고 색안경 끼니까 인물도 살고 훨 낫네."
"웃기네. 인물이 받쳐 주니까 이 정도지. 니네가 이랬으면 눈 버렸어!"
난 나의 벗들에게 원성을 사는데 타고난 재주가 있는 문드러진 입을 날 때부터 물려받은 저주스런 인간인 것일까?
"야, 우리 이 자뻑. 놀이터에 생으로 묻어버리자. 입 안에다 모래 좀 먹여가면서 고통스럽게 말야. 어때? =_="
대여섯 명의 소새끼들이 일제히 요상한 괴성을 내질러대며, 아싸를 연발해 대며, 차라리 자갈을 먹이자고 아우성치는 그 꼴을 보고 있는 심정… 이루 말할 수 없는 암담과 암흑, 혼돈 그 자체였다. -_-
우람한 팔뚝을 자랑하는 형구 녀석에게 주둥이를 틀어막히고 도착

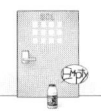

한 대현 아파트 앞 후미진 놀이터. 근처 세화여고 교복을 입고 있는 계집애들 서너 명이 그네에 앉아 허연 분가루를 바삐 양 볼에 찍어대고 있었다. 누렇던 그녀들의 얼굴은 서서히 밀가루 반죽이 되어가고 있었다. 미친미친을 연발하며 분을 바르고 있던 한 계집애와 내 두 눈이 정면으로 마주쳐 버렸을 때 난 몸을 비틀어 그대로 달음박질을 쳐버렸다. 으아, 씨! 어제 테레비서 해준 전설의 고장에 나왔던 목메 죽은 귀신이랑 똑같이 생겼어! -0-

"야! 서정훈, 너 어디 가!! 저게 못 볼 걸 봤나?"

"미친… 조정현, 저 모자 쓴 놈 뭐야? 내 보기엔 꼭 날 보고 화들짝 놀라서 도망가는 걸로 보이는데?"

"어? 아냐. 행실이 바르고 곧은 놈이라 사람 무안하게 얼굴 보고 도망가거나 그러는 인간 말종 새낀 아냐. 근데 지민이는?"

헉헉! 똑같애, 똑같애! 목메 죽은 귀신 계집애랑 똑같애!!

퍽—

"아악!!"

"꺄아아!!"

툭—

몸서리를 치며 죽어라 달음박질을 쳐대던 난 놀이터 근처 삼룡 슈퍼 앞에서 통실한 무언가와 심하게 부딪쳤다. 그 충격으로 콘크리트 바닥으로 나가떨어져야만 하는 수치스런 수모를 겪어야만 했다.

"아아악!! 눈알 제대로 안 박혔어?!"

그리고 그런 나와 함께 추잡스레 바닥에 나뒹굴고 있는 먹물새우깡이라는 촌스런 과자와 네모나게 각진 플라스틱 통. 그 안에는 무색 액체가 음흉스레 출렁이고 있었다. 플라스틱 겉표지 딱지에 쓰여 있는 그 이름, 무악 진로 소주. -_-

거꾸로 돌아가는 시계 —7

"여기 떨어진 이 비타민 그쪽 거 아니에요?"
"니 가져라. 대신 이 소주는 내가 가질란다. -_-"
출렁— 출렁—
"싫어요. 그거 빨리 주세요. 친구가 몹시 목말라 한단 말예요. =__="
"웃기네. 니 친구는 소주로 갈증 해소하고 그러냐?"
"네. 저 빨리 가봐야 돼요. 그거 줘요."
 소주로 갈증을 해소하는 인간이라… 그 친구라는 인간 얼굴이 몹시 궁금하다, 야. 내 왼손에 들린 무악 소주. 그리고 세화여고 교복을 입고 무안하리 만치 뚫어지게 소주를 쳐다보던 눈만 땡그란 이 계집애. 목소리가 낯익어서였을까? 아님, 내 두 눈이 녹슬어 버린 걸까? 난 이런 타입을 선호하지 않는데……. 내가 모르는 또 다른 난 그렇지 아니한 마음을 품고 있었던 것일까? 이렇게 순진하게 생긴 여자는 싫어하는데……. 정말 싫어하는데… 싫어하는데!!

"아씨, 오랜 독수공방 생활로 내 심신이 피로해서 그런 건가 봐. 너 디게 이뻐 보인……."

"네?"

"그 고양이 가방이 이쁘다고."

"고양이 아니고 키티인데……."

"키티는 새로 나온 고양이 이름이냐? 몹시 웃기네. 귀에 리본도 달고 사람 행세를 하네. 재수없게 말야."

"내 술이나 줘요. 제 친구 기다린단 말예요."

"웃기네. 쬐끄만 게 벌써부터 술 밝히면 너 난중에 우리 형 새끼같이 승질 드러운 놈이랑 결혼한다, 어? 그런 의미에서 이건 압수고 요기 바닥에 널브러져 있는 과자랑 내 비타민은 니가 갖고 가라."

"그런 게 어딨어요? 그쪽도 교복 입고 있는 거 보면 나이 얼마 먹지도 않았… 어? 해산고 교복이네? 정현이랑……."

"뭐? 누구?"

띠디디디딩— 띠디디디딩—

위잉— 위잉—

그 순간, 내 교복 안주머니에 있던 핸드폰이 진동하고 모자로 가려진 내 얼굴을 들여다보려 고개를 틀던 이 계집애의 가방 안에 있던

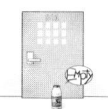

핸드폰도 요란한 소리를 내기 시작한다.

"여보세요? 정현이냐? 언젠 오지 말라며! 왜 다시 오래!"

"여보세요? 지영이야? 어, 니가 좋아하는 무악 샀어. 아니, 지금 가고 있는 중인데 진짜 거의 다 왔어. 정현이 벌써 왔다고? ……. 저기. 잠깐만, 지영아."

"귀신 닮은 애가… 야, 잠시만. 야, 너 방금 정현이랬냐?"

"해산고 조정현요?"

"어, 조정현. 너 혹시, 진짜 혹시 말인데… 니가 그 새끼 여자 친구냐? 아니지?"

"맞는데요?"

"그래? 하! 야! 내 비타민 내놔!"

홱—

탈탈—

"아그작. 아그작."

"저기… 비타민 한꺼번에 너무 많이 먹으면 몸에 해롭다던데요?"

"웃기네. 니가 뭔 상관이야!! -0- 씹어먹고 뒈지든 말든! 내가 먹는다는데 니가 뭔 상관이냐고!"

"울먹. 아니… 그냥."

알 수 없는 찜찜한 기분과 더불어 밀려오는 허탈함에 손에 들고 있던 무악 소주를 바닥에 내동댕이쳐 버리곤 그대로 놀이터를 향해 내키지 않는 발걸음을 옮겼다. 내가 던진 소주병과 바닥에 널브러져 있던 먹물새우깡을 조용히 집어 들더니 나와 약간의 거리를 둔 채 쫄래 쫄래 내 뒤를 따라오는 저 여자. 귀찮다는 듯 내가 뒤를 돌아보자 겁을 질러먹고 두어 발자국 나에게서 멀어지는 저 여자. =_= 친구 놈의 여자 친구라는 소리에 잠시나마 시끄믄 속내를 품고 있던 난 단박에 그 검디검은 속내를 누가 볼세라 황급히 떼어내 버렸다. 친구의 여자한테까지 손을 델 만큼 썩어 빠진 인간은 되기 싫으니까……
"뭐야? 니네 뭔데 같이 오냐! 서정훈! 너 지민이한테 뭔 짓 했어!"
"삽질 너무 좋아하다간 밭 매는 시골 아줌마한테 시집가는 수가 있어, 조정현."
"이 무식한 새끼! 시집이 아니라 장가겠지!"
"아이고, 니 잘났소. -0- 니들끼리 술판을 벌이든 노름판을 벌이든 황홀한 놀이를 즐겨. 그냥 기분이 구려서 난 먼저 자릴 뜰란다. 야! 무악 소주, 안녕! 우리 다신 보지 말자! 안녕!"
술병을 꼭 움켜쥐고 아까부터 괴기스레 날 노려보는 귀신에게 걸어간 조정현의 그녀에게 양팔을 휘저으며 굿바이 인사를 건네지만… 돌아오는 건 저 멀리서부터 싸이코 쳐다보듯 날 바라보던 그녀의 냉랭한 시선뿐이었다.
첫눈에 필이 꽂혔다던가? 우습게 들리겠지만 이 여자를 처음 봤을 때 머리가 아닌 내 마음이 먼저 움직였다.

by 정훈 생각.

"할머니, 그 애한테서 들은 얘기 더 말해 줄래요? 이상해요. 내가 겪었던 일하고 똑같은데……. 다른 사람한테서 남의 일처럼 이렇게

듣고 있다는 게 너무 이상해요."

"이 엉뚱한 학상이 뭐가 이상허다 그려? 당연히 남의 일이제! 이 할미 얘기 더 듣고 싶우?"

거꾸로 돌아가는 시계 — 6

하아! 한숨도 못 잤어!! 그럼에도 웬수 같은 학교는 가야 하지? 나의 형도 전날 밤 무리한 음주를 즐기고 늦게 귀가하시느라 도통 잠을 못 이룬 듯한 몰골이다. -_-

"형, 어제는 개구멍으로 3학년 유리 선배 데리고 집에 들어왔지?"

"버스 끊겼다는데 길바닥에 버리고 오냐?! 몰라! 신경 꺼! 기억 안 나. 서정훈, 저번처럼 아빠한테 이르기만 해봐. 너 혈육이고 뭐고 내 손에 뒈져."

"아이고, 뻔뻔스럽기도 하지. 맨입으로? -0-"

"니 형이 누구 덕에 아빠한테 죽기 직전까지 골프채로 두들겨 맞고 병신 됐는데! 학교고 뭐고 지금 내 손에 죽을래?!"

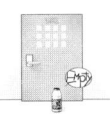

아이코, 입 한 번 잘못 놀렸다가 등교 길에 혈육의 따사로운 손길에 시체가 되어 17세 짧은 생을 고대로 마감할 뻔했다.

악질적인 형에게 몇 번의 구타를 당하고 기다시피 도착한 나의 학교. 교문 앞에선 간사한 미소를 입에 대롱대롱 매단 채 엎드리고 있는 조정현과 나의 벗들이 날 보며 무언의 아침 인사를 건넨다. 너도 딱 걸렸어라고. 고개를 돌리면 정욱이 형을 비롯해 먼저 학교로 걸어간 나의 사랑스런 형 새끼가 신이 난 학주의 구령에 맞춰 능기적대며 운동장을 돌고 있는 게 보였다.

"오! 서정훈이! -0- 너거 형제 새끼들, 오늘 내 손에 딱 걸릿다! 뭘 보고 서 있노! 책 보따리 풀고 그 모자 벗고 엎드려 뻗쳐! 그라고 보니 오늘 골 때리는 놈들 죄다 걸릿네! 요리조리 내 칼날 같은 눈을 잘도 피해 다니더만. 느그들, 오늘 다 죽었다!"

보라색 드러운 체육복을 착용하고 있는 학주 선상님은 낡아 빠진 슬리퍼를 신은 채 길길이 날뛰시며 진정 신이 나 있었다. =_=

"야, 배신자. 다리는 또 왜 절뚝대냐? 보기 흉하게."

"운동장 돌고 있는 놈들 중에서 젤 추악하게 생긴 형 새끼가 밟았어."

"야야, 지훈 선배가 너 노려봤어."

"웃기네. 항상 저런 식이지, 저 살인마는. 어제 여자 친구랑 황홀하게 잘 놀았냐?"

"당연한 걸 왜 물어보냐?"

"웃기네. 근데 너… 걔랑 오래 사귀지 않았냐? 아직도 걔 만나면 그렇게 미치도록 좋고 콩팥이 콩닥콩닥 발광을 하고 그러냐?"

새벽 4시. 잠들기 전까지 그 맹하게 생긴 계집애가 자꾸만 내 머리를 떠나지 않고 머리 속을 헤집고 다녔단 말은 너한테 죽어도 못하겠다. 정현아, 내가 미쳐 버린 건가 봐.

"어. 귀엽지 않냐? 하는 짓 진짜 엉뚱하고 귀엽다니까!"

"이 팔푼이 같은 놈."

딱—

"아아악! 선상님, 뇌세포 죽으면 어쩌려고 머리를 때려요!!"

정현이 놈 옆에 쪼그리고 앉아 나름대로 심각한 말을 건네는 날 발견한 학주 선상님. 두 눈을 부라리며 슬리퍼를 찍찍 끌고 총알처럼 내 곁으로 튀어와선 내 머리를 거세게 후려갈기며 길길이 날뛰신다.

"에라, 이 자슥! 니한테 남아 있는 뇌세포도 있었더냐?! 느그 형이 그라드만. 느그 집 약국 한담스로! 내한테 쥐터지고 약값 안 들어서 좋긋네, 이 자슥아! 좋은 말로 할 때 엎드려 뻗치라!"

망할 형 새끼. 그래, 선생 앞에서까지 사기를 치고 다니나? 우리 약사 아빠가 들으면 참 장하다 그러겠네. 그날 아빠가 약사란 사실 덕에 학주 씨는 아주 맘을 푹 놓고 날 손 가는 대로 늘씬하게 지져 밟아주셨다.

오전 수업 시간엔 부족한 잠을 보충하고, 점심 시간엔 학우들의 도시락을 훔쳐 먹고, 오후 수업 시간엔 교내 봉사 활동을 하며 바삐 시간을 보내다 보니 어느새 하루해가 저물어 버렸다. 학교 수업을 마감하고 절뚝대며 학교 비탈길을 내려가는 길.

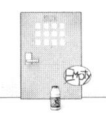

"서정훈, 오늘은 정현이랑 다른 애들하고 안 놀러가?"

미모가 출중한 나의 짝, 박은정. 형에게 치이고 학주에게 치여 추락할 대로 추락한 내 몸뚱어리를 대신해 나의 가방을 들어준다며 내 뒤를 졸졸 따른다. 그래, 이렇게 영혼이 맑은 아이가 날 좋아해 주는데 그 눈만 땡그란 계집애한테 내 고귀한 마음이 이끌리고 있다는 건 몹쓸 짓이야. 그래, 말도 안 되는 미친 짓이지.

"지 여자 친구 만나러 간다는데 거길 내가 왜 가?"

"그래? 이상하네. 너 그런 데 따라가는 거 좋아하잖아."

"우리 은정이, 이 오빠가 추잡스럽게 언제 그러디? 그런데 따라가는 거 나 무척 혐오해. 어? 혐오한다고!"

"어? 어. 근데 정훈아, 넌 좋아하는 애 없어?"

"좋아하는 애? 왜? 있으면?"

"누군데? 우리 학교야? 우리 반? 선배? 누군데?"

"박정은 사랑해."

"……"

뻔하게 나 좋아하는 거 알면서 이러는 거 보면 나도 진짜 나쁜 새끼구나. 내 한마디에 돌연 우뚝 걸음을 멈추는 나의 짝을 뒤로한 채 용돈을 구하기 위해 시내에 있는 아빠의 병원으로 걸음을 옮겼다. 시내 번화가를 걷다 난잡한 싸움 소리에 고개를 돌리자 커피숍 앞에 낯익은 교복을 입은 두 명의 여자가 보인다.

"양정희! 진짜 왜 그러는 건데!"

거짓말처럼 내 두 눈에 박히는 지민이라는 정현이 놈의 여자 친구.

저 계집애, 오늘 정현이랑 만난다더니 여기서 뭐 하냐? 간 떨어지게. 행여 시퍼렇게 멍이 든 두 눈을 들킬세라 호주머니에 구겨 넣어뒀던 갈색렌즈 안경을 끄집어 내 두 눈을 가렸다. 쓰고 있던 모자를 더 깊게 눌러 쓴 뒤 모르는 사람인 양 괜스레 주위를 서성거려 봤다. 주위 분위기 상 굳이 일부러 아는 척을 하고 싶지는 않았다. -_-

"왜? 내가 뭘? 박지민 너 왜 이렇게 오버하냐? 니 남자 친구 몰래 한 번 만난 거 가지고 촌스럽게 왜 이래?"

"그러니까 왜 나 몰래 정현일 만나는 거냐고!"

"그러면 대놓고 만나리?!"

"너 왜 맨날 이런 식인데?! 흑! 왜 맨날 이런 식이냐고!"

"아, 짜증나. 조정현인지 뭔지 하는 놈도 짜증나고, 너도 진짜 짜증나. 완전 끼리끼리 아냐, 이것들."

고양이같이 생긴 계집애가 길바닥에다 드럽게 가래침을 탁 내뱉어 낸 뒤 쿵쾅대며 내 쪽으로 걸음을 옮기기 시작했다.

탁—

철푸덕—

"아씨! 이 망할 계집애가 미쳤나! 누굴 후려치고 지나가!"

"뭐야? 지가 무슨 연예인인 줄 알아? 웃기지도 않아. 교복에 썬글라스 끼면 니가 멋있는 줄 아냐? 자빠져서 뭐 해? 아, 지나가게 비켜!"

"하하. 아악!!"

통뼈로 된 몸인지 내 가녀린 어깨를 툭 쳐 길바닥에다 내동댕이쳐

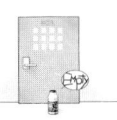
놓고선 미안하단 말도 없이 독설을 내뱉어대더니 내 복부를 밟고 홀연히 사라지는 망할 계집애!!

"아우! 교복이 아주 터질라 그런다! 작작 좀 줄여 입어라, 계집애야! 너 말야, 작살나게 웃기게 생겼어! 니가 감히 내 배때기를 밟아?!"

"흑! 으앙~ 흐흑! 양정희! 흑!"

눈썹을 찡그리며 상체를 일으키자 길바닥에 주저앉아 땅을 치며 오열하고 있는 친구 놈의 여자 친구가 보인다. 난 그저 모른 척 지나갔어야 했는데… 내 두 다리는 어느새 한 발 두 발 울고 있는 저 계집애를 향해 가고 있었다. 다행히 이른 시간이라 번화가에 그다지 사람이 많지 않았다. 은근슬쩍 다가가 울고 있는 계집애에게 말을 붙여볼 수 있었다.

"야~ 오늘 날 죽인다, 죽여. 이런 날 부정 타게 울고 지랄이냐?! 넌 길바닥에서 쪽팔리지도 않냐? 좀 인나봐. 어? 야!"

"흐흐흑! 누구야? 흑. 절루 가."

"이노무 기지배! 나 나쁜 놈 아녀. 너 조정현 알지? 어… 음, 그러니까 그 새끼, 아니, 그 자식, 아니, 그 아이… 친구랄까? 아니, 그냥 좀 그놈이랑 안면 트고 지내는 사이려나……."

"으흐흑! 그래서 뭘 어쩌자고? 흑!"

참 사람을 무안하게 하는 탁월한 재주를 가진 여아일세. -_- 그렇구나. 서정훈, 그래서 뭘 어쩌자고?

"아씨, 그러니깐 니네 집 어디냐? 데려다 줄 테니까 인나봐, 좀! 시내에서 이러고 있음 안 쪽팔리냐?!"

"흐흑! 너 진짜 정현이 친구야? 흑!"

"아, 짜증나. 친구라기보단 그래, 친구다. 그건 왜?"

"니가 정현이 친구라면… 넌 나의 친구이기도 하잖아. 흑!"

"어째서? 뭔 놈의 근거로? 아니, 그래서?"

"친구에게 술 한잔 사주는 관용을 베푼다면 너와 나도 좋은 친구 사이가 될 수 있지 않을까? 훌쩍!"

"너 보기보다 사악하구나? 이 녀석, 무엇보다 나까지 덩달아 쪽팔려지려고 하거든? 짜지 말고 인나라. 어?"

"훌쩍! 수울."

소도둑놈한테 쇠고기 샀으니 친구하자고 손 내밀 계집애네, 이거.

"내가 왜 너한테 술을 사줘? 너 미친 거 아냐?"

"흐흑. 싫음 말면 되잖아. 흑! 왜 소린 질러?"

하씨, 이게 우리 집구석의 내력이라고 하는 것일까? 우는 여자 앞에서 한없이 약해져 버리는 몹쓸 내력. 증조 할아버지의 할아버지를 비롯한 아빠, 형, 그리고… 나.

"내가 너 울렸냐?! 아, 울지 마. 이 망할 계집애야! 사주면 되잖아?!"

난 울고 있는 그 애를 데리고 친구 아빠가 운영하시는 노래방으로 갔다. 곧장 호프집으로 가기엔 우리의 차림새가 너무 부적절했다.

지하 1층에 있는 카우보이 노래방. 그리고 3번 방. 나는 죽어라 노래를 해대고,

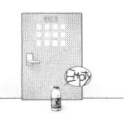

"어? 야! 너 누가 이거 다 마시래!! -O- 너 미친 거지? 미쳤지, 어?"

"엉. 헤헤. 나 미쳤어."

옆에 있는 이 계집애는 죽어라 캔 맥주를 퍼마시는가 싶더니… 급기야 두 눈이 풀려 버렸다.

"경고했다. 내 어깨에 지대지 마."

"훌쩍! 교복에서 좋은 냄새가 나요, 아저씨."

"아저씨? 이 아줌마가 미쳤나?! 누굴 홀리려고 이래! 절루 안 가?"

멍청한 동공을 한 채 내 옆에 철썩 붙어 앉아선 떨궈놓으면 놓을수록 더 더욱 내 어깨를 파고들며 머릴 기대는 잔인한 여자. 니가 이런 식으로 나오면 안 그래도 싱숭생숭한 나의 마음이 가랑잎처럼 몹시 흔들린단 말이여. 아, 흔들린다. 으악! 스톱!! 마음의 안정을 찾아 이 여자 보기를 벌레같이 해버려! 조정현, 그냥 네놈 여자 친구가 힘들어해서 술 한잔 사준 것뿐이고, 위태하고 위험해 보여서 집까지 데려다 주려는 생각뿐이거든? 근데 내가 너한테 죄진 거냐? 이거 죄 아냐, 새꺄! 근데… 아씨, 나 죄지은 기분이다.

어느새 예약 시간은 한 시간을 치닫고 있었다. 내 손으로 예약한 노래들이 부르는 이 하나 없이 노래방 가득 반주 음악만 울려 퍼져댄다. 그리고 그 한 시간 내내 술에 취해 내 어깨에 기대 잠들어 버린 이 계집애를 가만히 바라보고 있는 미쳐 버린 날 발견할 수 있었다. 미치겠다, 진짜.

예약 시간 1분을 남겨놓고 노래방 화면에 뜬 노래 제목과 가수는 이지훈의 언제라도.

"아, 이 계집애야! 일어나! 시간 다 됐다. 니네 집 어디냐? 이거 부르고 나가야 돼! 어디 내 약해 빠진 어깨에 그 무거운 머리통을 기대냐! 나 정현이 새끼한테 이딴 불륜 현장 들키면 죽어! -0-"

마이크를 통해 울려 퍼지는 내 고함 소리에도 꿈쩍 않는 걸 봐선 이미 오래전에 잠이 들어버린 듯하다.

"아아, 내 18번 나왔다. 에씨, 이거 부른 가수 이름 지훈이거든? 우리 형 이름도 지훈이라서 내가 이 노랠 좀 좋아한다. 낯짝 부끄럽지만 내가 우리 형을 좀 많이 좋아하거든. 그려, 나 혼자 지껄이고 있구먼. 재미없기도 하지. 미안해. 용서해 줘. 힘들게 했던 나를… 너 없는 내 모습 두려워서……."

금세 1절이 끝나고 간주 음악이 흘러나올 즈음,

벌컥—!!

갑작스레 노래방 방문이 열렸다. 친구 형구 놈이 부담스런 자신의 얼굴을 불쑥 들이밀어 나의 심정을 내려앉게 만들어준다.

"야! 너 왔다며! 왔음 이 형한테 콜을 때려야 될 거 아냐!"

"뭐야? 너 정현이랑 같이 나간 거 아녔냐? 여긴 뭐 하러 왔냐?"

"왜 왔긴, 우리 집이니까 왔지!! 아, 정현이도 지금 같이 왔어. 그 새끼 지 여자 친구한테 바람맞았거든. 으하하! 근데 니 어깨에 기댄 그 여자는 누구냐? 으하! 분위기 작살나네?"

"정현이도 여기… 왔다고?"

"엉. 정현아! 여기 정훈이 새끼 있다! 옆에 여자도 있는데? 이 자식

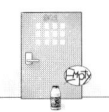
이거 여자 친구 있으면서 우리한텐 구라를 쳐댔어! 일루 와봐!"
 전형구, 내가 이래서 널 싫어하는 거야!! 이 눈치없는 자식아!! 노래방이 떠나가라 고함을 쳐대는 형구의 목소리에 정현이 놈이 뛰어 들어 와버렸다. 화들짝 놀란 나머지 내 어깨에 기대 잠들어 버린 이 계집애의 머리통을 거세게 떨궈내려 몸서리를 쳐댔지만 싸하게 굳은 눈길로 날 노려보는 조정현과 내 두 눈은 일찌감치 허공에서 마주쳐 버렸다. 그날 이후, 노래방에서의 이 일은 내 인생에서 가장 아찔했던 순간으로 기억되어 있다.

by 정훈 생각.

거꾸로 돌아가는 시계 —5

"박지민, 눈떠봐. 니네 집 앞이거든? 야! 계집애가 술이 떡이 되어서 이게 뭐냐!! 니네 엄마 무서워서 벨은 못 누르겠다. 박지민!"

"조정현, 오해란 거 알지?"

"오해고 뭐고 술은 먹이지 말아야 될 거 아냐! 서정훈, 이게 뭐냐?"

노래방에서부터 집 앞까지 박지민을 업고 오는 내내 내게 아무런 말도 없던 이놈은 평소 같지 않은 냉정함과 차가움으로 죽일 듯이 날 쏘아붙였다. 왠지 변명이란 그 자체만으로 인간이 한없이 쪼잔해 보여 변명을 해볼까 하다 그냥 다시 입을 다물어 버렸다.

크릉! 오올— 우울—

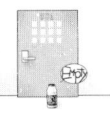

담 너머로 개새끼의 소름 돋는 울부짖음이 들려왔다. 잠시 후 사납게 생긴 한 아줌마가 문을 따고 도도히 걸어나오다가 화들짝 놀라며 박지민을 집 안으로 끌고 들어갔다. -_-

찰싹— 찰싹—

"또 너야! 어디 남의 딸내미를 등에 업고 동네 창피하게 이게 뭐 하는 짓이야! 교복 입고 술을 먹여?! 너 임마! 아줌마 손에 죽어보까?! 어?!"

찰싹— 찰싹—

"아, 어머님! -0- 고정하세요. 아악!! 아파요. 진정하세요!! 제가 죽을 죄졌어요. 아악! 용서해요!"

"누가 니 어머님이야! 난 너 같은 아들내미 둔 적이 없다, 이놈아!"

박지민을 업고 있던 조정현은 엄마인 듯한 사람의 솥뚜껑만한 손바닥에 등짝 후려치기 수모를 겪으며 쫓기다시피 그 자리에서 도망쳐 간신히 생명을 유지할 수 있었다. 물론 옆에 서 있던 나도 죽기살기로 같이 뛰었다. 어찌나 세차게 두들겨 패던지……. 친구 놈이 맞는 걸 보고 서 있노라니 살고 싶은 욕망이 꾸물꾸물 샘솟아 오르더라. -_-

"허억! 허억!"

그놈과 난 살기 위해 한참을 뛰었다. 입고 있던 동복 재킷을 옆구리에 끼고 혼신의 힘을 다해 달리다 멈춘 곳은 음흉한 미소를 띠고 우리를 흥미롭게 바라보던 아저씨가 인상적인 청명 세탁소 옆 후미진 골목길. 음산하게 깜빡대는 후진 가로등이 날 너무 두렵게 만들어

버린다. 헐떡거리는 숨을 고르며 허리를 굽히고 있는 내 앞으로 괴기스런 분위기를 물씬 풍기며 저벅저벅 다가오는 조정현. 두 주먹을 다부지게 꽉 쥔 채였다. 날 치려는 모양이구나, 녀석. 한 대 칠 것이라 믿어 의심치 않은 채 복부에 온 힘을 꽉 주고 있었건만.

"서정훈, 미안하다."

이놈이 팍 김새게 도리어 내게 미안하다는 말을 건넨다.

"아, 이 아저씨 왜 이래? 치려면 쳐. 너 지금 솔직히 기분 드럽잖아. 친구고 뭐고 그냥 치라고!"

"혼자 오해하고 삽질해서 미안하다고, 새꺄. 너 그런 놈 아니란 거 알면서도 너 안 믿고 소심하게 오해했거든. 그래서 이 형이 진짜 미안하다구요, 에?"

"형은… 씨, 우리 형은 댁처럼 이렇게 못생기지 않았어요. 아저씨."

"이게 죽을라고! 근데… 야, 이것만 물어보자. 너 지금… 지민이한테 관심 생겨?"

"미쳤냐? 내가 눈이 얼마나 높은지 몰러? 웃기네. 니 여자 친구한테 무슨 관심이 생겨!"

"듣고 보니 열받네. 지민이가 어디가 어때서!!"

"아씨, 몰라! 절루 꺼져!"

나의 장점이자 단점이다. 난 내 감정을 남에게 속이는 일에 아주 능숙하다.

by 정훈 생각.

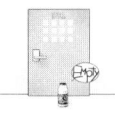

소녀는 고개를 떨군 채 아무 말이 없었다. 할머니는 입 안 가득 과자를 오물거리며 이야기를 이어가다 힘없이 추욱 늘어진 소녀를 발견하고는 탐탁지 않은 눈길로 소녀를 노려보기 시작했다. -_-

거꾸로 돌아가는 시계 — 4

"이 할미 얘기 듣기 싫으면 그렇다고 얘길 했어야지. 그려, 집에 가보아. 할미는 씩씩해서 혼자서도 잘 논다우."

"이건 말도 안 돼요. 이거 내 얘기 맞는 것 같아. 말도 안 돼. 서 군이라는 애, 조정현 친구인가 봐요. 고등학교 1학년 말에 나랑 사귄 조정현 친구인가 봐요. 할머니, 서 군이라는 애는 그 여자의 어디가 좋았대요? 나는 잘 기억나지도 않아요. 걔랑 말 트고 지낼 만큼 친한 사이도 아니었어요. 근데 걔는 잘 알지두 못하는 친구의 여자 친구, 어디가 그렇게 좋았대요?"

"나는 학상이 뭔 말을 하고 있는지 도통 알 수가 없다우. 아, 좋은 게 좋은 거고 좋으니까 좋은 거겠제!"

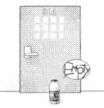

"슈퍼 앞에서 부딪쳤을 때 소주 가지고 나 괴롭히던 애… 가끔 정현이랑 만날 때 항상 모자 쓰고 오던 애예요. 나하고 멀찌감치 떨어진 데 앉아서 날 벌레 보듯 기분 나쁘게 노려보던 애란 말예요! 얼굴은 잘 기억 안 나는데… 아니, 무서워서 쳐다보지도 않았는데……. 어쩌다 눈 마주친다 싶으면 재수없다고… 눈 깔라고 무섭게 욕해대던 애란 말예요! ㅠ_ㅠ"

"반복하지만 이 할미는 도통 학상의 얘기를 이해할 수 없다우."

"말도 안 돼요!! 걔가 날 좋아했을 리가 없단 말예요!! 걔는 날 싫어했고 나도 걔 무진장 무서워했단 말예요!!"

소녀는 자리에서 발딱 일어나 길길이 날뛰며 미친 듯이 소릴 질러대기 시작했다. 그 모습은 흡사 실성한 인간 같았다.

"아, 재수없어. 너 눈 깔아라."

"서정훈. 야, 너 그만 마셔라. 너 왜 맨날 지민이한테 태클 걸어! 쟤 또 울잖아!"

"아으, 짜증나! 우니까 진짜 재수없… 아, 야! 놔!"

정현이 놈의 거친 손길에 이끌려 비틀대며 술자리에서 빠져나오면 이놈은 어김없이 날 후미진 벽에 밀어붙이고 내 목을 조르곤 한다.

"캑캑! 아으~ 이 살인마. 큭! 아, 이거 놔봐. 친구 씨, 이게 몇 번째예요? 그러길래 내가 우리 친구 씨 여자 친구 만나는 데 떨거지처럼 따라가기 싫댔잖아요오."

"애들끼리 다 만나는 건데 왜 넌 싫어?! 왜 맨날 빠진다고 그러냐고! 그럼 다른 애들도 다 떨거지냐?"

"보기 싫으니까. 니 여자 친구 얼굴 보기 싫으니까. 그래서 진짜 나가기 싫어."

술에 취해… 알콜에 취해… 반쯤 나가 버린 내 정신. 어디서부터 어떻게 빠져서 이렇게까지 되어버린 건지 나도 몰라. 근데 박지민이란 여자를 만나고 두 달이 흐른 지금, 난 그 계집애 때문에 가슴이 너무 아프거든? 금방 잊을 듯 잊을 듯 하면서도 잊혀지지가 않아. 오늘도 이렇게 화를 내지 않으면 술김에 나쁜 말을 내뱉어 버릴까 봐… 무섭다. 그래서 그 계집애만 보면 이제는 화만 내게 되나 보다.

내 목을 죄고 있던 손을 놓아버리고 바닥에 털썩 주저앉아 담배 하나를 끄집어내 입에 무는가 싶던 정현이 놈이 날 올려다보며 입을 뗀다.

"너 여자한테 안 그러잖아. 왜 지민이한테만 그러는 건데?"
"왜에! 컨셉 바꾼 거야, 새꺄. 나 멋있디? 어?"
"니 꼴 보고 있으면 꼭 좋아죽겠는데 표현 방식이 꼬일 대로 꼬인 거… 아씨, 그 뭐라 그러냐? 괴롭히는 걸로 애정 표현을 대신하는 유치원 애들 같아. 옆에서 볼 땐 지금 니가 딱 그렇다."

꼴에 친구라고… 내가 속이면 넌 그냥 속아주면 안 되냐?
"으아~ 이거 또 시작이네? 당신이 무슨 소년 탐정 김전일이냐?! 어서 되지도 않는 추리하고 자빠져 있어요. 야, 너 쪼잔하게 몇 달 전에 노래방 그 일로 아직도 날 괴롭히냐? 나 걔 안 좋아해. 미쳤어, 너? 아… 이 인간 소심해서 안 되겠네."

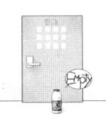

"양정희라는 애 땜에 정학맞은 것도 어이없어 죽겠는데……. 서정훈, 니가 그 기집앨 왜 찾아가냐? 나 땜에? 친구 엿 먹인 계집애라 화나서? 아님… 박지민 땜에? 박지민까지 덩달아 정학먹었다는데 화나서?"

"아닌데? 왜 이래? 아저씨, 제발 그만 좀 해요. 어제 정희인지 하는 애 만난 건 사실인데… 그냥 어떤 앤지 보려고… 어떤 계집애길래 너랑 니 여자 친구를 힘들게 하나 그냥 얼굴 좀 보려고 잠시 만난 거……."

"딴 사람은 속일 수 있을지 모르겠지만 내 눈에는 니 거짓말이 보이는데 어쩌냐? 너랑 나 몇 년 친구인데 그 정도도 눈치 못 챌 줄 알았냐? 서정훈, 내가 박지민이랑 깨져 줄까?"

"하! 뭐?"

"너 박지민 좋아하잖아. 내가 깨져 줄까?"

입에 물고 있던 담배를 바닥에 던져 버리고 내 얼굴을 빤히 바라보는 조정현의 얼굴을 후려쳤다.

퍽—

"그래, 개자식아. 신경 안 쓰려고 해도… 안 잊혀지는 걸 어떡하냐! 자꾸만 눈에 밟혀 죽겠는데 나보고 어쩌라고! 솔직하게 불어? 머리는 알아먹겠는데… 마음이 자꾸 멋대로 움직여지는데… 그래서 지금 나도 미쳐 버리겠는데… 뭐? 깨져 줘? 그래 줄래? 깨져 줄래? 어? 고작 이거밖에 안 되는 놈 땜에 말도 못하고 혼자 빌빌거렸다고 생각하니까 억울하다, 새꺄!"

"그… 정도야? 서정훈, 내가 깨져 줄게. 나같이 허접한 놈보단 잘난 니가 더 어울리겠다. 안 그냐? 나도 친구끼리 이러는 거 진짜 짜증나거든."

술에 취해 멍한 상태에서 난 그야말로 돌아버렸고, 지나가던 이름 모를 행인이 날 말릴 때까지 조정현에게 주먹을 휘두른 것 같다.

"서지훈, 저기 니 동생 아니냐?"

"누구? 저 사람 패는 또라이? 미쳤냐? 그 새끼가 아무리 제대로 정신이 안 박혀 있다 해도 길거리서 저러고… 하! 서정훈 뒈졌어. 야! 너 미친 거 아냐?!"

퍽—!!

"아악!!"

친형에게 맞아서 아빠가 근무하는 병원으로 실려갔다는 소리는 그 어느 곳에서도 듣도 보도 못했었건만… 나 이런! 호적을 파내 버리고 싶을 정도로 억울하다. 술에 취해 이성의 끈을 놓아버린 내가 끝내 가슴에 묻어두지 못한 채 저질러 버린 어젯밤의 엄청난 만행이 뒤늦게 머리 속에 떠올랐을 때, 난 가녀린 내 머리카락을 쥐어뜯으며 침대 위로 엎어져 버렸다.

"으아아악! 미쳐 버리겠네!! 서정훈! 너 미친 거 아냐?! 아씨! 다시 알콜 병에 입을 대면 그날로 개다, 개!!"

"그래, 이 개새끼야. 너 시끄러. 너 땜에 학교도 못 가고 왜 내가 니 수발을 들어야 돼! 조용히 주둥아리 닥치고 죽은 듯이, 아주 뒈진 듯이 잠이나 자, 새꺄!"

캉—

동생을 때렸다는 이유로 나의 아비께서는 사랑스런 형을 나와 같은 병실에 감금시켜 버렸다. 형이 던진 콜라 캔에 뒤통수를 맞은 난 형의 말대로 죽은 듯이… 아주 뒈진 듯이 잠이 들었다.

다음날, 머리에 붕대를 싸매고 학교에 도착했다. 의심의 눈초리로 내 위아래를 흘기던 학주 선생님이 내 뒤통수를 후려치시며 좋아라 날 반기시었다.

"이 자슥! -0- 어제 조정현이 그놈아랑 느그 형 서지훈이 학교 왜 빠졌노! 같이 모여서 작당 모의 했제잉?! 내가 교문 앞에서 느그들을 얼마나 많이 기다릿는데 나를 물먹여? 봐라. 이 자슥, 머리에 이건 또 뭐꼬! 와? 내한테 데모할라꼬? 이거는 등교 거부 파업 컨셉이가? 당장 못 풀르긋나?!"

"진짜 아픈데요?"

퍽—

"풀러!"

"아악! 진짜 아프단 말이에요!"

퍽—

"이 새끼 아픈 연기 진짜로 리얼하게 하네! 확 뒤통수 아작 내버리기 전에 못 풀르긋나!"

뒤통수를 두어 번 더 쥐어박히고 얼얼해진 뒤통수를 매만지며 교실로 들어섰다. 4분단 맨 끝 창가 책상에 엎어져 잠을 자고 있는 조정현이 내 눈에 들어온다. 미안하다고 그래야 되는 건지… 술김에 미쳐서 헛소리를 한 거라고 변명을 해야 되는 건지……. 아으! 짜증나. 이런 거 정말 싫다고!!

툭툭—

"야, 왔냐? 너 오늘은 조정현한테 행여 장난 걸거나 태클 걸지 마라. 어?"

가만히 뒷문에 멈춰 서 있는 날 끌다시피 화장실로 데려온 전형구. 형구 놈의 말을 들은 후 밀려오는 짜증스러움에 화장실 안에 있던 밀대 걸레를 반으로 내동댕이쳐 버렸다.

정신을 차렸을 때 난 학주의 손아귀에 이끌려 학생과로 끌려가고 있는 중이었다.

"너 어제 입원했다는 소리, 그거 뻥이지?"

"그래, 뻥이다. 그 말 하려고 드러운 화장실에 데리고 간 거냐?"

"아니, 그게 아니라… 너 우리 술 먹던 그날 조정현이랑 나가서 둘이 싸웠냐?"

"하! 아니, 그냥. 근데 조정현 저건 왜 아침부터 책상에 엎어져서 저러고 있냐?"

"어제 지 여자 친구랑 깼다던데? 차인 건지 찬 건지는 모르겠다만 암튼 분위기가 별로니까 제발 오늘은 장난 걸지 마. 알았냐, 서정훈!!"

"뭐? 누구랑 뭘 깨?"

"몰라. 별안간 박지민이랑 깼다던데? 아주 좋아 죽더니만."

"하! 그 새끼 미친 거 아냐? 깨졌대? 돌아버리겠다. 야, 전형구. 아… 나 어떡하냐? 그날 술 처먹고 정신이 잠시 핵가닥 되어버렸었

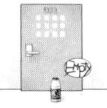

다고!!"

"어뜩하긴 뭘 어뜩해! 너한텐 무리한 부탁일지 모르지만 친구를 위해서 그냥 오늘 하루는 주둥아리 다물고 설설 겨주란 말이다, 이놈아. 앙?"

"씨… 그 계집애 또 울겠네."

보잘것없는 나란 놈 하나로 인해 다른 누군가가 상처받았다는 사실을 알아버린 그 순간, 내 자신이 죽을 만큼 비참해지는 순간이었다.

by 정훈 생각.

거꾸로 돌아가는 시계 — 3

탁—

"야! 인나봐. 조정현! 내 말 안 들려? 너 뭐 심하게 착각하고 있는 거 아냐?! 너 드라마 너무 심하게 본 거 아냐? 그래서 너 지금 머리가 돌아버린 거다. 그치, 어? 내가 니 그 눈물나는 우정에 하하! 조정현, 너 무지하게 멋있어! 이러면서 박수라도 쳐줘야 되는 거야! 아, 씨발! 내 소리가 개 짖는 소리로 들리냐?!"

학교 기물 파손에 대한 반성문을 작성하고 다시 교실로 돌아온 그때까지 조정현은 책상에 엎어져 일어나지 않은 채였다. 2교시 수업 시간을 알리는 종소리가 울리고 나서야 파묻고 있던 고개를 들어 보인다.

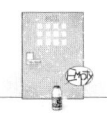

"아, 귀청 떨어져! 일어났다, 왜? 너나 착각하지 마. 개그하냐? 눈물나는 우정? 70년대 신파극 찍냐? 웃기고 있네. 너 땜에 깨진 거 아니니까 쇼하지 마! 좀 쳤으니까 자리로 가. 아, 그리고… 큭! 지훈 선배한테 맞은 데는 괜찮냐? 나 진짜 놀랐다니까? 크큭!"

아무 일 아니란 듯 실실거리며 웃음까지 흘리는 이 자식의 황당한 모습에 한동안 얼이 빠진 채 못 박힌 듯 그 자리에 서 있었다. 교실에 들어서던 수학 선생님이 부르는 소리를 뒤로한 채 그 길로 세화여고를 향해 미친 듯이 뛰었다.

3교시, 4교시, 점심 시간, 5교시, 6교시, 야간 자율 학습이 끝나는 그 시간까지… 미련하게 세화여고 교문 앞에서 박지민이 나오기를 기다렸다. 나 때문에 이렇게 되어버린 거라고… 오해를 풀어주기 위해 그냥 무작정 기다렸다. 나란 놈이랑 전혀 어울리지 않는 짓거리. 조정현, 좋아하게 됐으면 나 혼자만 아파하고 끝이잖아. 짜증나는 새끼, 눈치 하난 더럽게 빨라요. 솔직히 조정현과 박지민이 깨졌을 때, 그때쯤이면 이렇게 뒤에서 혼자 바라보지 않고 조금은 당당하게 다가갈 수 있을지도 모른다고 생각했었는데… 이건 아니다.

얼마의 시간이 흘렀는지는 모르겠지만 밤하늘에 까만 별이 하나둘 그 모습을 드러냈다. 그때 또 한 번의 종소리가 울려 퍼진다. 잠시 후 왁자지껄 난잡하게 떠드는 소리와 더불어 삼삼오오 짝지어 교문으로 걸어나오는 계집애들. 여고 앞에 서 있는 내 전신을 노골적으로 훑어 대는 저들의 부담스런 시선을 애써 모른 척 회피하며 박지민이 나오기를 기다렸다. 그러나 학생들이 모두 빠져나갈 때까지도 박지민은 나오지 않았다.

　허탈한 마음에 무작정 걸음을 옮겨 도착한 곳은 조정현을 따라 몇 번 들른 적 있던 곳. 가끔 술을 먹고 그 계집애가 생각나면 찾아와 대문에 기대 박지민이란 이름을 한참 대뇌이다 돌아가곤 했던 곳. 박지민의 집 앞이다.

　"서정훈, 너 아주 병신 됐다. 웃기네. 불쌍해 죽겠네. 진짜 웃긴다. 쟤 어디가 그렇게 좋냐? 쟨 너란 인간이 누구인지도 제대로 모르는데… 어?"

　캉―

　아울. 깨갱… 깽깽.

　대문 앞에 기대 혼잣말을 중얼거리는 내 귀에 철로 만든 양푼이 날아드는 소리, 머리에 무언가를 얻어맞고 신음 소릴 내는 개새끼의 소리가 들려온다.

　"아유~ 여봇! 이 돈은 뭐예요?! 나 몰래 비상금 만든 것도 화나 죽겠는데… 그걸 드럽게 양말 속에 꿍쳐 두고. 아으~ 내가 못살아! 지민이 저년은 학교도 안 가고 방구들에 콕 처박혀서 염장을 지르질 않나!! 반성 좀 해욧!"

　덜컹―

　쾅―!!

　"헉헉! 여보, 그게 아니라오! 한겨울에 얼어 죽으라는 소리여? 아, 이 런닝 차림으로 남사스럽게! 이 문 좀 열어주어! 응?"

　성난 아줌마의 고함 소리. 뒤이어 시퍼렇게 겁에 질린 얼굴의 한

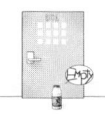
아저씨가 튀어나왔다. 허술해 보이는 대문은 가차없이 세게 닫혀 버리고 만다. 순식간에 일어난 일이라 미처 도망갈 틈도 없었던 상황. 하얀 런닝 차림의 겁에 질린 아저씨와 내 눈이 마주치고… 아저씨는 자신의 행색이 조금 창피스러우셨던 건지 내게 어색한 웃음을 지어 보이신다. 그리곤 다시 고개를 돌려 나와 멀찌감치 떨어진 곳에 자리를 잡고 쪼그려 앉아 밤하늘의 별을 바라보며 쓸쓸히 담배를 태우셨다.

"뻐끔. 후우… 자넨 누군가? 이 아저씨의 모습이 어린 자네의 눈엔 참 불쌍해 보이겠구나."

멍하니 대문 앞에 서 있는 날 올려다보며 입을 열어 보이신다. 난 달랑 런닝 하나만 몸에 두르고 오돌오돌 떨고 있는 아저씨의 모습을 한참 동안 바라보다 직감적으로 이 아저씨가 박지민의 아버지일지도 모른다는 생각을 품어보았다. -_- 가방을 열어 주섬주섬 우리 학교 체육복 상의를 끄집어내 아저씨의 손에 꼭 쥐어주었다. 아저씨는 정색을 하며 손에 들린 체육복을 떨궈내 버린다.

"이게 뭐냐? 자네, 지금 날 동정하는 건가? 필요없수. 갖고 가게."

"우리 학교 체육복인데요, 춥잖아요. 그냥 입으세요."

"보아하니… 우리 딸내미 또래 같은데? 나는 건강해서 이런 추위 끄떡없… 에취!"

"형 거 뺏어 입든지 친구 거 빌려 입으면 되는데 뭐. 아, 아저씨! 추운데 그냥 입어요!"

10여 분이 흐른 후, 박지민의 아빠로 추정되는 아저씨는 우리 학교 체육복을 착용하시고 흐뭇한 미소를 지으신 채 내 어깨에 팔을 둘러 주셨다.

"어느 학교 댕겨?"

"아, 해산……."

삐꺼덕—

"여보! 뭐 해욧! 얼어 죽기 싫으면 들어오든지 말든지. 그 학생은 또 누구야? 가만… 교복이 낯이 익은데? 넌 누구니? 아줌마 눈엔 니 교복이 참 낯익어 보이는데……."

내 말이 채 끝나기 전에 조심스레 대문이 열리고 전에 봤던 지민이 엄마라는 분이 탐탁지 않은 시선으로 날 노려보신다.

"아니야, 아니야. 여보, 내가 미안했수. 자네, 나 그만 들어가네. 자네도 부모님 걱정하기 전에 얼른 집에 들어가, 으잉?"

"네. 아, 그럼 체육복은 주고……."

쾅—

"……."

매정하게 닫혀 버린 대문. 내 체육복을 입은 채 아저씨가 집 안으로 들어가시고 난 한참 뒤에도 난 자릴 뜨지 못한 채 바닥에 주저앉아 있었다. 담배를 꺼내 물었다. 담배가 반쯤 타 들어갔을 때 저 멀리서부터 희미하게 보이는 세화여고 교복을 입은 계집애 두 명. 그 둘의 신분을 알아차려 버린 내가 도망가기엔 이미 늦은 것 같다.

"야! 누구야! 너 지민이 년 집 앞에서 뭐 해! 어? 우리 어디서 만난 적 있지 않냐?!"

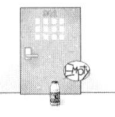

저 계집애! 전설의 고장에서 목메 죽은 귀신 판박이잖아! 지저스!
-0-

"정지영, 너 이 팔 못 놔?! 지민이 그게 지 남자 친구랑 깨진 거하고 나하고 무슨 상관이 있다고 이러는 건데! 아, 내가 뺏은 거 아니니까 이거 놓으라구!"

목메 죽은 귀신의 거친 손아귀에 팔뚝을 붙잡힌 채 짜증을 내는 저 계집애. 하! 며칠 전에 봤던 정희라는 계집애다. 누군가를 집 앞에서 홀로 기다린다는 건 생각처럼 낭만적인 일이 아니었다. 춥고, 배고프고, 그립고, 미치게 보고 싶고… 하지만 언제 끝날지 모르는 그 막연한 기다림마저 행복했다고 자신있게 말할 수 있다.

by 정훈 생각.

번외
거꾸로 돌아가는 시계 —2

"어?! 뭐야? 야, 너 며칠 전에 날 찾아와서 협박했던 애지?! 조정현한테 집적대다 걸리면 나 죽인다고 협박했던 애!!"

역시 정희라는 인간이 날 발견하고는 길길이 날뛰어댄다. 지영이라는 목메 죽은 귀신도 덩달아 길길이 날뛰기 시작한다.

"뭐? 조정현? 하! 어쩐지… 실루엣이 왠지 낯익다 싶더니만. 너 조정현 친구야?! 잘 만났다, 이 자식아! 조정현 그게 박지민을 뻥 걷어차 버렸어! 넌 그 이유를 알고 있지?! 엉? 불어, 이 자식아! 너의 그 잘나 빠진 얼굴 뭉그러뜨리기 전에 불라고! -0-"

"아줌마들, 웃기지 말고 비켜요. 집에나 갈랍니다. -_-"

담배를 바닥에 비벼 끄고 일어서자 내 앞을 턱 가로막고 비열한 웃

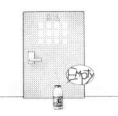

음을 지어 보이는 정희라는 인간. 이쁜데… 내 짝보다 더 이쁜데… 박지민보다 이쁜 거 인정하는데… 근데 보면 볼수록 정나미가 뚝뚝 떨어지는 인간이다. =_=

"웃기네. 안 비켜?"

"너 때문이지? 너 때문에 지민이랑 조정현 깨진 거지?"

"너 승질만 개 같은 줄 알았는데… 삽질도 수준급이네? 우와~ 부럽다, 야. 닥치고 비켜."

"너 박지민 좋아하지? 그치? 그럼 어떻게 되는 거지? 니가 중간에 껴서 조정현이 양보한 건가? 아님, 박지민 고거 얼굴 되게 밝히는데… 니 얼굴 보고 반한 건가?"

"뭐야! 이게 지금 무슨 소리야! 조정현 친구! 니가 박지민을 좋아한다고? 아니야, 그러기엔 넌 너무 잘생겼구나. 양정희, 이 재수없는 년! 너 또 거짓말할래? 니가 조정현을 뺏은 거잖아! 어디서 또 거짓말하고 있어!"

"정지영, 이거 못 놔?! 이씨, 조정현 그 눈 삔 자식. 그 재수없는 자식이 나 싫다고 그랬단 말이야! 지민이 그년밖에 안 보인다고 그랬단 말이야! 나 때문에 깨진 게 아니라 분명 얘 땜에 깨진 거야!"

정나미만 뚝뚝 떨어지는 줄 알았더니 눈치도 더럽게 빠른 인간. 축하한다, 계집애야. 난 니가 더 싫어졌어. 내 영혼을 꿰뚫어보고 있는 것만 같은 기분 나쁨을 느끼고 이곳에서 벗어나기 위해 서둘러 걸음을 떼었다. 걸어가는 내 뒤통수에 대고 마지막 발악처럼 쥐어짜듯 소리 질러대는 정희라는 인간.

"야! 나 박지민 옆집 살거든? 내가 다 봤다구! 조정현이랑 같이 왔을 때도 너 봤어! 그리고 너 혼자서 가끔씩 지민이 년 집 앞에 찾아왔다가 돌아가는 것도 죄다 봤어! 그게 좋아하는 거지 뭐냐! 하! 꼴 좋다. 여자가 없어서 친구의 여자 친구를 좋아하니?!"

심하다 싶은 마지막 말에 가던 걸음을 멈추자 그럴 줄 알았다는 듯 쪼르륵 달려와선 내 귀에 무슨 말을 속삭인다. 그 말인즉,

"지민이 말구 난 어떠냐? 지민이보단 나을걸? 얼굴이든 몸매든 죄다. 큭!"

날 황당하게 만들어 버린 이 정희라는 인간의 귀에 나 역시 작은 속삭임을 남겨주고 황급히 자릴 떠 버렸다.

"너 미쳤냐? 미안. 내가 눈이 높아서. 그리고 너 박지민 괴롭히지 마. 아니다, 잘살아라. 이제 다 끝낼 거니까. 안녕. 너도… 박지민도… 안녕. 큭!"

"야!! 니가 지금 나 거부한 거야? 조정현이랑 니네 둘 미친 거지?! 정신적으로… 아니, 시력이 맛이 간 거지?! 끼아아아아아!!"

그날 이후 많은 시간이 흐르고 계절도 바뀌어 버린 지금, 조정현에겐 새로운 여자 친구가 생겼다. 이번에 고3이 된 형은 가끔 과외를 해주는 정미란이라는 미모의 연상녀와 사귄다. 도도한 그녀는 김 간호사 누나의 친구다. 형은 연하 애인이 있는 그 여자를 며칠 만에 자기에게 넘어오게 만드는 괴능력을 과시했다. 그리고 그 정미란이란 여자에게 미쳐 공부라는 짓거리를 해댐으로써 모든 이들을 경악케 해주었다. -_-

모든 게 변했고 나도 변했다고 생각했다. 많은 시간이 흘렀는데도… 그런데도 가끔씩 떠오르는 그 계집애. 미치게 보고 싶고 내 가슴을 아프게 하곤 한다.

며칠 전 형과 형의 친구들, 그리고 나와 정현이 놈, 친구들과 함께 간 세화여고 축제 무대 위에서 성인식이라는 노래에 맞춰 노란 의상을 입고 춤을 추는 박지민을 다시 봤다. 어이없게도 심하게 뛰던 내 심장.

"서정훈, 쟤 박지민 아냐? 안 변했네. 옛날 생각 나지 않냐, 어? 크큭! 그때 우리 완전 코미디였지. 안 그냐? 야, 너 아직… 쟤 좋아하냐?"

"웃기네, 웃겨. 이게 왜 옛날 얘긴 끄집어내고 그러냐! 형! 오늘 아빠가 늦게 들어오면 죽여 버린대! 집에 가자!"

"사기치지 마, 서정훈! 어? 뭐냐? 큭! 저 노란 옷 입은 애 나자빠진 거 보이냐? 아주 생쇼를 해라. 누군지 저 어리한 애 데리고 살 놈은 고생길이 텄네. 크큭!"

잊을 거라고… 다 잊었다고 생각했는데… 보지 않으면 금세 잊을 수 있을 거라 생각했는데……. 박지민이란 여자는 생각보다 깊숙이 내 가슴에 박혀 있었다.

by 정훈 생각.

거꾸로 돌아가는 시계 —1

"왜 아무 말이 없누? 그려, 지겹기도 허겄지."

"날 학교 축제서 다시 봤으면… 그때 아는 척을 하지. 왜 수능 포기하면서까지 날 쫓아 온 거래요? 걔 바보 아니에요?"

"그때는 친구 놈한테 미안한 맘이 많이 남아 있었은께 섣불리 아직까지 그 지집아를 좋아한단 말을 할 수 없었다고 그러더라."

"걔요, 어떡하다 할머니 집에 세 들어 산 건데요?"

"일본 엄마네 집에 갔다가 지 아빠 몰래 다시 들어온 거라 그러더만. ㅡ,.ㅡ 집은 몇 달 전에 고 여시 같은 지집애한테 돈을 빌려서 서군이 미리 계약을 했는디… 한 달 반 동안 집에 아무도 안 들어오고 숭 비어 있다가 잘생긴 서군이 크다란 짐짝 하나 끌고 문 열어달라고

집을 찾아왔지 므냐. 그 여시가 할미 집 계약하는 그날도 빽빽대면서 전화를 해싸서 서 군이 급하게 나가다가 그날 교통사고도 났다 그랬제, 아마?"

"여시요? 교통사고?"

"그려. 그 여시 같은 지집애. 싹퉁머리도 없는 고 지집애. 하루가 멀다 하고 집에 들르더래니께. 요만한 개새끼, 비쩍 말라서 뼈만 앙상하니 남은 못생긴 개를 품에 안고 말이여."

하아, 젠장! 오늘도 뜨거운 물이 안 나온다. 낭패다. -_-

"쫑쫑. 미나, 이 오빠 어쩌냐? 정녕 이렇게 세수도 제대로 못하고 폐인이 되어가야 하는 걸까? 솔직히 말여, 이 오빠는 귀하게 자라 이 살인스런 추위에 찬물로 머릴 감아본 적이 없어서 지금 몹시도 당황스럽구나. 으응? 어젯밤, 보일러가 고장나서 차디찬 방구석에서 잠을 청할 때도 기절하는 줄 알았는데……."

양정희가 집에 두고 간 치와와의 체온이나마 구걸하려 강아지를 품에 꼬옥 안고 이불을 몸뚱이에 돌돌 말은 채 방구석을 이리저리 뒹굴고 있기를 몇십 분,

벌컥—

다 스러져 가는 방문이 열렸다. 어제 날 끌고 미용실에 데려가 억지로 내 머리를 새로 하게 하고 더불어 내 옆에서 갈색 웨이브 파마를 한 메두사가 씩씩대며 그 모습을 드러낸다.

"씨이, 야! 서정훈!! 보일러 고장났음 전에 내가 사준 전기 장판 쓰

면 되고! 사내 자식이 찬물로 머리 감으면 죽는다디?! 그러길래 궁상 맞게 여기서 뭐 하는 짓거리냐고! 그냥 집에 들어가던지! 뭐 하러 여기서 생고생을 하냐!"

"아우! 시끄러, 이 아줌마야! 전기 장판 우리 할머니 갖다줬어. 할머니 방도 보일러 안 돌아간단 말이야, 이 매정한 인간아!"

"하! 내가 너 좋아하는 건 아무것도 아니고 니가 박지민 좋아하는 건 무슨 큰 자랑이니?! 다른 애들이 너랑 나랑 사귀다가 니가 날 찬 걸로 오해한단 말이야!!"

"계집애야! 그게 어째서 오해야, 사실이지! 니가 사귀자고 매달렸고 내가 찬 거잖아."

"씨이… 나 오늘도 박지민 봤어. 왜 내가 죄진 사람처럼 걔를 피해 다녀야 되는 거냐고! 아악! 미쳐 버리겠다, 진짜! 자꾸 이러면 너 박지민 보고 싶어서 일본에서 걸핏하면 되돌아온다고 다 불어버린다!"

"이 계집애는 불어버린다는 말이 입에 붙었나! 툭하면 그 딴 말로 사람 협박하고 지랄이야! 아, 됐어. 온 김에 너의 흔적이 남아 있는 이 못생긴 멍멍이나 들고 가! 난 수능이 얼마 남지 않아서 너랑 노닥거릴 시간에 영어 단어 몇 십 개를 씹어먹어야겠어. 잘 가!"

그날, 박지민의 집 앞에서 마지막으로 보고 내 기억에서 거의 잊혀져 간 계집애였다. 그런데 형의 원룸에서 온순한 양이 되어 내 앞에 다시 모습을 드러낸 양정희. 그날부터 시작해 저 망할 계집애는 내가 지민이를 좋아하고 있다는 사실을 박지민에게 불어버릴 거란 엄한 말로 수개월 동안 날 협박하고 괴롭힌다. 양정희 노이로제에 걸리게

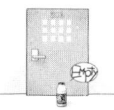

해놓은 것도 모자라 날 좋아한다는 이유로 나의 일거수 일투족을 꿰뚫어보는 집착이 심한 아이이기도 하다. 저 메두사의 피가 흐르는 것 때문에 그간 맘 고생, 몸 고생했던 적이 한도 끝도 없다고!

"진짜 가? 은행 가서 500원짜리 한 무더기로 찾아왔는데?"

"우리 메두사, 오빠가 마실 거 줄까?"

"아니. 키스해 줘."

"니가 미쳤구나. 웃기네. 그래, 넌 늘 제정신이 아니곤 했었지. 니네 집에 가라, 어?"

"아직도 박지민밖에 안 보여? 고백도 못하는 병신 주제에! 내가 좋아해 주니까 너 지금 날 우습게 보는 거지? 근데 내 눈에는 니가 더 우습게 보여! 알아?!"

"어, 나 병신이야. 그래서 박지민밖에 안 보이고 박지민밖에 안 들어와. 언제까지 이럴지는 나도 잘 모르겠는데… 적어도 지금은 그래, 눈 감으면 보고 싶고 눈뜨면 제일 먼저 생각나는 사람이 그 계집애야. 그래서 일본에서 여기까지 와서 이렇게 멀리서라도 보고 싶어. 아빠한테 죽을 각오하고, 엄마한테 울면서 사정해서 이렇게 왔다, 어쩔래! 보고 싶어 미치겠더라, 아주!!"

"나도 보고 싶어서 온 건데 왜 내 맘은 몰라주는 건데! 나도 네 부탁대로 지훈 씨 앞에서 꼬리치지 않았잖아!! 니가 지민이 근처에서 집적댄다고 현석 오빠 때린 것 땜에 열받아서… 뭐, 그년 조금 괴롭혀 주긴 했어도……."

"그런 거 말고도 넌 나에게 평생 용서받지 못할 중죄를 저질러 버렸거든."

"뭐?"

"하… 씨, 너 박지민 커플링 내놓으라고 했을 때, 나한테 무슨 짓 시켰는지 기억 안 나?! 반지 주는 조건으로 니 친구들 앞에서 스트립쇼 시켰잖아! -0- 그때 얼마나 수치스러웠는지 니가 알아?! 계집애들이 내 몸 더듬을 때 얼마나 소름 돋았는지 니가 아냐고! 바지 버클 풀 때 정전되어서 도망쳐 나왔기에 망정이지, 정전 안 됐으면 그 계집애들한테 잡아먹힐 뻔했었다고!"

"누가 진짜 벗을 줄 알았나 뭐?"

나의 고귀한 순정을 한순간에 밟아놓은 중죄를 저질러 놓고서도 낯짝 하나 변하지 않고 고개를 빳빳이 쳐들 수 있는 저 오만한 자심감. 재수없게도 형과 닮았구나.

"난 걔 진짜 싫어! 걔만 보면 짜증나서 돌아버릴 것 같단 말야! 내가 그년보다 못한 게 뭐가 있어? 나보다 덜 가졌으면 그만큼 나보다 불행해야 되는데… 근데 그년 웃고 다니면서 행복에 겨워 죽겠다는 그 꼴을 보고 있으면 속이 뒤집힌다? 지보다 가진 것도 많은 난 불행해 죽겠는데……. 그래서 그게 사람이든 뭐든 박지민 껀 다 뺏고 싶어져. 그년 껄 내가 가지면 나도 걔처럼 행복해질 수 있지 않을까 싶어서……."

두 번째던가? 이 계집애를 만나고 두 번째 보는 눈물인 것 같다. 양정희, 처음엔 그저 승질만 드러운 정나미 떨어지는 재수없는 여자였는데……. 어쩌면 지나치게 솔직한 그 모습이 다른 사람들 눈에

마냥 싸가지없게 비춰졌을지도 모른다는 생각이 문득, 아주 문득 든다.

"아, 진짜. 어울리지도 않는 짓거리할래? 웃기네."

손을 들어 눈가에 맺힌 눈물을 닦아주자 더 더욱 오열하며 눈물을 흩뿌려 대기 시작한다.

"나 좋아하지도 않으면서… 자꾸 기대하게 이런 짓 하지 마!"

"아, 추해라. 마스카라 번졌다. 드럽기도 하지."

"서정훈, 넌 왜 이러고 사냐?"

"메두사, 넌 왜 이러고 사냐?"

"그러게. 우리 왜 이렇게 불쌍하냐? 흑!"

매일 아침 니가 있는 원룸에 찾아가 행여 들킬까 작은 목소리로 니 이름을 수십 번, 수백 번 불러대던 병신이 나 서정훈이었다고. 사랑한단 말을 수천 번이나 중얼거리다 목이 메어 눈물났던 적이 한두 번이 아닌 병신이 나 서정훈이었다고. 이런 나 한 번만 뒤돌아봐 달라는 이 말… 언제쯤 너에게 할 수 있을까?

by 정훈 생각.

번외
거꾸로 돌아가는 시계 —0

가끔 옥상 위 장독대에 걸터앉아 담배를 태우며 집 앞 놀이터를 보고 있노라면 그 계집애가 손에 들고 있던 먹물새우깡이라는 과자 이름과 소주가 떠올라 웃음이 나곤 한다. 꼬일 대로 꼬여 버린 운명처럼 이제는 친구의 애인이 아닌 형의 애인이 되어버린 박지민을 병원에서 다시 만나게 됐을 때, 내 심장이 일순 굳어버렸다. 병원 복도에서 형에게 구타를 당하는 그 순간 눈물이 나왔는데… 형은 아직도 내가 맞은 곳이 너무 아파서 울어버린 줄로 알고 있다. 바보 같긴.-_-
날 기억 못하는 게 당연한데… 근데도 막상 날 기억해 주지 못하는 그 계집애의 맹한 모습에 화가 나서… 다른 사람도 아닌 형의 애인이란 그 사실이 너무 억울해서… 눈물이 나와 버렸다. 몹시도 쪽팔리게

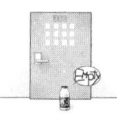

말이다.

먼발치에서 이렇게 보고 있어도 니가 보고 싶다. 형이 베스킨라빈스로 뛰어들어 가고 차 안에 혼자 앉아 있는 니 모습이 보인다. 난 니 목소리가 듣고 싶어 오늘도 감정을 숨긴 채 장난스런 말투로 너에게 전화를 건다. 나의 품에 안긴 개새끼는 비가 와서 춥다고 세차게 짖어댄다. =_=

그렇게 하루하루가 지나가고 수능 날 아침. 미안하게도 박지민네 집에서 매일 습관적으로 도적질해 훔쳐 먹던 요구르트. 빈 요구르트 병에 마지막 500원을 채워 넣었다. 그런 일은 없겠지만 그래도 혹시나 그 계집애가 무언가에 이끌려 이 모래사장을 팠을 때, 내 얼굴을 떠올릴 수 있게 돈과 함께 나의 흔적을 남겨놓았다. 작년 수능 시험 때 급한 마음에 호주머니에 구겨 넣고 나와 버린 OMR 답안지. 이름란에는 내 이름이 아닌 박지민이란 이름이 선명하게 박혀 있다. 사인펜을 꺼내 들고 답안지 이름란에 몇 자를 더 끄적인 뒤 꼬깃꼬깃하게 접어 비닐 봉지에 돌돌 싸매 마지막 요구르트 병에다 쑥 집어넣고 모래로 덮었다.

"박지민, 부적이다. 시험 잘 쳐라. 으하."

"아, 오늘 중요한 시험 친다면서 여적까지 개새끼 품에 안고 모래사장은 왜 뒤적이는 그여! 싸게 가, 응? 가방은 또 뭔 놈의 사내 자슥이 분홍색을 둘러매고 그려, 응?"

고개를 돌리자 내가 사랑하는, 나이를 거꾸로 먹는 신세대 주인집 할머니가 놀이터로 저벅대며 걸어오신다. 주인 찾아주려고⋯ 오늘

이 분홍 가방 일 년 만에 제 주인 찾아주려고… 그래서 들고 가요. 난 나의 사랑하는 할머니를 품에 꼭 안아주고 세차게 손을 흔들며 시험장으로 향한다.

"자, 봐라. 이게 서 군이 그 못된 지집애 얼굴이라고 준 사진이구만. 네가 봐도 나랑 닮긴 닮았제? ㅡ,.ㅡ 그래서 내가 요 새우깡 사줬잖우."
"요구르트? 할머니, 그건 어디에 묻었대요?! 에?!"
소녀의 간곡한 부탁에도 고개를 홱 돌리시며 입을 꾹 다물어 버리는 할머니. 소녀는 할머니의 굳게 다문 입을 열기 위해 갖은 애교를 다 피워댔다. 귀찮다는 듯 머릴 긁적이시던 할머니는 탐탁지 않은 눈길로 시소를 쓱 가리키신다. 소녀가 시소 밑 모래를 들춰내자 역시 소녀가 배달시켜 먹는 요구르트 병 수십 개가 그 모습을 드러냈다. 소녀는 나란히 정열되어 있는 수십 개의 요구르트 병 중 유난히 눈에 띄는 맨 마지막 요구르트 병을 힘겹게 끄집어냈다. 묵직한 요구르트 병이 소녀의 손에 쥐어졌다. 병 안 한가득 500원짜리 동전이 빼곡이 채워져 있다. 500원짜리 동전 하나를 끄집어내자 꼬깃꼬깃 접힌 종이 쪽지 하나가 비닐봉지에 돌돌 말린 채 그 모습을 드러냈다. 봉지를 풀고 꼬깃꼬깃 접힌 딱딱한 종이를 펼치자 소녀의 두 눈에 이름란에 낯익은 이름 두 개가 나란히 적혀 있는 답안지가 들어온다.

박지민♡서정훈.

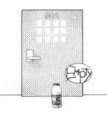

　소녀는 답안지를 손에 꼬옥 움켜쥔 채 모래사장에 퍼질러 앉아 한참 엉엉 울어댔다. 영문도 모른 채 그런 소녀의 등을 토닥이며 울음을 달래주시는 할머니.
　뉘엿뉘엿 해가 지고, 저녁노을이 물들어가는 무렵. 놀이터 주위를 서성거리며 신경질적으로 고함을 질러대는 웬 남자의 목소리가 놀이터 안에 쩌렁쩌렁 울려 퍼진다.
　"야, 박지민! 너 죽을래?! 오늘 수능 성적표 나오는 날이란 거 알거든?! 너 여기 숨은 거 눈치 챘거든? 셋 셀 동안 안 나오면 반지 빼버린다?!"

　난 머리가 나빠서 머리로 하는 사랑… 계산하고 저울질하는 짓거리는 하기 싫더라. 수학 시간만으로도 짜증나 돌아가시겠는데 그걸 사람한테까지 써먹으라는 소린가?
　더럽게 빡빡하게 사네. 난 그렇던데……. 그냥 그 계집애만 보면 내 심장이 탁 내려앉으면서 머리보다 이 가슴이 먼저 반응하는 거… 단순히 그거 하나로 필이 꽂혀 버렸는데……. 나 저 여자 좋아하나 보다라고……. 그래서 죽을 만큼 좋아했고, 눈물날 만큼 사랑했었다. 비록 혼자 하는 외롭고 가슴 시린 일방통행이었다 할지라도.
　　　　　　　　　　　　　　　　　　　　by 정훈 생각.

화제 만발! 시선 집중!
N세대 연애 소설!

연인 N세대 연애 소설
『세상에서 제일 싫어! 1~2』

남자보다 더 남자 같은 여자 아이 개구쟁이 골목대장 **은세별**.
여자보다 더 예쁘고 내성적인 남자 아이 세별에게 괴롭힘을 당하는 **강은빈**.
10년 후, 그들이 다시 만났다!!
"난 옛날의 내가 아니야!! 강은빈 너 너무 많이 변했어.
이렇게 불량스럽게… 너!!"
"과거에 네가 나한테 했던 짓을 생각해 봐.
설마 과거를 잊은 건 아니겠지?"
내성적인 성격이 되어버린 세별과 불량 학생이 되어버린 은빈의
좌충우돌 사랑 이야기!!

● 연인 지음

도서출판 **청어람**   E-mail : eoram99@chol.com
부천시 원미구 심곡1동 350-1 남성빌딩 3층 우420-011 ☎ 032-656-4452 FAX 032-656-4453

세간의 화제 속에 베스트 셀러에까지 오른 N세대 연애 소설!

한유머 N세대 연애 소설

『눈부처』

맑고 투명한 그녀 잔디.
그리고 그런 그녀 앞에 배다른 동생으로 인연을 맺고 나타난 이환.
어느 순간부터 서로의 눈빛을 마주하고픈 설레임이 찾아든다.
힘들고 시린 사랑을 하던 그들에게 서서히 다가오는 이별.

"나 여기 있어. 아무 데도 안 가. 언제까지나 네 옆에 있을 테니까,
그러니까 잔디야, 불안해하지마."
미칠 것 같아… 어쩌지? 너 없으면 이미 이렇게 아파지는 나인데…….

오랜 시간 서로만 바라보는 것만으로 웃음 지을 수 있던 잔디와 환.
사랑하기에 그토록 깊은 눈동자로 마주할 수 있던 그들.
힘겹지만 시리도록 아름다운 그들만의 사랑이야기.
눈부처!!

● 한유머 지음

도서출판 청어람
부천시 원미구 심곡1동 350-1 남성빌딩 3층 우-420-011
E-mail : eoram99@chol.com
☎ 032-656-4452   FAX 032-656-4453